En attendant la nuit

Du même auteur
aux Éditions J'ai lu

La séductrice inattendue, *J'ai lu* 3491
Rendez-vous manqué, *J'ai lu* 4781
Les clés d'Aphrodite, *J'ai lu* 5303
Un duo inattendu, *J'ai lu* 5410
Une alliance de choc, *J'ai lu* 6907
Un alibi de charme, *J'ai lu* 7647

Amanda Quick

En attendant la nuit

Traduit de l'américain
par Daniel Garcia

J'AI LU

Titre original :

WAIT UNTIL MIDNIGHT
The Berkley publishing group, New York

Pour Frank, avec tout mon amour

Prologue

L'action se passe dans les dernières années du règne de la reine Victoria...

Une stupéfiante démonstration des pouvoirs psychiques de l'être humain

Par Gilbert Otford,

attaché à la rédaction du Courrier de Londres

Mme Fordyce, la célèbre romancière, collaboratrice émérite de notre journal, s'est livrée la semaine dernière à une démonstration étonnante des pouvoirs du psychisme humain. La séance s'est déroulée chez la distinguée Mme Hughes, devant une assistance choisie, entièrement composée de ladies.

Tous les témoins de l'événement ont décrit la même mise en scène impressionnante. Mme Fordyce était assise à une table, éclairée par une unique lampe, tandis que le reste de la pièce était plongé dans l'obscurité. Elle répondit à toutes les questions que lui posaient les dames présentes, et les assortit de remarques de nature très personnelle sur nombre d'entre elles, alors même qu'elle ne les avait jamais rencontrées.

À l'évidence, seule la possession d'un don de divination a permis à Mme Fordyce de réussir un tel prodige. Son succès fut d'ailleurs tel qu'elle se retrouva assaillie d'invitations à réitérer l'exercice ailleurs. Elle les déclina cependant toutes.

Il est en effet communément admis par tous ceux qui s'intéressent à ces phénomènes que pareilles prouesses psychiques fatiguent les nerfs à l'excès – lesquels nerfs sont beaucoup plus fragiles chez les femmes que chez les hommes.

Appelé à commenter l'événement, M. Reed, le président de la prestigieuse Académie de recherches psychiques, nous a fait valoir, en outre, que les convenances empêchaient une lady digne de ce nom, et quels que soient ses pouvoirs médiumniques, de s'exhiber trop souvent en public.

1

Le visage de la morte n'était qu'une ombre spectrale sous le voile ensanglanté.

Vivante, la spirite avait été pourtant plutôt jolie. Sa jupe de velours bleu nuit froissée laissait deviner le galbe de ses jambes. Le tisonnier qui avait servi à lui briser le crâne reposait près d'elle.

Adam Hardesty s'agenouilla près du corps, une chandelle à la main. Un collier de perles brillait au cou d'Elizabeth Delmont. Et des boucles assorties ornaient toujours ses oreilles. Une petite montre de gousset gisait sur le tapis, non loin de sa main pâle. Le verre en était brisé et les aiguilles, à jamais immobiles, marquaient minuit.

Adam consulta sa propre montre. Il était 2 h 10 du matin. Si la montre au sol avait été brisée au cours de la lutte qui avait visiblement eu lieu dans cette pièce, cela faisait à peine plus de deux heures qu'Elizabeth Delmont était morte.

Un petit camée en émail noir était posé sur le buste de la défunte. Il semblait avoir été placé là délibérément, en une parodie sinistre de funérailles.

Adam s'empara de la broche et la retourna. Une miniature figurait au dos : le portrait d'une jeune femme blonde d'environ dix-huit ou dix-neuf ans, en robe de mariée. À en juger par son expression triste et résignée, ce mariage ne la réjouissait pas particulièrement. Sous la miniature, qui était fixée sur un couvercle de cristal taillé, Adam découvrit une mèche blonde.

Il étudia longuement le portrait, en mémorisant chaque détail, puis remit le camée à sa place. La police y verrait peut-être là un indice important.

Se redressant, Adam inspecta la pièce du regard. Chaises renversées, objets brisés : la lutte avait fait rage. Il s'intéressa tout particulièrement à la table retournée en son centre, qui révélait un curieux mécanisme. Ce dernier était vraisemblablement destiné à lui permettre de s'élever à quelques centimètres au-dessus du sol. Pour des esprits crédules, c'était là l'indéniable preuve que les esprits se manifestaient lors des séances de spiritisme.

Sceptique de nature, Adam ne partageait pas l'engouement actuel pour les expériences psychiques. Il avait cependant conscience que dès que la mort d'Elizabeth Delmont serait rendue publique, beaucoup de gens en déduiraient qu'elle avait été victime des dangereux esprits qu'elle convoquait depuis l'au-delà.

Quand il flairait le scandale, Adam avait une seule et unique règle : s'en tenir éloigné à tout prix. Puisqu'il était désormais impossible d'empêcher que la disparition d'Elizabeth Delmont occupe la une des journaux, il ne lui restait plus qu'à faire en sorte que son nom ne soit pas mêlé à l'affaire.

Elizabeth Delmont organisait vraisemblablement ses séances de spiritisme dans cette pièce, aussi la fouilla-t-il avec soin, convaincu que c'était probablement là qu'elle avait caché ses secrets. Il ne trouva rien, sinon quelques compartiments astucieusement ménagés dans les murs ou le plancher, mais qui ne contenaient pas le journal intime qu'il cherchait.

Son inspection terminée, il monta à l'étage, et poursuivit sa fouille dans la chambre à coucher d'Elizabeth Delmont.

L'exercice se révéla tout aussi vain – à l'exception d'une trouvaille amusante : un catalogue de vente par correspondance intitulé *Les Secrets des médiums*. Les objets truqués proposés à la vente permettaient, notamment, de simuler de fausses apparitions de spectres. L'éditeur du catalogue garantissait évidemment la plus stricte confidentialité à ses clients.

Adam redescendit au rez-de-chaussée. Il ne lui restait plus qu'à s'éclipser par la porte de l'office. Il avait fait son possible : tant pis s'il ressortait bredouille. Il ne pouvait tout de même pas démonter chaque meuble !

Mais alors qu'il passait devant le salon, dont la porte était grande ouverte, il remarqua une petite écritoire qui éveilla sa curiosité.

Il s'en approcha et en souleva le couvercle. Le cahier qu'il cherchait ne s'y trouvait pas davantage. Il y avait en revanche une feuille de papier sur laquelle étaient inscrits des noms et des adresses. La date de la veille était griffonnée en haut, ainsi qu'un horaire : 21 heures.

Il en conclut qu'il s'agissait de la liste des participants à la dernière séance organisée par Elizabeth Delmont.

L'un des noms était souligné d'un gros trait. Ce nom lui paraissait vaguement familier, mais il ne parvenait pas à le situer, ce qui l'agaça prodigieusement. Il se flattait en effet de posséder une excellente mémoire. Elle lui avait d'ailleurs été fort utile, autrefois, lorsqu'il gagnait sa vie en vendant des informations qu'il glanait ici ou là.

Certes, il évoluait désormais dans des cercles huppés, mais sur le fond, rien n'avait changé. Il n'oubliait jamais ni un visage, ni un nom, ni un ragot. Cette faculté lui était d'une grande aide dans la jungle de la bonne société, de même qu'elle lui avait permis, dans sa jeunesse, de survivre dans les rues de Londres.

Il se concentra sur le nom souligné dans l'espoir qu'une image, une impression ou même quelque commérage lui viendrait à l'esprit. Un souvenir fugace refit surface. Il était presque certain, à présent, que Julia ou Wilson l'avaient mentionné devant lui. Et cela avait un rapport avec un journal.

Sur le coup, il n'y avait pas prêté attention. Sans doute parce que la personne en question ne fréquentait pas le grand monde, où il avait maintenant ses habitudes.

Mme Fordyce, 22, Corley Lane.

Cette fois, il n'oublierait pas ce nom.

2

Une aura d'intrigues et de secrets flottait autour du mystérieux visiteur. Lorsqu'il s'encadra sur le seuil de son minuscule bureau, Caroline Fordyce eut un petit sursaut d'appréhension et de curiosité.

Il était à peine 9 heures, et elle n'avait jamais rencontré Adam Grove auparavant. En principe, une femme respectable n'ouvrait pas sa porte à un inconnu – et encore moins lorsque celui-ci se présentait à une heure aussi matinale. Mais Caroline avait toujours pensé qu'une observation trop stricte des convenances ôtait tout piment à l'existence.

— Asseyez-vous, monsieur Grove, je vous en prie.

Elle-même s'était levée pour l'accueillir.

— Ma gouvernante m'a expliqué que vous souhaitiez m'entretenir d'un sujet grave et important qui nous concerne tous deux, ajouta-t-elle.

C'était d'ailleurs les mots « grave et important » qui avaient éveillé la curiosité de la jeune femme, et l'avaient incitée à demander à Mme Plummer d'introduire immédiatement le visiteur dans son bureau. Un tel sujet promettait une conversation intéressante.

Personne ne sonnait jamais à la porte du 22, Corley Lane pour apporter des nouvelles graves et importantes. À l'exception, peut-être, de la fille du poissonnier, venue la semaine dernière prévenir Mme Plummer que le saumon acheté le matin même était avarié : son père s'était aperçu après coup que la bête avait fait l'objet, avant de parvenir à sa boutique, d'un traitement chimique destiné à couvrir son odeur trop forte.

Selon toute probabilité, son visiteur matinal n'allait pas tarder à découvrir qu'il s'était trompé d'adresse, songea Caroline. Quoi qu'il en soit, elle avait bien l'intention de profiter pleinement de cette interruption divertissante de sa routine quotidienne.

— Merci de m'avoir reçu aussi rapidement, madame Fordyce, dit Adam Grove, qui demeura sur le seuil de la pièce.

Il avait une belle voix profonde, pleine d'une assurance toute masculine. Caroline frissonna. Prudence. Ce Grove était doté d'une volonté de fer, elle le sentait. C'était le genre d'homme habitué à atteindre ses buts – et par tous les moyens, probablement.

Elle eut comme une révélation. Adam Grove était exactement le personnage qu'elle cherchait depuis des jours.

Elle coula un regard vers la pile de feuilles posées sur son bureau et se demanda si elle oserait prendre des notes. Mais l'occasion était trop belle et il n'était pas question de la laisser filer. Si elle se contentait de jeter de temps à autre une réflexion sur le papier au cours de la conversation, son visiteur n'y verrait que du feu.

Elle retourna s'asseoir.

— Je me suis sentie obligée de répondre à votre sollicitation « grave et importante », monsieur.

— Je ne me serais pas permis de sonner à votre porte de si bon matin si le sujet de ma visite n'avait pas revêtu un caractère d'urgence, lui assura-t-il.

Caroline s'empara de sa plume et gratifia Grove d'un sourire encourageant.

— Vous ne voulez pas vous asseoir ?

— Si, bien sûr.

Il pénétra dans la pièce et prit le siège qu'elle lui avait désigné. Il portait des vêtements impeccablement coupés, et Caroline s'exhorta une fois de plus à la prudence.

Cet homme appartenait de toute évidence au grand monde. Trois ans plus tôt, elle avait vécu une expérience désastreuse avec un membre de la haute société, et elle n'était près d'oublier la leçon – si mystérieux et fascinant que fût son visiteur.

Elle l'étudia discrètement. Mince et bien bâti, il se déplaçait avec une grande économie de mouvements non dépourvue d'une certaine grâce. Il était visiblement capable de réagir très rapidement en cas de besoin, mais se contrôlait parfaitement. Il emplissait la pièce d'une énergie virile qu'il était impossible de ne pas percevoir.

Pas de doute, c'était le modèle idéal pour le personnage d'Edmund Drake.

Affichant un air désinvolte, Caroline griffonna : *Dégage vitalité et virilité*.

Il était également très élégant, sans pour autant céder à la mode actuelle qui prescrivait depuis peu une certaine fantaisie dans la garde-robe masculine. Tout de gris vêtu, à l'exception de sa chemise, d'un blanc immaculé, il arborait un nœud de cravate parfait.

Elle avait songé à faire porter à Edmund Drake ces pantalons rayés et ces chemises à motifs qu'on voyait sur les jeunes gens à la mode, mais elle savait à présent que ce serait une erreur. En effet, Drake était censé inspirer une certaine crainte en même temps qu'il devait paraître animé d'une détermination sans faille.

Sans même regarder sa feuille, elle écrivit : *Veste et pantalon anthracite.*

Grove prit place dans le fauteuil.

— Je vous ai interrompue dans votre correspondance. Pardonnez-moi.

— Ne vous excusez pas, répliqua Caroline en lui souriant de nouveau. Je prenais simplement quelques notes pour me souvenir de tâches à faire plus tard.

— Je vois.

Il avait les cheveux courts, d'un noir profond, à peine teintés d'argent aux tempes, remarqua-t-elle – parfait pour Drake. Et il n'avait pas succombé à la mode actuelle qui préconisait la moustache et le bouc. En revanche, ses joues étaient ombrées d'une barbe naissante, et elle comprit, étonnée, qu'il ne s'était pas rasé avant de venir.

Plus elle détaillait son visiteur, et plus elle s'apercevait qu'elle avait fait fausse route en imaginant son personnage comme un très bel homme. Un visage ascétique, comme celui d'Adam Grove, lui conviendrait beaucoup mieux. Après tout, Drake avait eu une vie dure, et ses traits devaient refléter son passé tourmenté.

Elle inscrivit : *Visage farouche.*

De sa place, Grove ne pouvait pas lire ce qu'elle écrivait, mais Caroline sentit qu'il l'observait. Elle s'interrompit et leva les yeux. L'impatience qui se lisait dans son pénétrant regard vert la surprit.

Incapable de résister à la tentation, elle ajouta : *Prunelles vert émeraude. Brillent-elles la nuit ?*

— Vous aviez tant de choses à vous rappeler, madame Fordyce ? lâcha-t-il d'un ton froid.

— Oui. Excusez-moi, répliqua la jeune femme en posant sa plume. Désirez-vous une tasse de thé ?

La proposition parut le surprendre.

— Non, merci. Je ne vais pas rester longtemps.

— Peut-être pourriez-vous m'expliquer ce qui vous amène chez moi, dans ce cas.

Il hocha la tête.

— Vous connaissiez, je crois, une femme du nom d'Elizabeth Delmont.

Caroline était si stupéfaite qu'elle mit quelques secondes à réagir.

— La médium qui vit dans Hamsey Street ?

— Oui.

Elle ne s'attendait pas du tout à cela. Même si, ces derniers temps, l'Angleterre entière semblait se passionner pour le spiritisme et les pouvoirs psychiques, elle avait du mal à imaginer qu'un homme tel qu'Adam Grove puisse porter un quelconque intérêt à un pareil sujet.

— Je la connais, en effet. Il se trouve que j'ai assisté à une séance chez elle, hier soir, en compagnie de mes tantes. Pourquoi me demandez-vous cela ?

— Elizabeth Delmont est morte.

Caroline en demeura bouche bée.

— Je vous demande pardon ?

— Elle a été assassinée peu après la fin de cette séance, précisa Grove avec un calme étonnant.

— A… assassinée, balbutia Caroline, sidérée. Vous en êtes sûr ?

— C'est moi-même qui ai découvert son corps, aux alentours de 2 heures du matin.

— *Vous* avez trouvé son corps ? répéta Caroline, déroutée. Je ne comprends pas.

— Elle a été tuée avec un tisonnier.

Caroline se demandait s'il était bien raisonnable de rester seule avec un homme qui vous annonçait tranquillement avoir découvert une femme assassinée à coups de tisonnier. Mais alors qu'elle hésitait à tirer le cordon de la sonnette pour alerter Mme Plummer, elle succomba à la curiosité.

— Puis-je savoir ce que vous faisiez chez Mme Delmont à une heure aussi tardive ?

À peine formulée, Caroline regretta sa question. Elle se sentit rougir. Une seule raison pouvait expliquer la présence, au beau milieu de la nuit, d'un gentleman aussi viril que M. Grove chez Elizabeth Delmont.

D'autant que cette dernière avait été une très belle femme, très sensuelle. Caroline se rappelait que M. MacDaniel, un veuf élégant, avait été sous le charme durant toute la séance de la veille. La médium avait dû probablement exercer le même attrait sur beaucoup d'hommes.

— Non, madame Fordyce, Elizabeth Delmont n'était pas ma maîtresse, répliqua Grove. Je ne la connaissais même pas. Et quand je l'ai découverte, cette nuit, il était trop tard pour faire les présentations.

— Je vois, fit Caroline en s'efforçant de paraître détachée – après tout, elle était censée être veuve, et donc posséder une certaine expérience de la vie. Pardonnez-moi, monsieur Grove, mais cette conversation prend un tour tout à fait inattendu. J'ignorais totalement que Mme Delmont était morte.

— Assassinée, rectifia-t-il. Cette conversation prend un tour inattendu, avez-vous dit, qu'attendiez-vous donc de ma visite ?

— Pour être franche, j'ai crû que vous vous étiez trompé d'adresse, confessa Caroline.

— Dans ce cas, pourquoi n'avoir pas demandé à votre gouvernante de vérifier que j'avais bien sonné à la bonne porte ?

Sa logique était imparable. Caroline préféra jouer franc jeu.

— Eh bien, j'étais curieuse de savoir ce que vous pouviez avoir « de grave et d'important » à me dire. Depuis trois ans que nous habitons ici, nous n'avons jamais reçu aucune visite de cette sorte.

— Nous ?

— Mes deux tantes vivent avec moi. Elles sont sorties pour leur promenade matinale. Tante Emma et tante Milly croient aux bienfaits de l'exercice quotidien.

Grove fronça les sourcils.

— Vous m'avez dit qu'elles vous accompagnaient, hier soir, chez Mme Delmont. Pourtant, je n'ai pas vu leurs noms sur la liste des participants à la séance.

Caroline avait la désagréable impression d'être soumise à un interrogatoire, et elle n'aimait pas cela du tout.

— C'est normal, répondit-elle prudemment. Elles ont décidé de m'accompagner au dernier moment. Elles étaient inquiètes à l'idée que je sorte seule la nuit. Mme Delmont n'a fait aucune objection à leur présence.

— Pourquoi avoir assisté à cette séance ? Croyez-vous réellement qu'Elizabeth Delmont pouvait communiquer avec les esprits ?

Le ton était si sarcastique que Caroline se sentit obligée de se justifier.

— Je vous ferai remarquer, monsieur Grove, que des gens cultivés et respectés prennent le spiritisme très au sérieux.

— Il y a beaucoup de gens crédules.

Caroline se saisit du dernier exemplaire de *La Nouvelle Aube*, qui traînait sur son bureau.

— De plus en plus de savants s'intéressent à ces phénomènes. Ce journal, par exemple, est publié par l'Académie de recherches psychiques. Je puis vous certifier que tous ses articles sont très documentés.

Grove eut un geste de la main, comme pour balayer l'argument.

— Balivernes ! Les gens qui prétendent posséder des pouvoirs psychiques ne sont que des charlatans. Tous, sans exception.

— Vous avez des opinions bien arrêtées, répliqua Caroline. Ce qui, pardonnez-moi de le souligner, ne témoigne pas d'un esprit très ouvert.

Il sourit, mais son sourire n'avait rien de chaleureux.

— Votre esprit serait-il plus ouvert, madame Fordyce ? Prendriez-vous ces billevesées pour argent comptant ?

Caroline se redressa sur son siège.

— Il se trouve, monsieur Grove, que depuis peu je conduis moi-même des recherches dans ce domaine.

— Et auriez-vous déjà rencontré un seul médium authentique ? Mme Delmont, par exemple ?

— Non, admit Caroline à contrecœur. En fait, je ne pense pas qu'il soit possible de communiquer avec les esprits.

— Je suis heureux de vous l'entendre dire. Je craignais d'avoir surestimé votre intelligence.

Caroline le fusilla du regard.

— Les recherches en matière de psychisme n'en sont qu'à leur début. Ce n'est pas parce que je ne crois pas qu'on puisse communiquer avec les morts que je suis prête à renier tout ce qui pourrait être découvert en matière de pouvoirs psychiques.

Il l'étudia un instant entre ses paupières mi-closes.

— Mais si vous remettez en cause les pouvoirs des médiums, pourquoi avoir assisté à cette séance chez Elizabeth Delmont ?

Le doute n'était plus permis : Grove la soumettait à un interrogatoire en règle.

— Vous vous exprimez comme un policier, monsieur Grove.

— Rassurez-vous, madame Fordyce. Je n'ai strictement aucun rapport avec la police.

— Alors, au nom du ciel, que faites-vous ici ? Et qu'attendez-vous de moi ?

— Des renseignements, répliqua-t-il tranquillement. Pourquoi étiez-vous à cette séance ?

Il était sacrément têtu...

— Je vous l'ai dit : j'ai entrepris des recherches sur les phénomènes psychiques. Quoi que vous en pensiez, c'est un domaine digne d'intérêt.

Il haussa les épaules.

— À mes yeux, ce ne sont que des amusements de salon.

Caroline jugea le moment venu de poser à son tour des questions. Elle croisa les mains sur son bureau, dans une attitude qu'elle espérait ferme et autoritaire.

— Je suis désolée d'apprendre que Mme Delmont a été assassinée, commença-t-elle d'un ton neutre, mais j'ai peur de ne pas comprendre pour quelles raisons vous vous intéressez aux circonstances de sa mort. Si, comme vous me l'avez assuré, Mme Delmont et vous n'étiez pas... euh... intimement liés, que faisiez-vous chez elle à 2 heures du matin ?

— Il vous suffira de savoir que j'avais d'excellentes raisons pour sonner à sa porte à cette heure-là. À présent qu'elle est morte, je n'ai d'autre choix que de découvrir l'identité de son assassin.

Caroline écarquilla les yeux, stupéfaite.

— Vous avez l'intention de démasquer son meurtrier ?

— Oui.

— Mais c'est le travail de la police !

Il haussa de nouveau les épaules.

— Ils feront leur enquête, bien sûr. Mais je doute qu'elle aboutisse.

Caroline reprit sa plume.

— Voilà qui est fascinant, monsieur Grove, murmura-t-elle, tout en écrivant sur sa feuille : *Déterminé et opiniâtre.* Si je vous suis bien, vous avez décidé de mener votre propre enquête sur l'assassinat de Mme Delmont, et vous êtes venu me trouver afin de savoir si je possédais des informations sur sa mort.

— Vous avez parfaitement résumé la situation.

— Je suis disposée à vous raconter tout ce dont je me souviens, à condition que vous m'expliquiez pourquoi vous vous intéressez à cette affaire.

Il l'examina avec attention, comme si elle était un spécimen biologique difficile à identifier. Le silence était tel qu'on entendait le tic-tac de l'horloge.

— Bien, répondit-il finalement. J'accepte. Mais en contrepartie, j'insiste pour que tout ceci reste strictement confidentiel

— Cela va de soi, répliqua Caroline tout en écrivant : *Secret*.

Vif comme l'éclair, il bondit de sa chaise et s'empara de sa feuille avant même que la jeune femme ait compris ce qui se passait.

— Rendez-moi ça tout de suite ! protesta-t-elle en tendant la main.

Mais il était déjà trop tard. Grove parcourait le texte des yeux, et son regard s'assombrissait à chaque seconde

— Veste et pantalon anthracite... Visage farouche... Bon sang ! Qu'est-ce que cela signifie ?

— Je ne vois pas en quoi mes notes personnelles vous regardent, monsieur.

— Je viens juste de vous réclamer la plus grande discrétion sur cette affaire ! Je n'ai aucune envie d'être mêlé à un scandale.

Voyant qu'elle ne pouvait récupérer sa feuille, Caroline se réfugia derrière un air hautain.

— Moi non plus, figurez-vous, cher monsieur. Je n'ai certainement pas l'intention de parler de votre enquête à quiconque.

— Alors pourquoi avez-vous jugé nécessaire de prendre ces notes ?

Une indignation légitime s'empara de Caroline.

— Je mettais de l'ordre dans mes pensées, rien d'autre.

Il relut ce qu'elle avait écrit.

— Pardonnez-moi, mais il me semble qu'il y a surtout des commentaires relatifs à mon apparence physique.

— Eh bien, euh...

— Je veux savoir pourquoi vous avez consigné ces observations. Nom d'un chien ! Si vous comptez me faire figurer dans votre journal intime...

— Je puis vous assurer que ce n'est pas du tout mon intention, répliqua la jeune femme, avec d'autant plus de fermeté que c'était la stricte vérité.

— Alors je dois en conclure que vous êtes impliquée dans le meurtre de Mme Delmont.

Caroline était médusée.

— Mais enfin, c'est faux !

— Je ne vois pas d'autre explication logique à ces notes. Puisqu'elles ne sont pas destinées à votre journal intime, vous les avez prises en vue de faire un rapport destiné à votre complice.

Caroline bondit sur ses pieds.

— *Mon complice !* Vous m'insultez, monsieur ! Comment osez-vous insinuer que je pourrais être liée à une affaire de meurtre ?

Grove brandit le papier sous son nez.

— Alors expliquez-moi à quoi vous serviront ces notes ?

— Je ne vous dois aucune explication, monsieur Grove. Ce serait même plutôt l'inverse. Je vous rappelle que c'est *vous* qui avez fait irruption chez moi.

L'accusation parut l'irriter au plus haut point.

— À vous entendre, on jurerait que j'ai forcé votre porte. Ce qui n'est pas le cas. Vous avez demandé à votre gouvernante de m'introduire.

— Uniquement parce que vous aviez prétexté vouloir m'entretenir d'un sujet d'une importance gravissime. Mais il s'avère que la mort de Mme Delmont n'est grave que pour vous, monsieur Grove.

— Vous vous trompez, madame Fordyce.

Caroline secoua la tête, sûre de son fait.

— Quelles que soient les circonstances de la mort de Mme Delmont, cela ne m'intéresse en rien.

Adam Grove se contenta de hausser les sourcils, sans rien dire. Un silence tendu s'abattit dans la pièce.

— Bien entendu, j'éprouve une curiosité toute naturelle, et l'inquiétude normale qu'on attend d'une personne qui vient d'apprendre un horrible assassinat, rectifia Caroline doucement.

— Je crois au contraire, madame Fordyce, que l'intérêt que vous portez à cette histoire va bien au-delà de la simple curiosité.

— Expliquez-moi donc pourquoi ? Je n'avais jamais rencontré Elizabeth Delmont avant hier soir. Et je n'avais aucune intention de la revoir. Je vous rappelle que je n'étais pas la seule à me trouver chez elle. Outre mes tantes, deux autres personnes ont assisté à la séance. Mme Howell et M. MacDaniel.

Grove s'était planté devant la fenêtre et regardait le jardin. En dépit de la lassitude qui se lisait sur son visage – il n'avait pas dû beaucoup dormir –, il se tenait parfaitement droit.

— Mme Howell et M. MacDaniel sont âgés. Et frêles. Ni l'un ni l'autre n'auraient eu la force de fracasser le crâne de Mme Delmont avec un tisonnier. D'autant qu'elle s'est débattue, à en juger par le désordre qui régnait dans son salon.

— Vous leur avez parlé ?

— Je n'ai pas eu besoin. Une discrète enquête de voisinage, tôt ce matin, m'a convaincu qu'ils n'avaient rien à voir avec ce meurtre.

— Je pense que vous avez raison, admit Caroline.

— Racontez-moi ce qui s'est passé pendant cette séance, dit-il calmement.

— Pas grand-chose, avoua-t-elle. Les esprits se sont manifestés à une ou deux reprises. Pour délivrer des augures financiers.

— Des augures financiers ? répéta-t-il d'un ton coupant.

— Oui. M. MacDaniel s'est entendu dire qu'il aurait bientôt la chance de faire un excellent placement. Cela n'avait rien d'extraordinaire. Les participants à ce genre de séances apprennent souvent qu'ils vont faire un héritage inattendu, ou qu'ils vont connaître une bonne fortune.

— Je vois.

Il tourna vers Caroline un regard perçant.

— Ainsi, vous avez parlé d'argent.

Elle se raidit. L'angoisse la gagnait, à présent. Grove allait-il faire part à la police des soupçons qu'il nourrissait contre elle et ses tantes ?

Toutes trois étaient innocentes, bien sûr. Mais si un gentleman aussi visiblement riche et puissant que Grove les accusait de meurtre, leur parole ne pèserait pas lourd dans la balance.

Elles se trouvaient donc en danger. Elles devaient fuir Londres au plus vite. Leur seule chance de s'en sortir était de disparaître, comme elles l'avaient fait trois ans plus tôt. Caroline réfléchissait à toute vitesse. Combien d'argent liquide leur restait-il à la maison ? Et combien de temps leur faudrait-il pour boucler leurs bagages ? Dès que Grove serait parti, elle enverrait Mme Plummer s'enquérir des horaires de trains.

Adam Grove fronça les sourcils.

— Vous ne vous sentez pas bien, madame Fordyce ? Vous êtes toute pâle.

L'angoisse fit place à la rage, et Caroline explosa :

— Vous me menacez, monsieur ! Comment voulez-vous que je me sente bien ?

— De quoi parlez-vous, madame ? Je ne vous ai nullement menacée.

— Vous nous avez pratiquement accusées de meurtre. Si vous parlez de vos soupçons à la police, nous serons arrêtées et jetées en prison. Et nous finirons au bout d'une corde !

— Madame Fordyce, ne laissez pas votre imagination prendre le pas sur votre raison. Pour l'instant, je n'ai pas la moindre preuve de quoi que ce soit.

— Bah ! De nôtre côté, nous ne pouvons pas non plus prouver que nous ne sommes pas retournées chez Mme Delmont après la séance pour la tuer. Ce serait notre parole contre la vôtre, et vous savez très bien que, vu notre humble position sociale, nous n'aurions aucune chance contre vous.

— Calmez-vous, madame. Je ne suis pas d'humeur à supporter une crise de nerfs.

La colère de la jeune femme grimpa d'un cran.

— Et pourquoi est-ce que je ne ferais pas une crise de nerfs, alors que je risque la prison à cause de vous ?

Il fit un pas vers elle.

— Bon sang ! Cessez cette comédie !

D'un bond, Caroline contourna son siège et s'en servit comme d'un bouclier.

— Stop ! N'approchez pas, sinon je crie à l'assassin ! Et je vous promets de crier assez fort pour alerter les voisins.

Il s'immobilisa en laissant échapper un soupir.

— Calmez-vous, madame Fordyce, répéta-t-il. Inutile de faire perdre leur temps à vos voisins.

— Je ne vois pas comment je pourrais me calmer avec la menace qui pèse sur ma tête.

Il la considéra pensivement.

— Ne seriez-vous pas comédienne, madame Fordyce ? Vous semblez douée pour le mélodrame.

— Ma réaction me paraît plus qu'appropriée à la situation, grinça-t-elle.

Grove la contempla un moment sans rien dire. Caroline eut le sentiment qu'il révisait quelque plan d'action secret.

— Respirez à pleins poumons, madame, et ressaisissez-vous, dit-il finalement. Je n'ai aucunement l'intention de vous accuser de meurtre.

— Pourquoi vous croirais-je ?

— Parce que faire justice n'est pas mon souci premier, en l'occurrence. Je préfère laisser la police s'en charger, même si je doute qu'elle parvienne à un résultat. Les policiers sont raisonnablement efficaces quand il s'agit de meurtres ordinaires, mais cette affaire n'est pas ordinaire.

Caroline eut l'intuition qu'il disait vrai. Elle n'en demeura pas moins derrière son siège.

— Si vous ne cherchez pas à faire justice, quel but poursuivez-vous, monsieur Grove ?

Il posa sur elle un regard froidement spéculateur, avant de répondre :

— Je veux simplement retrouver un journal intime.

— Quel journal intime ? s'enquit-elle, en pleine confusion.

— Celui qui a disparu de chez Mme Delmont hier soir.

Caroline tenta de comprendre.

— Vous cherchez un journal intime appartenant à Elizabeth Delmont ? Eh bien, je peux vous assurer que je ne sais rien à son sujet. Et mes tantes, pas davantage. Du reste, je n'ai vu aucun journal intime dans la pièce lors de la séance d'hier.

Il fixa Caroline un instant, puis secoua la tête, comme s'il se résignait à sa défaite.

— Je pense que vous me dites la vérité, madame Fordyce. Et je m'aperçois que je me suis trompé à votre sujet.

Caroline s'autorisa à se détendre quelque peu.

— Trompé ?

— J'étais venu ici dans l'espoir de vous faire avouer que vous aviez volé ce satané journal. Ou au moins que vous pourriez m'apprendre où il était passé.

— Pourquoi ce journal est-il si important pour vous ?

Il sourit. Mais son sourire était aussi tranchant que la lame d'un rasoir.

— Mme Delmont pensait pouvoir s'en servir pour me faire chanter.

Mme Delmont avait dû perdre le sens commun, songea Caroline. Quelle personne sensée aurait pris le risque d'extorquer de l'argent à cet homme ?

— Qu'est-ce qui vous fait croire que j'aurais pu savoir des choses sur ce journal ? s'étonna-t-elle.

Grove croisa les mains dans le dos.

— Vous faites partie des dernières personnes à avoir vu Elizabeth Delmont vivante. En dehors de son assassin, bien sûr. J'ai su, par l'une de ses voisines, que sa gouvernante avait pris sa soirée.

— C'est exact. Mme Delmont nous a ouvert elle-même. Elle a expliqué qu'elle donnait toujours congé à sa gouvernante les soirs de séance, car elle ne parvenait pas à entrer en transe si quelqu'un déambulait dans la maison. En fait, je me suis demandé…

— Oui ? Que vous êtes-vous demandé, madame Fordyce ?

— Eh bien, puisque vous voulez tout savoir, je me suis dit que Mme Delmont craignait peut-être que sa gouvernante ne l'espionne. Certaines personnes sont prêtes à payer très cher les domestiques travaillant pour des médiums afin d'en apprendre plus sur leurs méthodes.

— Bien vu, approuva Grove. Il est de notoriété publique que les médiums sont des personnes secrètes.

— Comment avez-vous eu mon nom et mon adresse ?

— Mme Delmont avait dressé la liste des participants à la séance d'hier soir. Leur adresse figurait à côté de leurs noms.

— Je vois.

Caroline s'imagina Adam Grove fouillant la maison de Mme Delmont, tandis que son corps gisait sur le plancher. Elle ne put retenir un frisson.

— J'ai passé le restant de la nuit et le début de la matinée à interroger des voisins, des domestiques, des cochers et…

Il hésita, comme s'il choisissait ses mots avec soin.

— … et toutes les personnes fréquentant le quartier où résidait Mme Delmont, poursuivit-il. J'ai notamment pu vérifier que la gouvernante se trouvait chez sa fille enceinte. Son alibi est imparable.

— Voilà pourquoi vous semblez si las, remarqua-t-elle tranquillement. Vous ne vous êtes pas couché.

Il se frotta distraitement le menton.

— Veuillez excuser mon apparence, madame.

— Cela importe peu, étant donné les circonstances, fit Caroline, qui se risqua à ajouter : Si je comprends bien, vous comptiez m'intimider afin que je vous révèle quelque éventuelle conspiration.

Il se passa la main dans les cheveux sans manifester la moindre trace de remords.

— C'était plus ou moins mon idée, en effet.

Craignant qu'il n'y ait pas totalement renoncé, Caroline réfléchit à d'autres suspects possibles.

— Mme Delmont aurait pu être victime d'un cambrioleur, suggéra-t-elle.

— J'ai fouillé toutes les pièces. Aucune porte ni aucune fenêtre n'a été forcée. J'en ai déduit qu'elle avait ouvert à son assassin.

La désinvolture avec laquelle il lui avait répondu désarçonna Caroline.

— J'aurais personnellement eu du mal à me montrer aussi méthodique en présence du corps d'une femme sauvagement assassinée, commenta-t-elle.

— Malheureusement, mes recherches n'ont rien donné, répliqua-t-il en se dirigeant vers la porte. Pardonnez-moi de vous avoir fait perdre votre temps. Je compte sur vous pour ne pas ébruiter cette conversation.

Caroline ne répondit pas.

La main sur la poignée de la porte, il se retourna.

— Eh bien, madame Fordyce ? Puis-je avoir votre parole que vous respecterez la confidentialité que je vous demande ?

Prenant son courage à deux mains, elle lâcha :

— Ça dépendra.

Il eut un sourire cynique.

— Évidemment. J'aurais dû me douter que vous réclameriez une compensation pour votre silence. Dites-moi votre prix, madame Fordyce.

La jeune femme ressentit de nouveau une bouffée de colère.

— On n'achète pas mon silence, monsieur Grove. Je ne veux pas de votre argent. Je ne me soucie que de ma sécurité, et de celle de mes tantes. Si nous devions nous trouver dans une position délicate, je n'hésiterais pas à livrer votre nom à la police et à lui raconter tout ce que nous nous sommes dit.

— Je doute sincèrement que la police vous cause le moindre ennui. Comme vous l'avez suggéré, elle conclura probablement à un cambriolage qui a mal tourné. Et l'affaire sera classée.

— Comment pouvez-vous en être aussi sûr ?

— Parce que c'est l'hypothèse la plus plausible, et que les policiers sont connus pour aimer la facilité.

— Mais s'ils trouvent la liste des participants à la séance d'hier soir ?

Grove tira un feuillet de sa poche.

— Ils ne la trouveront pas.

Caroline ouvrit de grands yeux.

— Vous l'avez subtilisée ?

— Je suis certain qu'aucun des noms contenus dans cette liste ne serait d'une quelconque utilité aux enquêteurs.

— Je vois, fit Caroline, qui ne savait que dire d'autre.

— À propos de noms, reprit-il d'un air détaché, cela ne vous servirait à rien de révéler le mien à la police.

— Pourquoi ? riposta-t-elle froidement. Parce qu'un gentleman de votre rang n'a pas à se soucier d'avoir à répondre aux questions des policiers ?

— Personne n'est au-dessus de la loi, assura-t-il avec un sourire énigmatique. Mais le problème, c'est que M. Grove n'existe pas. Je l'ai inventé pour les besoins de mon enquête. Dès que j'aurai franchi votre porte, il s'évanouira comme l'un de ces spectres qui ont tant de succès à vos fameuses séances de spiritisme.

Caroline dut s'asseoir. La tête lui tournait, tout à coup.

— Dieu du ciel ! Vous vous êtes introduit chez moi sous un faux nom ?

— Oui. Pousserez-vous la bonté jusqu'à répondre à une dernière question ?

La jeune femme cligna des yeux, encore sous le choc.

— Laquelle ? parvint-elle à articuler.

Il brandit de nouveau le papier qu'il lui avait ravi.

— Pourquoi diable avez-vous pris toutes ces notes ?

— Ah, ça... Je suis écrivain. Mes romans paraissent en feuilleton dans le *Courrier de Londres*. Peut-être lisez-vous ce journal ?

— Non. Si je ne m'abuse, c'est l'un de ces journaux agaçants qui vivent de ragots ?

— Eh bien…

— De la presse à scandale, autrement dit.

Caroline soupira.

— Je suppose que vous préférez le *Times*.

— En effet.

— Cela va de soi, murmura-t-elle. Mais, franchement, vous ne le trouvez pas un peu ennuyeux ?

— Je le trouve précis et digne de confiance, madame Fordyce. Le type même de journal que je préfère.

— Oui, bien sûr. Comme je vous l'expliquais, le *Courrier* publie mes romans en feuilleton. Mon contrat m'oblige à leur livrer un chapitre par semaine. Ces derniers jours, j'éprouvais quelques difficultés à cerner l'un de mes personnages, Edmund Drake, dont le rôle est très important pour le récit.

Il parut amusé par cet aveu.

— Si je comprends bien, vous avez pris ces notes à mon sujet afin de vous en servir pour dépeindre le héros de votre roman ?

— Ciel, non ! s'écria Caroline. Edmund Drake n'est pas le héros. Bien au contraire. C'est lui qui a le mauvais rôle.

3

Pour une raison inexplicable, Adam Hardesty était ennuyé que la romancière s'inspire de lui pour camper le rôle du méchant.

Tout en regagnant à pied sa maison de Laxton Square, il ruminait à propos de sa rencontre désastreuse avec la fascinante Caroline Fordyce. Il était bien conscient que son opinion à son sujet aurait dû être le cadet de ses soucis étant donné la quantité chaque jour croissante de problèmes qu'il avait à régler.

Néanmoins, l'idée qu'elle puisse voir en lui le modèle du « méchant » l'irritait. Son intuition lui soufflait que ce n'était pas uniquement son « visage farouche » qui lui avait donné de lui une opinion aussi défavorable À vrai dire, il la soupçonnait de ne pas tenir les hommes en haute estime.

Lui, au contraire, avait été très impressionné par la jeune femme. Il lui avait suffi de croiser ses beaux yeux noisette au regard intelligent pour deviner qu'il avait en face de lui une redoutable adversaire potentielle.

Malheureusement, elle n'avait pas fait que susciter son respect. Elle avait aussi littéralement enflammé ses sens. Il avait beau être épuisé par sa nuit blanche, il n'en avait pas moins eu une réaction physique extrêmement dérangeante.

Bon sang ! il n'avait vraiment pas besoin de ce genre de complication. Qu'est-ce qui lui arrivait donc ? Même adolescent, il s'était rarement laissé dominer par ses désirs. Il avait appris très tôt qu'une parfaite maîtrise de soi en toute circonstance était le meilleur moyen de survivre – et ce qui valait dans la rue valait aussi dans le grand monde.

Et pourtant, il n'arrivait pas à oublier le visage de Caroline Fordyce. Sa silhouette non plus, d'ailleurs. Il se rappelait avec émotion les courbes généreuses que sa robe d'intérieur toute simple soulignait.

Ses cheveux, châtain doré, étaient attachés en un chignon bas qui mettait en valeur la ligne gracieuse de sa nuque et son port altier. Il calcula qu'elle ne devait pas avoir plus de vingt-cinq ans.

Même sa voix était irrésistible. Douce et caressante. Chez toute autre femme, elle lui aurait paru délibérément provocante, mais il était certain qu'il n'y avait rien de calculé chez Caroline Fordyce. Son timbre était naturellement sensuel.

Visiblement, il n'y avait pas de M. Fordyce. Que lui était-il arrivé ? Mort de vieillesse ? Emporté par une fièvre ou un accident ? Quoi qu'il en soit, Adam se réjouissait que sa veuve n'ait pas suivi la mode du deuil ostentatoire lancé par la reine elle-même après la disparition de son cher Prince Albert. Il ne comprenait pas que tant de femmes en Angleterre puissent réellement considérer les voilettes sombres et les avalanches de crêpe noir comme le summum de l'élégance.

Caroline Fordyce, pour sa part, n'affichait aucun signe visible de deuil. Cela signifiait peut-être qu'elle ne regrettait guère son défunt mari. Ou bien qu'elle était veuve depuis assez longtemps pour chercher à refaire sa vie.

« Ne te laisse pas entraîner sur ce terrain-là », se morigéna Adam. La situation était déjà assez grave et compliquée comme cela sans qu'il se laisse distraire par une femme, si séduisante soit-elle.

Il traversa au carrefour, puis coupa à travers un vieux square mal entretenu. Sa jeunesse passée dans la rue lui avait valu de connaître la ville comme sa poche. Il possédait une maîtrise des raccourcis qu'aucun cocher ne pourrait jamais égaler.

À sa sortie du square, il aperçut un gamin qui vendait le *Courrier de Londres* à la criée. Pris d'une impulsion, il lui fit signe.

— Donne-m'en un exemplaire, s'il te plaît, dit-il en sortant une pièce de sa poche.

Le gamin ouvrit sa besace.

— Vous avez de la chance, monsieur, il ne m'en reste plus qu'un seul. Je parie que vous êtes impatient de lire le dernier épisode du roman de Mme Fordyce. Tous mes clients se jettent dessus.

— J'avoue que je suis curieux de lire ça, en effet.

— Vous ne serez pas déçu. *Le Gentleman mystérieux* est vraiment sa meilleure histoire.

— Vraiment ? fit Adam en jetant un coup d'œil au journal.

Le Gentleman mystérieux occupait trois colonnes en une.

— Alors, reprit-il, Edmund Drake est enfin démasqué ?

— Oh, non, pas encore ! répliqua le gamin. Mais son complot contre Lydia Hope échouera, ajouta-t-il, plein de confiance. Dans les romans de Mme Fordyce, les méchants connaissent toujours une fin terrible.

Adam plia le journal et le glissa sous son bras.

— Ils n'ont que ce qu'ils méritent.

Un quart d'heure plus tard, Adam gravissait le perron de son élégante demeure. Morton lui ouvrit la porte avant qu'il ait eu le temps de sortir sa clé de sa poche.

— Bonjour, monsieur.

S'il n'avait pas été aussi épuisé, Adam se serait sans doute amusé de la curiosité manifeste qui se lisait sur le visage du majordome. Il faut dire qu'il était 10 heures, et qu'il n'avait pas reparu depuis qu'il était sorti pour se rendre à son club, la veille au soir. Cependant, Morton était trop bien stylé pour se risquer à poser la moindre question. Ni même formuler le moindre commentaire.

— M. Grendon vient juste de s'installer devant son petit-déjeuner, monsieur, l'informa-t-il en le débarrassant de son chapeau et de son manteau. Désirez-vous vous joindre à lui ?

— Excellente idée, Morton.

Adam avait autant besoin de nourriture que de sommeil. Et tôt ou tard, il lui faudrait bien annoncer les mauvaises nouvelles à Wilson. Alors autant se débarrasser de cette corvée devant une bonne tasse de café. Il pourrait ensuite aller se coucher.

Dès qu'il pénétra dans la pièce réservée au petit-déjeuner, Wilson Grendon leva les yeux de son journal. Après avoir examiné Adam quelques secondes, il ôta ses lunettes et les replia à côté de sa serviette.

— Tu rentres bredouille, je parie, lança-t-il sans préambule.

— La médium était morte à mon arrivée, lâcha Adam. Assassinée.

Wilson fronça ses épais sourcils.

— Nom d'un chien ! Delmont est morte ? Tu es sûr ?

Adam posa son journal sur la table et s'approcha du buffet. Armé d'une fourchette en argent, il entreprit de remplir son assiette.

— Pas d'erreur possible, répondit-il. Et je n'ai pas trouvé trace du journal ; j'en conclus donc que l'assassin l'a pris.

Wilson hocha la tête, d'un air méditatif.

— Tu crois qu'il a tué Delmont pour voler le journal ?

Adam revenait vers la table avec son assiette.

— Pas nécessairement, dit-il en tirant une chaise. Mais n'importe quel voleur aurait probablement compris le profit qu'il pouvait en tirer.

— Si tu as raison, il ne tardera pas à se manifester.

— Je ne vais pas attendre sans rien faire qu'il m'envoie un mot m'annonçant qu'il veut me faire chanter. J'ai bien l'intention de lui mettre la main dessus avant.

Wilson but une gorgée de café.

— Tu as découvert un indice susceptible de te mettre sur sa piste ?

— Non. Ma seule suspecte s'est révélée être une femme imprévisible, qui me considère comme le modèle idéal du méchant de roman.

Une lueur d'intérêt s'alluma dans les prunelles de Wilson.

— Tiens donc ! Parle-moi d'elle.

Adam aurait dû se douter que Wilson le questionnerait sur l'unique sujet dont il n'avait pas envie de parler. Il se tartina un toast, pour se donner le temps de réfléchir à sa réponse.

— Il n'y a pas grand-chose à en dire. Je suis convaincu qu'elle n'a rien à voir dans l'histoire.

Wilson s'adossa à son siège.

— Ce n'est pas la première fois que nous parlons d'un meurtre en prenant notre petit-déjeuner, observa-t-il. En revanche, c'est bien la première fois depuis que nous nous connaissons que tu mentionnes l'existence d'une femme « imprévisible », qui te verrait bien incarner le rôle du méchant dans un roman. Excuse-moi, mais cela m'intrigue.

Adam mordit dans son toast.

— Je vous répète que cette femme n'a rien à voir dans le vol du journal.

— Mais elle t'a visiblement fait une grosse impression.

— Elle ferait grosse impression à n'importe qui.

— Tu sais ce que disent les Français : « Cherchez la femme. »

— Nous sommes en Angleterre, répliqua Adam. Les choses sont différentes, ici.

— Pas toujours. En tout cas, il semblerait que cette femme t'ait mis de mauvaise humeur.

— Je vous rappelle que je n'ai pas dormi de la nuit. Il y a de quoi être à cran.

— Si je me souviens bien, pourtant, plus une situation se corse et plus tu fais preuve de sang-froid. Cela m'a toujours stupéfié, d'ailleurs.

Adam lui décocha un regard noir, que Wilson ignora.

— En fait, pour qui ne te connaîtrait pas, reprit-il, on jurerait que tu es parfaitement incapable de la moindre passion amoureuse.

Adam resta la fourchette en l'air tandis qu'une sonnette d'alarme résonnait dans sa tête.

— Avec tout le respect qui vous est dû, monsieur, déclara-t-il, la passion amoureuse est bien le dernier sujet dont j'ai envie de discuter ce matin.

— Mais je sais que ce n'est qu'une façade, poursuivit Wilson sans se démonter. C'est pourquoi il serait grand temps que tu te maries et donnes des héritiers à la fortune des Grendon-Hardesty.

— Vous n'avez pas besoin d'héritiers supplémentaires. Julia vous en a déjà donné deux depuis son mariage. Et au printemps prochain, Jessica sera en âge de se chercher un fiancé. Je parie d'ailleurs que, dès son premier bal, elle s'attirera des dizaines de soupirants. Quand elle se mariera à son tour, vous aurez l'assurance d'avoir encore d'autres héritiers. Et n'oubliez pas Nathan. Tôt ou tard, il finira par se lasser des mathématiques pour s'intéresser aux femmes.

— Mais tu es l'aîné du lot, souligna Wilson. Tu aurais dû te marier le premier.

— Nous en avons déjà parlé, répliqua Adam en s'efforçant de garder son calme. Je ne vois pas l'intérêt de remettre la discussion sur le tapis, alors qu'il y a des problèmes autrement plus urgents à résoudre.

Wilson fit la grimace.

— Très bien. Quoique je ne m'inquiète pas autant que toi pour cette affaire.

— Ça, je le vois bien. J'aimerais savoir pourquoi, du reste.

— Le journal n'a de valeur que s'il est utilisé comme instrument de chantage. Ce qui veut dire que tôt ou tard celui qui l'a volé prendra contact avec toi dans l'espoir de t'extorquer de l'argent, comme Elizabeth Delmont l'avait fait. Tu pourras donc facilement remonter la piste de ton nouveau maître chanteur, de la même manière que tu avais remonté celle d'Elizabeth Delmont. Ce n'est qu'une question de temps.

La logique de Wilson était comme d'habitude imparable. Mais Adam se sentait incapable de patience.

— Ce n'est pas dans ma nature d'attendre calmement que se manifeste un maître chanteur. Surtout lorsqu'il est doublé d'un assassin.

Wilson soupira.

— Je comprends. Dans ce cas, trouve-le et règle ce problème au plus vite. Ainsi tu pourras t'intéresser à des sujets plus importants.

Ces derniers temps, un seul sujet était vraiment important aux yeux de Wilson : il voulait qu'Adam se marie. Ce dernier nourrissait à l'égard de son mentor la même affection et le même respect que pour un père. Mais il n'avait pas l'intention de se marier uniquement pour faire plaisir à Wilson Grendon.

Ce dernier approchait les soixante-dix ans. Il descendait en droite ligne d'une très ancienne famille aristocratique dont la richesse avait progressivement fondu au fil des siècles. Doué d'un grand sens des affaires, Wilson avait consacré sa vie à rebâtir cette fortune. Il y avait réussi au-delà de toute espérance. Mais ces efforts avaient été marqués par une tragédie : la mort de son épouse et de ses deux fils.

Le cœur brisé, Wilson avait alors dépensé ce qui lui restait d'énergie pour asseoir son empire, dont les ramifications s'étendaient désormais jusque sur le continent, et même au-delà. L'importance de ce réseau commercial avait d'ailleurs souvent rendu d'importants services à la Couronne. En effet, les employés de Grendon à l'étranger recueillaient souvent de précieuses informations qui remontaient discrètement jusqu'en Angleterre. À l'inverse, la Couronne se servait parfois des représentants expatriés de la firme Grendon pour faire passer certains messages diplomatiques.

Cet arrangement informel s'était poursuivi après qu'Adam fut entré au service de Wilson. D'où ces conversations de petit-déjeuner évoquées par ce dernier, où il avait parfois été question de meurtres et autres choses sordides. Pour Adam, cette nouvelle existence n'était que le prolongement de ce qu'il avait vécu autrefois dans la rue. Une bonne information était une marchandise comme une autre, susceptible d'être vendue, achetée ou volée.

Certes, son quotidien avait considérablement changé du jour où Julia, Jessica, Nathan et lui étaient venus vivre dans l'hôtel particulier de Wilson, quatorze ans auparavant.

Wilson avait laissé croire à la bonne société que les quatre jeunes gens étaient des neveux éloignés retrouvés par hasard, dont il avait décidé de faire ses héritiers.

L'histoire n'était pas complètement fausse, du reste. Adam, Julia, Jessica et Nathan étaient réellement devenus, par testament, les héritiers de Wilson. En revanche, leurs supposés liens de sang étaient pure invention.

Ces dernières années, Wilson avait progressivement confié les rênes de son empire à Adam. Mais il n'avait rien perdu de son sens légendaire de la stratégie, et il le mettait maintenant en œuvre pour tenter de convaincre Adam de se marier.

— Comment comptes-tu t'y prendre pour récupérer le journal ? demanda Wilson.

Adam attrapa la cafetière.

— Je me suis souvenu que Prittlewell, un de vos vieux amis, s'intéressait au spiritisme.

Wilson ricana.

— Il n'est pas le seul. C'est devenu un véritable engouement. Je n'en reviens pas que des gens soi-disant sensés croient à de telles sornettes. Comme de bien entendu, cette mode détestable nous est venue de l'autre côté de l'Atlantique..

— Certes, concéda Adam. Mais pour en revenir à Prittlewell, j'imagine qu'à force de fréquenter les spirites, il a fini par découvrir pas mal de choses sur leur petit monde. J'aimerais que vous l'interrogiez au sujet d'Elizabeth Delmont.

Les prunelles de Wilson brillèrent d'enthousiasme. Il adorait les intrigues.

— Excellente idée. Je m'en occupe dès aujourd'hui.

Avec un peu de chance, espérait Adam, il cesserait de le harceler avec ses projets matrimoniaux. Du moins pendant quelques jours.

Adam allait suggérer une autre diversion au vieil homme quand il entendit la porte d'entrée s'ouvrir.

— Je parie que c'est Julia, murmura-t-il. Pas un mot de tout cela devant elle. Je ne veux pas qu'elle s'inquiète inutilement.

— Tu as raison. Je ne dirai rien.

Deux secondes plus tard, Julia poussait la porte. Les deux hommes se levèrent pour l'accueillir.

— Bonjour ! lança joyeusement la jeune femme. J'espère que vous êtes prêts à endurer une nouvelle invasion de décorateurs cet après-midi.

— Bien sûr, répondit Wilson. Nous ne voudrions surtout pas gâcher la préparation de ce qui s'annonce comme le grand événement mondain de la saison, n'est-ce pas, Adam ?

— À condition que ton armée de décorateurs épargne la bibliothèque, précisa celui-ci en tirant une chaise pour sa sœur.

La jeune femme lui fit la grimace et s'assit.

— Ne t'inquiète pas. Tout le monde sait que ta bibliothèque est sacrée. Mais je crains qu'il n'y ait beaucoup d'activité dans le reste de la maison durant quelques jours. Je vais faire installer des fontaines et des miroirs dans la salle de bal. L'effet devrait être saisissant.

— Je n'en doute pas, répliqua Adam. Tout se passe comme prévu, pour l'instant ?

— Oui. Mais ce matin, j'ai dû avouer à Richard que j'avais peut-être surestimé mes capacités en choisissant le thème de notre soirée.

— Mais non, ma chérie, la rassura Wilson. Si quelqu'un est capable de transformer cette maison en villa romaine, c'est bien toi. Je ne doute pas un instant de ton succès. Tu vas encore épater tout le monde.

Julia se servit une tasse de thé.

— J'apprécie votre confiance, oncle Wilson. Mais si c'est un succès, comme vous le prédisez, ce sera en partie grâce à vous. Je n'aurais pu organiser une telle réception chez moi. La salle de bal est beaucoup trop petite.

— Ton mari est très sage de ne pas vouloir acheter une maison de ville plus vaste pour l'instant, déclara Wilson. Ce serait gaspiller de l'argent. Vous n'êtes pas assez souvent à Londres pour justifier un tel investissement, et vous avez déjà suffisamment de propriétés à entretenir.

Julia hocha la tête.

— Je ne peux qu'être d'accord avec vous.

Elle reposa la théière et ajouta :

— Pendant que j'y songe : Richard compte emmener les enfants à la fête foraine, demain, et il s'est dit que vous aimeriez peut-être venir avec eux.

Wilson parut enchanté de la proposition.

— Je vais consulter mon agenda afin de m'assurer que je suis libre.

Adam était convaincu qu'il trouverait le temps d'accompagner le comte de Southwood et ses deux enfants. Wilson n'aurait pas hésité à repousser une audience avec la reine en personne pour ne pas se priver d'un après-midi avec les garçons.

— Parfait, répondit Julia. Cette petite sortie vous servira de prétexte pour déserter les lieux pendant que les décorateurs seront à l'œuvre. Je préfère vous prévenir, la maison risque d'être bruyante jusqu'à la fin de la semaine.

— Une villa romaine ne se construit pas en un jour, observa Wilson, philosophe.

Julia but une gorgée de thé.

— J'ai reçu une lettre de Jessica, ce matin. Son séjour dans le Dorset se passe à merveille. Ce ne sont que pique-niques, excursions et jeux divers tous les jours.

— De mon côté, j'ai reçu un mot de Nathan confirmant qu'il viendrait bien à mon anniversaire, le mois prochain, annonça Wilson.

— Il va bien ? s'enquit Julia. Je m'inquiète de le savoir en permanence plongé dans ses livres.

— Rassure-toi, répondit Wilson, il est en pleine forme. Ce garçon était né pour les études.

Julia sourit.

— Qui l'aurait cru ?

Adam ne se souciait guère de participer à la conversation. Outre qu'il avait d'autres soucis en tête, le manque de sommeil commençait à se faire sérieusement sentir.

— Ça ne va pas, Adam ? lui demanda brusquement sa sœur. Tu as l'air ailleurs. Je t'ennuie avec mes histoires de bal ?

— Non, pas du tout, assura-t-il en repliant sa serviette. Je pensais juste que j'avais quelque chose à faire. Si vous voulez bien m'excuser, tous les deux…

Mais c'était trop tard.

— Mais que vois-je ? s'exclama Julia. Ta chemise est toute fripée, et tu ne t'es pas rasé ce matin ! Voilà qui ne te ressemble pas.

Adam préféra couper court.

— Écoute, Julia, si ça ne te dérange pas, il faut que j'y aille. Je te verrai plus tard, conclut-il en se levant.

Wilson inclina la tête.

— Va te reposer, mon garçon.

Julia écarquilla les yeux.

— Pourquoi aurait-il besoin de se reposer ? Tu es malade, Adam ?

— Je me sens très bien, merci.

Il récupéra son exemplaire du *Courrier de Londres* et s'éclipsa. Mais sa sœur le rattrapa dans le hall. Il aurait dû se douter qu'il ne se débarrasserait pas aussi facilement d'elle.

— Adam, s'il te plaît, écoute-moi une seconde.

Il fonça dans la bibliothèque et alla s'asseoir derrière le bureau.

— Quoi ? qu'y a-t-il ? Je t'ai dit que j'étais occupé.

Elle vint se planter devant lui.

— Ne me raconte pas d'histoires. Je devine que tu rentres tout juste.

— Julia, il y a certains sujets qu'un gentleman n'aime pas aborder. Surtout avec sa sœur.

— Ah ! Je m'en doutais ! Tu n'es pas rentré de la nuit ! s'exclama-t-elle le regard brillant de curiosité. C'est sérieux, cette fois, ou c'est juste une autre de tes liaisons insipides ?

— J'ignorais que tu considérais ma vie privée comme insipide, rétorqua-t-il sèchement. Non pas que ton opinion m'importe, vu que ça ne te regarde pas.

Julia sursauta. Elle ne s'attendait pas à une repartie aussi violente.

— Excuse-moi, Adam, je ne voulais pas te vexer.

Mais il s'en voulait déjà de lui avoir répondu aussi brutalement.

— Non, c'est moi qui m'excuse. Wilson a raison : j'ai besoin de repos.

— Je suppose que si je trouvais tes liaisons insipides, se reprit-elle, c'est sans doute parce que tu ne paraissais pas très inspiré quand tu m'en parlais.

— Je ne suis pas sûr que ce genre de relations soit source d'inspiration.

— Évidemment ! Tu traites tes relations amoureuses de la même manière que tu conduis tes affaires. Tout est toujours parfaitement planifié et doit se dérouler selon tes vœux. Je ne t'ai jamais vu manifester une vraie émotion. Et chaque fois qu'une aventure se terminait, tu semblais soulagé, comme si tu étais libéré d'une corvée et que tu pouvais passer à un autre projet.

— Je ne vois pas du tout où tu veux en venir.

— Je veux en venir au fait que tu ne t'es jamais autorisé à tomber amoureux, Adam. Oncle Wilson et moi pensons qu'il serait grand temps que ça t'arrive.

Adam crispa les mâchoires.

— Écoute, Julia, je viens déjà d'endurer un sermon de Wilson au sujet du mariage, et je ne suis pas d'humeur à en supporter un autre.

Ignorant sa réponse, elle se laissa tomber dans un des fauteuils de cuir.

— Ainsi tu as une nouvelle liaison ! Qui est-ce, Adam ? Je suis impatiente de connaître son nom.

Adam songea soudain que le meilleur moyen de faire dévier l'attention de Julia pendant qu'il continuerait son enquête serait de lui faire croire qu'il avait effectivement une nouvelle liaison. Sa sœur serait tellement occupée par cette histoire qu'elle ne songerait même pas à lui poser des questions sur son emploi du temps.

— Ne t'attends surtout pas que je te révèle son nom, répondit-il évasivement.

— Tu n'étais pas avec Lilian Tait, par hasard? Je sais qu'elle a des vues sur toi. Aurais-tu fini par succomber à ses avances?

— Qu'est-ce qui te fait croire que je perdrais mon temps avec Lilian Tait? Sa conversation est assommante.

— Peut-être, mais elle est séduisante, riche et déjà veuve. Et elle admet volontiers qu'elle aime sa liberté et n'a pas l'intention de se remarier. Elle correspond tout à fait au genre de maîtresse que tu recherches, conclut-elle.

Adam haussa les sourcils.

— Tu me surprends, Julia. Je croyais qu'une jeune femme respectable ne discutait pas de la vie sentimentale des messieurs.

Sa sœur afficha un sourire serein.

— Allons donc, c'est le sujet de conversation préféré des dames lorsqu'elles se réunissent autour d'une tasse de thé.

— Et moi qui croyais que vous ne parliez que chiffons!

Julia s'esclaffa.

— Comment des hommes apparemment intelligents parviennent-ils à se convaincre que les femmes sont totalement ignorantes des réalités de la vie, voilà qui ne cessera jamais de m'étonner.

Adam se crispa involontairement.

— Je suis bien placé pour savoir que tu n'ignores rien des réalités de la vie, Julia. J'aurais tellement préféré vous protéger davantage, toi et les autres.

Elle redevint brusquement sérieuse.

— Ne dis pas de bêtises, Adam. Tu nous as protégés de ton mieux lorsque nous étions enfants. Sans toi, Jessica, Nathan et moi n'aurions sans doute pas survécu. Mais tu ne t'attends tout de même pas que je croie que tu vis comme un moine, n'est-ce pas?

Adam grimaça.

– Je n'avais pas réalisé que tu t'intéressais autant à ma vie privée.

— C'est normal, je suis ta sœur, lui rappela-t-elle doucement. Et si je me souviens bien, tu m'as toi-même beaucoup questionnée quand je t'ai annoncé que j'étais amoureuse de Richard.

— Tu étais devenue une héritière. Mon devoir était de m'assurer qu'on ne t'épousait pas pour ta fortune.

— Je sais. Il n'empêche qu'il frémit encore au souvenir des séances digne de l'Inquisition qu'il a endurées avant de gagner ta confiance.

— Le terme Inquisition est un peu exagéré, non? protesta Adam. Mes entrevues avec Southwood ont surtout été l'occasion de mieux nous connaître et de devenir amis.

Julia éclata de rire.

— Il m'a raconté qu'il avait failli te jeter à l'eau lors de cette fameuse partie de pêche en Écosse. Si tu ne lui avais pas dit que tu étais un excellent nageur, je crois qu'il n'aurait pas hésité.

— Pour ma part, je me souviens surtout que nous avons ramené de très belles truites de cette excursion.

— Il y a aussi eu cette fois où tu l'as invité sur le voilier de Wilson pour une petite croisière de trois jours le long des côtes. Il n'a pas osé refuser de peur que tu ne le prennes pour une poule mouillée.

— Le temps était idéal pour faire de la voile.

— Il a été malade comme un chien! Il se demande encore comment tu avais appris qu'il était sujet au mal de mer.

Adam hocha la tête.

— J'ai mes sources...

— Quoi qu'il en soit, puisque tu t'es intéressé de près à ma vie sentimentale, je trouve juste de m'intéresser à la tienne. Malheureusement, jusqu'à présent, tu ne m'as jamais donné l'occasion d'observer grand-chose de passionnant.

— Crois bien que je suis désolé de ne pouvoir t'offrir mieux. Cela dit, je vais être obligé d'interrompre cette passionnante conversation. J'ai des rendez-vous cet après-midi, et j'aimerais bien dormir un peu avant de m'y rendre.

Julia grimaça.

— Tu ne veux vraiment pas me dire son nom ?

— Non.

— À quoi bon te montrer aussi secret ? Tôt ou tard, je finirai par le découvrir. Tu sais comment les ragots se propagent dans le grand monde.

Elle marqua une pause, avant d'ajouter d'un air interrogateur :

— À moins, bien sûr, que ta nouvelle amie ne fréquente pas la bonne société.

Adam se leva et saisit le journal posé sur le bureau.

— Si tu veux bien m'excuser, je monte me reposer.

— Bon, très bien, je renonce, soupira-t-elle en se levant à son tour. Du moins pour l'instant…

Puis, remarquant le journal qu'Adam tenait à la main, elle s'étonna :

— Tu lis le *Courrier*, à présent ? Ça ne te ressemble pas.

— Rassure-toi, c'est la première fois que j'achète ce journal, et ce sera la dernière.

Julia se dirigea vers la porte.

— Eh bien, tu as eu de la chance de réussir à t'en procurer un exemplaire. Depuis que Mme Fordyce y publie ses romans en feuilleton, on s'arrache ce journal. J'ai envoyé Willoughby me le chercher ce matin, à la première heure. Je ne voudrais surtout pas rater le dernier épisode du *Gentleman mystérieux*.

Adam ne s'attendait pas à ce coup du sort.

— J'ignorais que tu connaissais les œuvres de Mme Fordyce.

— J'en suis folle. À mon avis, son nouveau roman est le meilleur de tous. Le méchant s'appelle Edmund Drake. Avant même qu'il n'ait fait son apparition, on a compris qu'il en voulait à l'héroïne, Lydia Hope.

Adam se raidit.

— C'est ce qu'on m'a raconté, en effet.

Julia ouvrit la porte.

— Rassure-toi, il n'aura pas gain de cause. Mme Fordyce finit toujours par régler leur compte à ses gredins.

Une fois dans sa chambre, Adam se déshabilla rapidement et s'allongea sur son lit. Il tenta de réfléchir à un plan d'action pour récupérer le journal, mais bizarrement ses pensées le ramenaient sans cesse vers Caroline Fordyce.

Pourtant, la romancière n'était pas son genre de femme. Cela dit, elle n'était pas non plus dépourvue d'intérêt. D'abord, elle n'était plus naïve ni innocente. Ayant été mariée, elle avait l'expérience de la vie, une expérience considérable, même, sans quoi elle n'aurait pas été capable d'écrire ces romans à sensation qui passionnaient le public.

À en juger par son intérieur et ses vêtements, elle n'était pas riche, mais ses livres lui procuraient apparemment de quoi vivre confortablement. De toute évidence, elle n'évoluait pas dans les hautes sphères de la société, mais ce n'était pas plus mal. Cela éviterait les ragots.

Adam laissa échapper un juron. Bon sang ! Il avait déjà assez de problèmes comme cela. Ce n'était vraiment pas le moment de songer à avoir une liaison avec Caroline Fordyce.

Malheureusement, il était incapable de penser à autre chose.

4

Lorsque Caroline pénétra dans le bureau, en fin d'après-midi, elle trouva ses tantes installées devant la cheminée une tasse de thé à la main.

— Alors ? demanda Milly avec son enthousiasme habituel.

— Mon mystérieux visiteur de ce matin a dit la vérité, répondit Caroline en prenant place derrière son bureau. Elizabeth Delmont a bien été assassinée la nuit dernière. Ce M. Grove, ou quel que soit son nom, n'est donc pas un affabulateur.

Ce n'était qu'un mince espoir, mais Caroline avait voulu s'y raccrocher.

— Qu'as-tu découvert en allant chez Mme Delmont ? s'enquit Emma, qui semblait, comme toujours, redouter le pire.

Les coudes sur le bureau, Caroline cala son menton sur ses paumes.

— Un policier gardait la porte. Il y avait un petit attroupement dans la rue : des badauds et des journalistes.

— J'espère que tu as veillé à ne pas être vue ? s'inquiéta Emma.

— Bien sûr. Encore que personne ne m'aurait reconnue.

— Mieux vaut être prudent dans ce genre d'affaires, insista Emma. Le crime va faire la une des journaux. Inutile que ton nom soit mêlé au scandale, surtout après cet article du *Courrier* qui relatait ta démonstration des pouvoirs psychiques au thé d'Harriet Hughes.

— Ne m'en parle pas, murmura Caroline. Quelle erreur d'aller là-bas ! Je me demande encore pourquoi je vous ai laissé m'y entraîner.

— Allons, allons, ce fut amusant, objecta Milly d'un ton léger. Harriet et ses amies étaient aux anges.

Emma fronça les sourcils.

— Certes. Mais qui sait ce que la presse aurait pensé en voyant Caroline devant la maison de Mme Delmont ? L'effet aurait été désastreux. Prions pour que personne n'apprenne qu'elle avait assisté à la séance d'hier soir.

— M. Grove m'a assuré qu'il ne comptait pas divulguer la liste des participants, fit Caroline.

Mais s'il changeait d'avis ?

Emma fit écho à ses inquiétudes.

— Qui nous dit qu'il tiendra parole ? Ce monsieur m'a l'air bien excentrique. Quelle idée de vouloir retrouver l'assassin lui-même !

— C'est en effet fort surprenant de la part d'un gentleman, renchérit Milly. Je me demande bien ce que peut contenir ce journal, pour qu'il s'en inquiète autant. Et puis, n'oublions pas qu'il s'est servi d'un faux nom pour s'introduire dans cette maison.

Cela faisait en effet beaucoup d'interrogations, admit Caroline. Du reste, elle n'avait pas réussi à écrire une seule ligne depuis le départ d'Adam Grove. Il avait beau ne plus être là, sa présence emplissait encore la maison.

La jeune femme s'inquiétait pour ses tantes – les deux personnes qu'elle aimait le plus au monde. C'était à cause d'elle que leurs existences s'étaient retrouvé bouleversées, trois ans plus tôt, et elle ne voulait surtout pas que cela se reproduise. Elle se sentait le devoir de les protéger d'un nouveau scandale – ou pire.

Elle n'avait que deux ans lorsque Emma et Milly l'avaient recueillie, au lendemain du décès de sa mère dû à une prise excessive de laudanum. Caroline les appelait toutes deux ses tantes, mais seule Emma, la sœur aînée de sa mère, était sa vraie parente.

Les deux femmes étaient plus qu'amies. Non seulement elles avaient partagé leur foyer, et élevé Caroline ensemble, mais elles avaient en commun toutes sortes de passions et d'enthousiasmes. Pourtant, elles formaient un amusant contraste, du point de vue du caractère comme de l'apparence. Emma était grande, belle encore dans le genre sévère, et encline à voir le monde sous un jour austère. Elle n'était pas complètement dénuée d'humour, mais riait rarement.

Milly, au contraire, était petite, grassouillette, et si enjouée que ceux qui ne la connaissaient pas la jugeaient souvent frivole. La réalité était tout autre : Milly était aussi intelligente et cultivée qu'Emma, mais d'une nature très romantique.

Leur façon de se vêtir reflétait ces différences. Emma privilégiait le noir et les robes très sobres, sans rubans ni volants, tandis que Milly adorait les tissus imprimés et les couleurs vives.

Emma servit du thé à Caroline.

— Cette histoire est très troublante, observa-t-elle. L'assassin était peut-être caché dans l'ombre, attendant son heure, alors que nous nous trouvions chez Mme Delmont.

— Mon Dieu que c'est affreux ! s'exclama Milly, qui semblait cependant plus excitée que terrifiée. Je dois avouer que la séance d'hier soir m'a beaucoup amusée. J'ai bien cru que M. MacDaniel allait s'évanouir quand la main fantôme lui a frôlé la manche.

— Elizabeth Delmont n'était qu'une actrice, objecta Caroline, songeuse. La supercherie était flagrante. Cependant, je ne peux pas m'empêcher de l'admirer d'avoir réussi une aussi brillante carrière. Il y a si peu de métiers ouverts aux femmes.

— C'est vrai, acquiesça Emma. Qu'as-tu appris d'autre, tout à l'heure ?

— J'avais remarqué une servante, un peu à l'écart. J'ai demandé au cocher du fiacre de s'approcher et j'ai discuté un peu avec elle. À l'en croire, tout le mobilier du salon avait été chamboulé par des forces surnaturelles.

Emma soupira.

— Ce genre de ragot n'a rien d'étonnant vu la profession de la victime.

Caroline prit sa tasse.

— Oui, bien sûr. Elle a aussi mentionné une montre de gousset qui aurait été brisée.

Milly haussa les sourcils, intriguée.

— Qu'avait-elle donc d'extraordinaire, cette montre ?

— Elle a été trouvée près du corps. La police pense que le verre s'est brisé à l'instant du crime. Les aiguilles s'étaient arrêtées à minuit pile.

Milly frissonna.

— Que c'est mélodramatique !

Emma pinça les lèvres.

— Cette histoire de montre devrait figurer en bonne place dans les comptes rendus de la presse.

— Et si c'était un client de Mme Delmont qui avait voulu se venger ? suggéra Milly. Communiquer avec l'au-delà peut se révéler un métier risqué, quand les gens prennent ces choses au sérieux.

— Possible, concéda Caroline. Mais j'ai beaucoup réfléchi à la question, et je suis arrivée à une autre conclusion.

— Laquelle ? demanda Emma.

— Mon visiteur de ce matin semble convaincu que l'assassin de Mme Delmont n'a agi que pour lui dérober un certain journal intime, qui le met en cause. Mais comme vous le savez, ces derniers temps, j'ai beaucoup fréquenté l'Académie de recherches psychiques. Et ce n'est un secret pour personne que Mme Delmont avait une rivale très jalouse. Un autre médium du nom d'Irène Toller.

Milly hocha la tête.

— Les médiums sont connus pour se détester.

— Eh bien, espérons que la police arrêtera très vite le coupable, trancha Emma.

Mais si la police échouait ? songea Caroline. Adam Grove déciderait-il finalement de leur remettre la liste des participants de la séance de la veille, malgré sa promesse de n'en rien faire ?

Elle était bien placée pour savoir qu'on ne pouvait pas faire confiance aux hommes.

— Si seulement tu n'avais pas décidé de prendre une spirite pour héroïne de ton prochain roman, Caroline ! s'écria Emma. Tu n'aurais jamais eu l'idée de te rendre chez Elizabeth Delmont.

Hélas, le mal était fait ! Et ses tantes et elle risquaient à présent de se retrouver au cœur d'un énorme scandale qui pourrait ruiner sa carrière de romancière, dont toutes trois dépendaient financièrement.

Elle ne pouvait attendre, les bras croisés, que le désastre s'abatte sur elles. Elle devait absolument agir. Il y avait trop en jeu.

5

Cette nuit-là, Caroline fit de nouveau le cauchemar qui la hantait depuis des années.

Elle avait empoigné ses lourdes jupes et courait comme une folle. Derrière elle, le martèlement implacable des talons de sa poursuivante se rapprochait. Son cœur battait à tout rompre, ses poumons la brûlaient.

La terreur lui avait insufflé une énergie presque surnaturelle, mais le poids de sa robe commençait à lui peser et la ralentissait dangereusement. L'ombrelle attachée à sa ceinture battait contre son flanc, menaçant de lui faire perdre l'équilibre.

Combien de temps encore parviendrait-elle à tenir un tel rythme ?

— Vous devez disparaître, disait sa poursuivante de ce ton étrangement raisonnable qui la rendait encore plus terrifiante. Vous ne comprenez donc pas ? Si vous disparaissez, il me reviendra.

Elle préféra ne pas regarder derrière elle de crainte de trébucher, sachant que si cela lui arrivait, elle serait perdue.

Du reste, à quoi bon regarder ? Elle savait tout ce qu'il lui fallait savoir. Sa poursuivante brandissait un grand couteau de boucher à la lame étincelante.

— Vous devez disparaître, répéta-t-elle.

Ses pas se rapprochaient. Elle courait d'autant plus vite qu'elle ne portait qu'une simple chemise de nuit en lin.

— Si vous disparaissez, il me reviendra.

Sa robe lui semblait plus lourde à chaque seconde. Elle perdait du terrain...

Caroline se réveilla en nage. De toute évidence, le meurtre d'Elizabeth Delmont avait ressuscité ses vieux démons.

Depuis trois ans qu'elle endurait ce cauchemar, il avait fini par se faire plus rare. À présent, elle pouvait passer quinze jours, voire un mois, sans qu'il la réveille. Mais chaque fois qu'elle croyait en être définitivement débarrassé, il revenait la hanter sans prévenir. Il s'installait alors plusieurs nuits de suite, avant de disparaître de nouveau.

La jeune femme s'assit au bord de son lit et s'empara de sa robe de chambre. Il était inutile d'espérer se rendormir.

Elle descendit au rez-de-chaussée sur la pointe des pieds. Après s'être enfermée dans son bureau, elle se versa un verre de sherry qu'elle vida d'une traite.

Elle arpenta un moment la pièce, histoire de se calmer, puis s'assit à son bureau, prit une feuille et commença à écrire.

Cauchemars ou pas, meurtre ou pas, M. Grove ou pas, elle devait travailler. M. Spraggett, le directeur du *Courrier*, attendait le prochain épisode du *Gentleman mystérieux* pour la fin de la semaine.

Un auteur de romans à sensation devait se soumettre à une discipline de fer. Chaque semaine, Caroline livrait un nouveau chapitre d'environ quinze pages. Et pour maintenir l'intérêt des lecteurs, chaque chapitre devait commencer et se terminer par un coup de théâtre.

Les impératifs du calendrier étaient tels qu'elle commençait généralement à se documenter pour le roman suivant plusieurs semaines avant d'avoir terminé celui en cours. Un roman complet s'étalait en moyenne sur vingt-six chapitres, soit autant de semaines. Mais à peine une histoire s'achevait-elle que le *Courrier* enchaînait la publication de la suivante.

Trois pages plus tard, Caroline posa sa plume et se relut.

La bonne nouvelle, c'était qu'Edmund Drake prenait tournure. Le personnage était désormais mûr pour apparaître. Jusqu'à présent, il avait œuvré dans l'ombre. Mais il occuperait le devant de la scène dans les derniers chapitres.

6

Deux jours plus tard, Caroline se tenait assise au fond de la salle de conférences de l'Académie de recherches psychiques.

Dès qu'on commença d'éteindre les lampes à gaz, un murmure parcourut l'assistance. Bientôt, la salle se retrouva plongée dans le noir. Seule la scène, sur laquelle se trouvaient une table et une chaise, demeura éclairée.

Caroline nota que la rangée de sièges qu'elle occupait était pratiquement vide. Apparemment, Irène Toller avait été éclipsée une dernière fois par sa rivale. La nouvelle de l'assassinat d'Elizabeth Delmont avait en effet provoqué un choc à Wintersett House. Le hall et les couloirs bruissaient de spéculations et de rumeurs.

L'obscurité, un rien théâtrale, avait mis Caroline mal à l'aise. Elle avait la détestable impression que quelqu'un se tenait derrière elle.

— Bonjour, madame Fordyce, chuchota brusquement à son oreille la voix d'Adam Grove. Voilà une étrange coïncidence, que d'aucuns n'hésiteraient pas à qualifier de paranormale. Ça ne vous ennuie pas, si je m'installe à côté de vous ?

Caroline avait sursauté violemment en réprimant un cri.

— Monsieur Grove… mais que faites-vous donc ici ?

— La même chose que vous, je suppose. Je suis venu assister à la démonstration d'Irène Toller.

Il s'assit dans le fauteuil à la droite de la jeune femme sans attendre d'y avoir été invité.

— Vous m'avez suivie ! l'accusa Caroline.

— Pas du tout. Mais je ne suis pas vraiment surpris de constater que nos chemins se croisent de nouveau.

— Je ne discute pas avec des étrangers qui ne se sont pas présentés dans les règles, répliqua Caroline de son ton le plus glacial.

— C'est vrai, j'avais oublié. Je ne vous avais pas donné mon vrai nom, l'autre jour, mais puisque le destin semble vouloir se mêler de cette affaire, permettez que je me présente correctement. Je m'appelle Adam Hardesty.

— Pourquoi devrais-je croire que vous me dites la vérité, cette fois ?

— Si vous le souhaitez, je peux vous apporter la preuve de mon identité.

Caroline ignora sa proposition.

— Vous êtes venu ici parce que vous avez découvert que Mme Toller aurait pu avoir une raison d'assassiner Mme Delmont, n'est-ce pas ?

— Je vois que nous avons entendu les mêmes rumeurs.

— La rivalité entre les deux femmes était notoire.

— J'ai l'impression que cela attise votre curiosité, observa-t-il en secouant la tête. On ne vous a jamais dit que c'était un vilain défaut ?

— J'avoue être curieuse de nature, monsieur Hardesty, mais en l'occurrence, ce n'est pas la curiosité qui m'a attirée ici aujourd'hui.

— Non ? Ne me dites pas que vous avez décidé, vous aussi, d'enquêter sur le meurtre de Mme Delmont ? Cette affaire ne vous concerne en rien.

— Malheureusement, je n'en suis pas aussi certaine. J'ai au contraire jugé plus prudent d'aller y regarder de près.

Il croisa les bras.

— Voilà qui est tout sauf prudent, madame Fordyce. Je dirai même que c'est de l'inconscience. Cette histoire pourrait se révéler très dangereuse.

— Je n'ai pas le choix. La situation est déjà potentiellement dangereuse, selon moi. Vous êtes de toute évidence très déterminé, monsieur Hardesty. Après votre départ, j'ai réalisé que si vous ne trouviez pas rapidement un coupable acceptable, il n'était pas exclu que vous en veniez à me soupçonner de nouveau.

Adam digéra ces propos dans un silence tendu. Caroline avait l'impression qu'il n'appréciait pas sa façon de raisonner.

— Je reconnais vous avoir soupçonnée, répondit-il finalement. Mais je vous ai laissé clairement entendre que j'avais le sentiment que ni vous ni vos tantes n'étiez mêlées à cette affaire.

— Précisément, riposta-t-elle. Un sentiment n'est pas une conviction. Vous ne nous avez pas entièrement disculpées. Mais assez parlé, la démonstration va commencer.

Adam hocha la tête, mais Caroline savait qu'il reprendrait la conversation à la première occasion. Elle décida de s'esquiver dès qu'Irène Toller en aurait terminé.

Un homme en costume chamarré s'avança sur la scène. Il s'éclaircit la voix, avant d'annoncer :

— Mme Irène Toller va maintenant se livrer à une démonstration d'écriture automatique.

L'assistance manifesta son enthousiasme en applaudissant bruyamment.

Une femme élancée surgit des coulisses. Caroline l'avait déjà croisée dans les couloirs de Wintersett House. C'était une belle femme d'une trentaine d'années, au visage très expressif. Ses cheveux d'un noir profond étaient coiffés avec recherche.

Elle s'approcha de la table d'une démarche théâtrale. Elle portait une sorte de petite planche, munie d'un encrier dans lequel était fichée une plume.

— Tout cela serait très amusant s'il n'y avait pas eu un meurtre, murmura Adam.

Irène Toller s'assit à la table et plaça la planchette devant elle. Puis elle laissa son regard courir sur l'assistance. Un regard intense, nota Caroline, surprise.

— Bonjour, dit la spirite d'une voix forte qui résonna dans la salle. Pour ceux qui n'ont encore jamais assisté à ce genre de démonstration avec la planchette, je vais rappeler comment cela fonctionne. Il faut d'abord que vous compreniez qu'un écran en apparence infranchissable sépare notre monde de celui où vivent les esprits des défunts. Certaines personnes, comme moi-même, sont dotées d'un pouvoir : celui de passer au travers de cet écran. Nous ne sommes que des vecteurs – des médiums – qui permettent à ceux qui nous ont quittés de continuer à dialoguer avec les vivants.

Le public écoutait religieusement. En quelques mots, Irène avait réussi à capter l'attention de tous. Elle positionna sa planchette sur une pile de feuilles de papier et plaça ensuite les mains sur la surface en bois.

— Avant toute chose, reprit-elle, je dois me préparer pour que les esprits puissent se servir de ma main, afin d'écrire les messages qu'ils souhaitent nous délivrer. Lorsque j'aurai atteint l'état requis, je vous poserai des questions, aux uns et aux autres. Si les esprits acceptent d'y répondre, ils utiliseront la planchette.

Un murmure d'excitation parcourut la salle. Quoique sceptique, Caroline se surprit à se redresser dans son siège.

— Ne perdez jamais de vue, poursuivit Irène Toller, que les esprits ne souhaitent pas forcément répondre à certaines questions posées en public. Ils préfèrent parfois s'exprimer dans un lieu plus intime.

Adam se pencha vers Caroline.

— Voilà une habile façon de faire allusion aux séances payantes qu'elle organise le soir à son domicile, lui chuchota-t-il à l'oreille.

— Chut ! J'essaie d'écouter Mme Toller.

Pendant ce temps, sur la scène, Irène Toller commençait d'entrer en transe. Les yeux fermés, elle se balançait légèrement, d'avant en arrière.

— Manifestez-vous, esprits éthérés de l'autre monde ! articula-t-elle d'une voix caverneuse. Nous attendons que vous nous guidiez.

L'assistance ne pipait mot. Caroline avait le sentiment que tout le monde, dans le public, était presque heureux de jeter sa raison aux orties. Ils voulaient croire qu'Irène Toller était réellement capable de communiquer avec les esprits.

— Une audience crédule est toujours plus facile à convaincre, remarqua Adam.

Irène poussa une sorte de gémissement qui donna des frissons à Caroline. Puis la spirite tressauta sur son siège.

Le public attendait, bouche bée.

Irène cessa soudain de gémir. Elle renversa la tête en arrière, puis se redressa, les épaules bien droites. Tout à coup, elle semblait plus grande et plus imposante.

Elle rouvrit les yeux et contempla l'assistance d'un regard enfiévré.

— Les esprits sont là, annonça-t-elle d'une voix rauque. Ils flottent dans la pièce, invisibles pour le commun des mortels, et ils attendent vos questions. Parlez.

Plusieurs personnes laissèrent échapper un petit cri de stupeur.

Un homme, au premier rang, se leva timidement.

— Je vous demande pardon, madame Toller, mais je voudrais demander aux esprits à quoi ressemble l'au-delà.

Il y eut un instant de silence. Puis, comme mue par une énergie propre, la planchette commença de s'agiter sous la main d'Irène Toller.

Caroline sentait que tout le monde – à l'exception notable d'Adam Hardesty – retenait son souffle.

Au bout d'un moment, la planchette s'immobilisa. Irène était hagarde, comme si elle avait consenti un tel effort qu'elle était épuisée. Elle repoussa la planchette de côté, prit la première feuille de la pile et la montra au public, avant de déchiffrer le message qui y était inscrit.

— C'est un monde de lumière et d'harmonie, lut-elle. Mais les mortels ne peuvent pas se le représenter.

Des murmures d'émerveillement traversèrent la salle.

— Je n'ai aucun talent de romancier, souffla Adam, mais une banalité pareille, j'aurais été capable de l'écrire moi-même.

— Si vous ne pouvez pas vous empêcher de faire des commentaires, j'aimerais autant que vous alliez vous asseoir plus loin, répliqua Caroline. J'essaie d'observer Mme Toller et vous me distrayez.

— Ne me dites pas que vous prenez cette farce au sérieux ?

Caroline feignit de n'avoir pas entendu.

Une femme entre deux âges, le visage dissimulé sous une voilette, se risqua à poser une question.

— L'esprit de George, mon regretté mari, est-il ici ? demanda-t-elle d'une voix tremblante. Si oui, je voudrais qu'il me dise où il a caché les actions. Il comprendra de quoi je veux parler. Je les ai cherchées partout et je n'arrive pas à mettre la main dessus. Or, j'ai besoin de les retrouver rapidement pour les vendre. Sinon je risque de perdre la maison.

Tout le monde se tourna vers la scène.

Irène avait replacé la planchette sur les feuilles de papier. Il y eut un autre silence tendu. Caroline s'attendait qu'Irène annonce que l'esprit de George était absent. Mais, à son grand étonnement, la planchette s'agita de nouveau sous ses doigts. Lentement, d'abord, puis de plus en plus rapidement.

Finalement, la planchette s'immobilisa. Irène, l'air encore plus exténué que la première fois, souleva la feuille de papier.

— Derrière le miroir au-dessus de la cheminée, lut-elle à haute voix.

— Je suis sauvée ! s'exclama la femme. Comment vous remercier, madame Toller ? Vous avez toute ma gratitude.

— C'est l'esprit de votre mari qu'il faut remercier, madame, répondit Irène. Je ne fais que transmettre ses paroles.

— Merci, George, où que tu te trouves, répliqua la femme.

Puis, abandonnant sa chaise, elle se précipita vers la sortie :

— Excusez-moi, mais je dois aller chercher ces actions sans attendre.

Elle passa à côté de Caroline, laissant un parfum de lavande dans son sillage, puis disparut derrière le rideau qui servait de porte.

— Voilà qui était intéressant, murmura Adam.

La salle était plus excitée que jamais. Un autre homme se leva dans le public.

— J'aurais moi aussi une question, madame Toller, dit-il. Si l'esprit de Mme Delmont est ici, demandez-lui de nous dire qui l'a tuée.

Il y eut un silence stupéfait.

Irène tressaillit sur sa chaise. Sa bouche s'ouvrit, puis se referma.

Soudain attentif à ce qui se passait sur la scène, Adam se pencha en avant, les coudes posés sur les cuisses, les yeux rivés sur Mme Toller.

— Je pense qu'elle va nous dire que l'esprit de Mme Delmont n'est pas ici, murmura Caroline.

— Je n'en suis pas si sûr, répondit Adam. Regardez, la planchette bouge.

Caroline regarda, fascinée. En effet, la planchette avait repris sa danse étrange sur le papier.

Irène gémissait. Ses épaules tremblaient. Elle donnait l'impression de se battre de toutes ses forces pour demeurer droite sur sa chaise.

Quand la planchette s'immobilisa, la salle retint son souffle.

Irène ramassa la feuille de papier et déchiffra en silence ce qui était écrit. La tension grimpa d'un cran.

Puis elle lut le message à haute voix :

— Elizabeth Delmont était une fraudeuse. Elle a déclenché la colère des esprits par ses artifices. Venue de l'au-delà, la main invisible du châtiment s'est chargée de la réduire au silence.

Comme si cet ultime effort avait eu raison d'elle, Irène Toller s'effondra sur la table. Avant que quiconque ait eu le temps de faire un mouvement, la lampe qui éclairait la scène s'éteignit brutalement, et la salle se retrouva plongée dans les ténèbres.

Quelqu'un poussa un cri, et un tohu-bohu s'ensuivit.

— Du calme, s'il vous plaît, mesdames et messieurs, intervint le présentateur. Cela se produit souvent lorsque Mme Toller termine une démonstration. De telles séances épuisent les nerfs. Je rallume la lampe tout de suite.

La lampe se ralluma en effet la seconde d'après, éclairant de nouveau la scène.

Irène Toller et sa planchette avaient disparu.

7

— Bon, assez de cette comédie ! s'exclama Adam en prenant le bras de Caroline pour l'inciter à se lever. Browning a raison de se moquer de ces fadaises dans sa nouvelle pièce de théâtre. Toute personne qui prétend communiquer avec les esprits n'est qu'un imposteur.

— Vous oubliez que la femme de Browning est sortie très impressionnée d'une séance conduite par le grand médium D.D. Home.

— Malgré tout le respect que je porte à Elizabeth Browning, je n'en demeure pas moins convaincu qu'elle s'est laissé berner par Home, répliqua Adam. Mais je reconnais, pour sa défense, qu'elle ne fut pas la seule. Home a dupé beaucoup de monde.

À sa grande satisfaction, Caroline n'offrit aucune résistance pour le suivre vers la sortie. Il n'avait en revanche pas prévu que le simple contact de son bras le troublerait autant, et il dut refréner une brusque envie de l'attirer contre lui.

Elle était positivement ravissante dans sa robe verte ornée de dentelle au bas des manches et au décolleté. Ses souliers à bout pointu étaient assortis à sa robe, et son petit chapeau bordé de fleurs, coquettement incliné sur le côté.

Elle était adorable à croquer. Et Adam se sentait tout à coup affamé.

Il la guida dans le couloir, intensément, presque douloureusement conscient de sa féminité. Elle sentait divinement bon, songea-t-il en respirant son parfum, mélange d'herbes et de fleurs. Il essaya de se persuader qu'il était trop vieux, trop expérimenté, trop désabusé, pour se laisser à ce point charmer par une femme. Et pourtant, c'était bel et bien ce qui lui arrivait.

Wintersett House était immense. Ils passèrent devant d'autres salles de conférences, des pièces de réception et même une petite librairie, avant d'a teindre le hall. Encore ne s'agissait-il que du rez-de-chaussée. Les étages, fermés au public, étaient résevés au seul usage des membres de l'Académie derecherches psychiques.

Si l'immeuble était vaste, Adam le trouvait plutôt hideux. De style gothique, il avait d'épais murs de pierre, des plafonds voûtés, et de rares fenêtres qui ne laissaient pénétrer que chichement la lumière du jour. Une atmosphère sépulcrale que les membres de l'Académie appréciaient probablement...

Alors qu'ils débouchaient dans le hall, Adam remarqua deux hommes engagés dans une conversation animée. Le plus petit avait une quarantaine d'années. Avec son début de calvitie, ses lunettes cerclées d'acier et son manteau chiffonné, il avait tout du savant.

Il brandissait une photographie sous le nez d'un homme élancé, d'une élégance aristocratique. Tout, dans l'allure de ce dernier, avait de quoi attirer le regard des femmes. Ses cheveux d'un noir de jais étaient striés de quelques fils d'argent du plus bel effet.

— Le grand gentleman distingué s'appelle Julian Elsworth, murmura Caroline. C'est le spirite le plus à la mode du moment. Il donne parfois des démonstrations ici, mais la plupart de ses séances ont lieu dans des cercles restreints, dans des maisons très chics.

La jeune femme décrivait Elsworth avec un peu trop d'enthousiasme au goût d'Adam.

— J'ai entendu parler de lui, répondit-il. Mais nous n'avons jamais été présentés.

— Une réception en son honneur aura lieu ici vendredi, précisa Caroline. Elle sera suivie d'une démonstration de ses talents. Je parie qu'il y aura foule.

— Et l'autre, celui qui tient une photo à la main ?

— C'est M. Reed, le président de l'Académie. Et l'éditeur de *La Nouvelle Aube*.

Au même instant, Elsworth leva les yeux, jeta un bref regard à Adam, puis, comme s'il était convaincu d'avoir affaire à un être insignifiant, se concentra sur Caroline, qu'il gratifia d'un sourire lumineux.

— Madame Fordyce ! Quel plaisir de vous voir !

— Bonjour, monsieur Elsworth.

La jeune femme lui tendit la main, avant de saluer M. Reed. Puis elle indiqua son compagnon :

— Messieurs, permettez-moi de vous présenter M….

— … Grove, la coupa Adam. Adam Grove.

Les deux hommes se contentèrent de hocher poliment la tête.

— Ravi de vous revoir à Wintersett House, madame Fordyce, fit Reed, le regard grave. Quand vous déciderez-vous à honorer notre Académie de vos talents psychiques ?

Adam n'y comprenait rien. Caroline, des talents psychiques ? De quoi parlait Reed ?

La jeune femme voulut se libérer de son emprise. Adam se rendit compte alors qu'il la tenait fermement par le bras, comme s'il avait peur qu'on ne la lui vole. Il relâcha son étreinte, mais ne la libéra pas complètement. Son instinct lui soufflait de la protéger.

Caroline sourit poliment à Reed.

— Comme je vous l'ai déjà expliqué lors de notre dernière rencontre, le *Courrier de Londres* a fait un compte rendu incorrect de ma démonstration.

Reed secoua la tête.

— J'en ai parlé à Mme Hughes. Elle a été très impressionnée par ce qu'elle a vu ce jour-là.

— Croyez-moi, monsieur Reed, je ne possède aucun talent susceptible d'intéresser les membres de votre Académie.

Reed lui sourit, d'un air entendu.

— Je comprends vos réserves, madame Fordyce, mais ne vous inquiétez pas : je ne vous obligerai pas à monter sur scène. La démonstration n'aurait lieu que devant un petit cercle d'initiés.

— Je décline quand même l'invitation, dit Caroline.

Elsworth haussa un sourcil.

— Je crains que vous ne soyez trop modeste, madame. L'article du *Courrier* était très élogieux sur vos talents.

— Mais je n'ai rien à montrer à l'Académie, s'entêta la jeune femme, cette fois d'un ton plus ferme.

Reed hocha la tête.

— Comme vous voudrez. Je ne souhaite pas vous mettre mal à l'aise, fit-il avant d'ajouter à voix basse : Je suppose que vous êtes au courant de la mort tragique d'Elizabeth Delmont ?

— Oui, c'est terrible.

— Nous avons tous été stupéfaits, ici, commenta Reed. C'était une spirite de grand talent.

Elsworth coula un regard vers la salle où Irène Toller avait tenu séance.

— Tout le monde n'était pas de cet avis.

Soudain intéressé, Adam intervint :

— Mme Toller vient effectivement de nous donner cette impression.

Reed grimaça.

— La rivalité professionnelle entre Mme Toller et Mme Delmont était connue. Les grands spirites sont souvent jaloux les uns des autres.

— Mme Toller a laissé entendre que c'étaient les esprits qui étaient responsables de sa mort, remarqua Caroline d'un ton neutre.

— Si l'on en croit les journaux à sensation, le crime de Mme Delmont n'est pas ordinaire, précisa Elsworth.

— Et que disent ces journaux ? voulut savoir Adam en veillant à ne pas manifester trop ouvertement sa curiosité.

Reed soupira et répondit un ton plus bas :

— Le salon de Mme Delmont était paraît-il sens dessus dessous, comme si le mobilier avait été chahuté par quelque force surnaturelle. Et une mystérieuse montre de gousset a été trouvée près du corps.

— Qu'y a-t-il d'étrange à cela ? demanda Adam.

— D'après les journalistes, le verre de la montre était brisé, expliqua Elsworth. Et les aiguilles s'étaient arrêtées à minuit pile. Or, minuit n'est pas une heure innocente pour les spirites.

— Certains considèrent que c'est le moment de la nuit où la frontière entre ce monde et celui des esprits est la plus perméable, précisa Reed gravement. Tout cela est très troublant.

Caroline désigna le cliché qu'il tenait à la main.

— C'est une photographie ?

Le visage de Reed s'éclaira.

— Oui. J'étais justement en train de la montrer à Elsworth.

Caroline s'approcha.

— Oh, mais c'est très intéressant...

Adam étudia le cliché par-dessus l'épaule de Caroline. Il représentait une jeune femme, plutôt jolie, assise bien droite sur une chaise. Le visage fantomatique d'une autre femme apparaissait au-dessus de sa tête.

— Cette photographie a été prise par un membre de notre Académie, expliqua Reed avec enthousiasme. L'apparition est saisissante, n'est-ce pas ?

— L'ennui, c'est que les photographies ne sont pas des preuves indubitables de l'existence des esprits, commenta Elsworth, qui semblait manifestement sceptique. Elles sont trop faciles à falsifier.

— On pourrait en dire autant de beaucoup de prétendues manifestations psychiques, renchérit Adam.

Caroline le fusilla du regard, mais il feignit de n'avoir rien vu.

— Nous y allons, ma chère ? reprit-il. Il se fait tard.

— Je ne suis pas pressée, répliqua la jeune femme.

— Vous avez oublié que nous avions un rendez-vous, ajouta Adam en l'entraînant vers la porte.

Un instant, il crut qu'elle allait résister, mais elle se contenta de saluer Reed et Elsworth.

Une fois sur le perron de Wintersett House, la jeune femme ouvrit son ombrelle d'un geste brusque.

— Monsieur Hardesty, vous vous êtes conduit grossièrement. M. Reed n'est pas seulement le président de l'Académie, il a fait beaucoup pour la promotion des recherches scientifiques sérieuses sur les phénomènes paranormaux.

— Des recherches *scientifiques* sur les phénomènes paranormaux ? répéta Adam, amusé. Vous ne trouvez pas qu'il y a contradiction dans les termes ?

— Quant à M. Elsworth, continua-t-elle sans relever, vous devriez savoir qu'il est considéré comme l'héritier de D.D. Home. On dit que, comme lui, il est capable de mettre des objets en lévitation.

— Si vous croyez cela, madame Fordyce, vous devriez vous intéresser à une histoire qu'on m'a récemment racontée : il paraît qu'il y aurait une mine de diamants au pays de Galles. Il suffirait de creuser avec une pelle pour ramasser des gemmes. Vous devriez y aller, vous feriez rapidement fortune.

— Ce n'est pas drôle. Pour votre information, M. Elsworth a été examiné par plusieurs chercheurs en spiritisme. Ses pouvoirs surnaturels ne font aucun doute.

Adam la considéra un instant, les sourcils arqués, mais ne dit rien.

Caroline eut la bonne grâce de rougir.

— Bon, d'accord, admit-elle. Je reconnais que je n'ai pas moi-même été témoin de ses lévitations. Mais les séances de M. Elsworth sont fréquentées par la meilleure société.

— Sachez que les gens chics sont aussi crédules que les autres, ma chère.

— On raconte que la reine elle-même l'a invité à une séance, après la mort de son mari.

— Je l'ai entendu dire, en effet, répondit Adam en guidant la jeune femme sur les marches. On sait malheureusement que les gens en deuil, quel que soit leur rang, constituent des proies faciles pour ceux qui cherchent à les abuser.

— Je me demande vraiment pourquoi je m'entête à discuter spiritisme avec vous ! s'exclama Caroline. Votre mauvaise foi est de granit.

Adam l'entraîna vers sa voiture, un véhicule dépourvu d'armoiries qui aurait pu passer pour un fiacre. Si d'ordinaire il préférait marcher, il lui arrivait cependant d'utiliser ce véhicule anonyme.

— Non, vous avez tort, répliqua-t-il. Il y a au moins une personne avec qui je ne dédaigne pas de parler de spiritisme.

— Et qui est-ce ?

— Mais vous, bien sûr, madame Fordyce. Je suis même impatient de connaître les détails de la démonstration que vous avez faite chez Mme Hughes.

Reed attendit que le couple ait franchi la porte de Wintersett House avant de se tourner vers son compagnon.

Il n'appréciait pas particulièrement Julian Elsworth. Ses airs aristocratiques et sa froide intelligence le mettaient mal à l'aise. Il était du reste convaincu qu'Elsworth le méprisait secrètement. Mais il ne pouvait nier que son adhésion à l'Académie avait apporté à Wintersett House une crédibilité supplémentaire, et même un certain prestige.

— Plus Mme Fordyce dément posséder un don, et plus je suis persuadé qu'elle en a un, déclara-t-il. Mais je ne désespère pas d'arriver à la convaincre de surmonter sa modestie toute féminine.

Elsworth haussa les épaules.

— Elle vit de sa plume. Ses romans ne lui rapportent sans doute pas autant que si elle était médium, mais si vous tenez vraiment à ce qu'elle rejoigne cette maison, proposez-lui un contrat pour un livre.

Durward Reed fut enthousiasmé par la suggestion.

— Excellente idée, mon cher ! Si je publiais son prochain roman dans *La Nouvelle Aube*, j'attirerais du même coup des centaines de nouveaux lecteurs. Je vais y réfléchir très sérieusement.

Décidément, Elsworth était une recrue de poids, songea Reed. Même s'il était agaçant.

8

— Cette histoire a été très surestimée, avoua Caroline, un peu ennuyée. La prétendue démonstration de mes pouvoirs psychiques n'était en réalité qu'un divertissement destiné aux invitées de Mme Hughes.

— Un divertissement ?

— Mes tantes jouent presque tous les après-midi aux cartes avec Mme Hughes et ses amies, expliqua la jeune femme. Elles savaient que depuis que j'ai commencé mes recherches sur le spiritisme pour mon prochain livre j'ai découvert quelques-uns des tours qu'utilisent certains prétendus médiums, et elles ont eu l'idée d'organiser cette petite surprise.

— Mais Mme Hughes et les autres ont pris votre supercherie au sérieux, je parie.

— J'en ai peur, oui, soupira Caroline. Il se trouve que l'une de ses amies a tout raconté à un journaliste du *Courrier*. Je n'étais vraiment pour rien dans la parution de cet article. Le journaliste n'a même pas songé à me contacter pour avoir des informations de première main.

— C'est typique de la presse qui préfère toujours le sensationnel à la rigueur intellectuelle.

Caroline hocha la tête.

— Il est vrai que les journaux ne relatent pas toujours les événements avec l'exactitude qu'on serait en droit d'attendre.

Elle se tut soudain et regarda autour d'elle.

— Où allons-nous ? Je dois rentrer à Corley Lane. J'ai encore plusieurs pages à écrire.

— Je vais vous y conduire dans ma voiture, madame Fordyce.

— Oh… fit-elle, visiblement déconcertée.

Entre-temps, Ned, le cocher d'Adam, avait sauté à terre pour leur ouvrir la portière.

Caroline prit aussitôt sa décision.

— Merci, monsieur Hardesty, mais je suis venue à Wintersett House en fiacre et je rentrerai chez moi par le même moyen.

Son refus chagrina Adam plus qu'il ne voulait l'admettre. Il réfléchit à une ruse pour l'inciter à revenir sur sa décision.

— À votre guise, madame Fordyce, répondit-il d'un ton de regret poli. J'avais pensé profiter du trajet pour échanger avec vous mes impressions sur la prestation de Mme Toller pendant qu'elles sont encore fraîches, mais si vous insistez pour rentrer par vos propres…

La jeune femme parut stupéfaite.

— Vous voudriez que nous comparions nos impressions ? le coupa-t-elle.

— Oui. À nous deux, nous pourrions y voir beaucoup plus clair que séparément.

Cette fois, le visage de Caroline s'illumina.

— Je n'avais pas envisagé les choses sous cet angle.

— Je comprendrais cependant tout à fait que vous ne souhaitiez pas m'accompagner. Je reconnais que notre relation a plutôt mal commencé. Par ma faute, du reste.

— Hmm, fit la jeune femme en considérant d'un air méfiant la voiture qui les attendait.

Elle n'aurait pu lui faire mieux sentir qu'elle n'avait aucune confiance en lui. Adam ne put s'empêcher de se demander si elle se serait montrée aussi hésitante s'agissant de Julian Elsworth.

Il essaya une autre tactique.

— Vous ne craignez tout de même pas les ragots, madame Fordyce ? Vous êtes une veuve respectable et non une débutante craignant d'être vue en compagnie d'un homme qui n'est pas son fiancé.

— Certes, répondit-elle sèchement.

— Dans ce cas, puis-je savoir où est le problème ?

— Le problème, monsieur, c'est que je ne sais toujours pas qui vous êtes exactement.

— Je vous l'ai dit : je m'appelle Adam Hardesty.

— Pourquoi devrais-je vous croire ?

Il fouilla dans ses poches et sortit un bristol gravé à son nom.

— Voici ma carte de visite, madame Fordyce.

La jeune femme l'examina, sans se montrer plus convaincue.

— Elle pourrait tout aussi bien être fausse.

Elle lui rendit le bristol avec un tel dédain qu'Adam sentit son sang s'échauffer.

— Sans vouloir vous offenser, madame, je trouve votre timidité quelque peu excessive. Après tout, vous n'êtes qu'un auteur de romans à sensation.

— Et alors ?

— Tout le monde sait ce que cela signifie.

— Vraiment, monsieur Hardesty ? Vous pourriez préciser votre pensée, je vous prie ?

Adam comprit qu'il se retrouvait pris à son propre piège. D'ordinaire, pourtant, il se montrait plus habile avec les femmes.

— Eh bien, cela signifie que vous écrivez des histoires qui exploitent le... sensationnel, répondit-il prudemment.

— Et quel mal y a-t-il à cela ?

Adam jeta un regard alentour pour s'assurer qu'il n'y avait pas d'oreilles indiscrètes à proximité. Il n'avait surtout pas envie d'une scène en public.

— Les romanciers dans votre genre n'hésitent pas à aborder des sujets licencieux.

— Qu'en savez-vous ? Je croyais que vous ne lisiez pas ce genre de littérature ?

— C'est vrai. Mais il se trouve que j'ai eu l'occasion de parcourir le dernier épisode du *Gentleman mystérieux*. Dans ce seul chapitre, il est question de meurtre, d'adultère, et de liaisons immorales. C'est beaucoup !

Elle eut un sourire glacial.

— Je vois que vous avez bien retenu l'essentiel de l'intrigue. Mais peut-être devriez-vous lire les chapitres suivants, avant de juger l'auteur ?

— Inutile. Je devine déjà la suite. Edmund Drake finira mal. Mon oncle et ma sœur m'ont d'ailleurs assuré que vos « méchants » connaissent toujours un sort tragique.

La jeune femme changea d'expression.

— Votre oncle et votre sœur me lisent ?

— Je le crains.

Elle parut enchantée de l'apprendre.

— C'est toujours agréable d'apprendre que des gens apprécient votre travail.

— Mais comme je le disais...

— Je comprends mieux pourquoi la respectabilité de mes romans vous cause du souci, le coupa-t-elle avec un sourire un peu plus chaleureux. Vous n'avez pas envie que votre sœur lise des choses inconvenantes. Mais rassurez-vous : mes personnages sont récompensés ou châtiés en fonction de leurs actions. Et le héros finit toujours par épouser l'héroïne.

Adam se pencha vers elle.

— Dites-moi, madame Fordyce, vous est-il jamais arrivé de faire un héros du méchant de l'histoire ?

— Jamais. La différence entre un héros et un malfrat a toujours été évidente à mes yeux.

Elle était sûre d'elle. Edmund Drake était donc condamné.

— Vous avez bien de la chance...

Une lueur de compréhension traversa le regard de Caroline.

— Oh, non ! s'exclama-t-elle. Vous le prenez personnellement parce que je me suis inspirée de vous pour le personnage d'Edmund Drake. Pardonnez-moi, ajouta-t-elle avec un sourire contrit. Je ne voulais pas vous froisser.

Que diable fabriquait-il là, à discuter de personnages de fiction ? se demanda soudain Adam.

— Ne vous inquiétez pas, madame Fordyce, mon

amour-propre en a vu d'autres. Cela dit, vous pouvez vous racheter en me permettant de vous reconduire chez vous.

— Eh bien…

— Si vous nourrissez encore des doutes sur mon identité, Ned, ici présent, peut se porter garant de ma personne.

Ned, qui s'appliquait à ne pas avoir l'air d'écouter la conversation, sursauta en entendant prononcer son nom.

— Oui, monsieur ?

— Confirme à Mme Fordyce que je m'appelle bien Adam Hardesty. Et que je n'ai pas pour habitude de proposer ma voiture aux dames dans un but immoral.

Ned en resta bouche bée. Il déglutit, avant de répondre docilement :

— Je puis vous certifier qu'il s'agit bien de M. Adam Hardesty, madame. Je suis à son service depuis des années et je vous assure que vous n'avez rien à redouter de sa part.

Caroline lui sourit.

— J'ai votre parole, Ned ?

— Oui, madame. Et j'ajouterai, madame Fordyce, que je trouve votre nouveau roman encore meilleur que le précédent. La scène de l'incendie et le sauvetage de cette pauvre Mlle Anne étaient particulièrement saisissants.

Caroline était aux anges.

— Merci, Ned.

— C'est très intelligent de votre part de laisser pour l'instant Edmund Drake agir dans l'ombre. Il n'en est que plus mystérieux.

Caroline avait rougi. Elle s'approcha du marchepied de la voiture.

— Vous êtes trop aimable, Ned.

Ce dernier lui tendit la main pour l'aider à monter.

— J'ai hâte de lire la suite.

Caroline s'esclaffa.

— Je rentre justement chez moi pour l'écrire.

Adam, qui n'avait rien perdu de l'échange, se demanda s'il ne devrait pas prendre exemple sur Ned, qui venait de réussir, avec une aisance déconcertante, à persuader la jeune femme de monter dans le véhicule.

9

Elle l'avait fait ! se répétait Caroline, sidérée par sa propre audace. Profitant de son statut de veuve, elle était montée dans la voiture et était à présent assise, dans une proximité fort intime, en face de l'homme le plus fascinant qu'elle ait jamais rencontré.

Malheureusement, la conversation roulait sur un sujet bien peu romantique : le meurtre d'Elizabeth Delmont.

— Les rumeurs étaient fondées, déclara Adam, le bras nonchalamment appuyé sur le bord de la fenêtre. Irène Toller et Elizabeth Delmont se détestaient.

Caroline afficha un air blasé, comme si elle était habituée à rouler dans les rues de Londres avec un gentleman.

— Si je me souviens bien, dit-elle, Mme Toller a laissé clairement entendre que justice avait été faite.

Adam eut une moue dubitative.

— Je doute que cela ait à voir avec une quelconque justice, et si j'en juge par l'état du crâne de Mme Delmont, je ne pense pas qu'elle doive son trépas à une intervention de l'au-delà. Je vois mal un esprit se respectant un tant soit peu commettre un meurtre avec un objet aussi terre à terre qu'un tisonnier.

Caroline ne put réprimer un frisson.

— Vous avez raison. Un pareil déchaînement de violence est, hélas, trop humain.

— J'ai en outre l'intime conviction que Mme Toller sait des choses sur l'assassinat de sa rivale.

— Ce pourrait même être elle qui l'a tuée, risqua Caroline. Il n'est pas rare que la jalousie professionnelle pousse aux pires extrémités.

— Certes. Mais ce qui m'intéresse surtout, dans l'immédiat, ce sont les détails du crime qui n'ont pas été relatés dans la presse.

La jeune femme haussa les sourcils.

— Tous les journaux de ce matin mentionnent le mobilier renversé et la montre mystérieusement arrêtée à minuit, lui rappela-t-elle.

— Ce ne sont pas là les éléments les plus bizarres que j'aie pu voir sur la scène du crime.

— Je vous demande pardon ?

— J'ai trouvé Elizabeth Delmont étendue sur le sol de son salon. Quelqu'un, probablement l'assassin, avait placé un voile de mariée sur son visage. Il était trempé de sang.

— Dieu du ciel…

— Ce n'est pas tout. Un petit camée en émail noir avait été posé sur son buste. Au dos il y avait la photographie d'une jeune femme blonde en robe de mariée, ainsi qu'une mèche de cheveux, blonds eux aussi, à l'intérieur.

— Vous dites que la broche était posée sur Mme Delmont, et non pas fixée à sa robe ?

Adam acquiesça.

— Elle semblait avoir été placée là avec soin, de même que le voile.

— Tout cela est en effet très bizarre, commenta-t-elle. On n'est plus là en présence d'un meurtre perpétré par hasard. Le voile et le camée introduisent un élément trop personnel.

— Je ne pense pas non plus qu'on ait tué Elizabeth Delmont uniquement pour s'emparer de son journal intime, observa Adam d'un ton résigné, comme s'il regrettait de devoir abandonner cette piste. Je ne vois pas un maître chanteur se livrer à ce genre de mise en scène mélodramatique.

— À moins qu'il n'ait voulu égarer la police en laissant croire que le meurtre avait été commis par quelqu'un qui avait une bonne raison de tuer Elizabeth Delmont.

Adam la jaugea du regard.

— Voilà une hypothèse très intéressante, madame Fordyce. La ruse ne serait pas nouvelle. L'assassin a pu voler le journal, et disperser des indices afin d'aiguiller l'enquête dans une autre direction. Mais dans ce cas, pourquoi ces indices ne figurent-ils pas dans la presse ?

— L'enquête semble beaucoup plus complexe qu'elle ne le paraissait au début, se contenta-t-elle de remarquer. Que comptez-vous faire, à présent ?

— J'aimerais en apprendre davantage sur Irène Toller. Sa haine d'Elizabeth Delmont la désigne comme suspect idéal. Mais je doute fort qu'elle accepte de répondre à mes questions. Surtout si elle a des choses à cacher.

— Vous pensez qu'elle vous mentirait ?

— Je redoute surtout qu'elle fasse ses valises et disparaisse si elle trouve qu'on s'intéresse de trop près à elle. Je ne tiens pas à l'inquiéter tant que je n'ai pas la certitude qu'elle est effectivement liée au crime.

— Que comptez-vous faire, alors ?

— Si c'est elle qui a tué Elizabeth Delmont et volé le journal, alors celui-ci est probablement caché chez elle. Je vais donc commencer par chercher de ce côté-là.

Caroline sursauta.

— Vous avez l'intention de vous introduire par effraction chez Mme Toller ? Mais c'est affreusement risqué ! Si elle a déjà tué une fois, elle n'hésitera pas à recommencer.

Il posa sur elle un regard perplexe.

— Vous inquiéteriez pour mon sort, madame Fordyce ?

— J'essaie simplement de vous ramener à la raison.

— Dommage. L'espace d'un instant, j'ai eu l'espoir que vous vous faisiez du souci pour moi.

— Je n'apprécie pas vos plaisanteries, monsieur Hardesty, rétorqua-t-elle. Sérieusement : si vous voulez vraiment vous introduire chez Mme Toller, je vous suggère de commencer par vous procurer le plan de sa maison. Cela vous permettrait d'organiser votre fouille avec plus d'efficacité.

Adam plissa les yeux.

— Que proposez-vous ?

— Prenez rendez-vous pour une séance privée. Vous avez reconnu vous-même que Mme Toller profitait de ses démonstrations publiques pour s'attirer une clientèle à domicile.

Adam hocha la tête.

— Très bonne idée. Excellente, même. J'en profiterai pour repérer les lieux. Vous savez quoi, madame Fordyce ? Mon petit doigt me dit que dans cette affaire les conseils d'une romancière pourraient se révéler très utiles.

Il gratifia Caroline d'un sourire aussi inattendu que sensuel. Un sourire qui le transformait du tout au tout et laissait entrevoir l'homme qui se cachait derrière l'énigmatique façade.

— Je vous accompagne, bien entendu, déclara-t-elle en s'efforçant d'ignorer son trouble.

Le sourire d'Adam s'évanouit aussi rapidement qu'il était apparu.

— Je ne pense pas que cela soit nécessaire.

— Vous avez tort, objecta Caroline avec véhémence. Ma présence aidera à dissiper les soupçons que pourrait nourrir Mme Toller.

— Quels soupçons ? Mme Toller et moi ne nous sommes jamais rencontrés. Et à supposer qu'elle soit en possession du journal et qu'elle songe à faire chanter un certain Adam Hardesty, comment pourrait-elle faire le lien avec moi ?

— Elle a pu vous remarquer pendant sa démonstration.

Adam balaya l'argument d'un geste de la main.

— Elle ne me connaîtra que sous l'identité de M. Grove, comme Reed et Elsworth. Et dans la mesure où ces séances publiques lui servent à recruter des clients privés, ma demande n'aura rien d'extraordinaire.

Caroline comprit qu'il lui faudrait trouver un autre argument pour le convaincre de l'inclure dans son plan. Une chose était sûre : elle n'avait pas l'intention de le laisser poursuivre seul son enquête. Mais il lui faudrait manœuvrer habilement. Adam Hardesty n'apprécierait pas qu'elle essaie de le manipuler – même si c'était précisément ce qu'elle comptait faire.

Elle s'éclaircit la voix.

— Ne le prenez pas mal, mais il y a, euh... quelque chose chez vous qui pourrait mettre Mme Toller...

Elle chercha le terme le plus diplomatique possible, sans succès.

— ... mal à l'aise, lâcha-t-elle.

Il fronça les sourcils.

— Mal à l'aise ? répéta-t-il. Comment cela ?

Caroline songea à lui tendre son miroir de poche afin qu'il constate de visu ce que son visage avait d'abrupt, mais elle y renonça bien vite. Il était peu probable qu'il parvienne à se voir comme ses interlocuteurs le voyaient.

« Fais appel à la logique et à la raison », se morigéna-t-elle. C'était le seul moyen d'amener Adam Hardesty là où elle souhaitait l'entraîner.

— Si Irène Toller sait quelque chose sur le meurtre, elle se tiendra sur ses gardes, fit-elle valoir. En revanche, si elle est innocente, le meurtre d'un autre médium, même s'ils étaient ennemis, n'a pu que la rendre nerveuse. Je ne serais donc pas étonnée qu'elle refuse toutes les visites d'inconnus durant quelque temps. En tout cas, c'est ce que je ferais à sa place.

— Vraiment ?

— Vraiment.

Bien qu'Adam ne cherchât pas à dissimuler son scepticisme, Caroline eut cependant l'impression qu'il pesait le pour et le contre.

— Avez-vous déjà rencontré Mme Toller ? s'enquit-il finalement.

C'était un bon début, songea-t-elle.

— Nous n'avons jamais été présentées officiellement, mais elle doit savoir qui je suis, car depuis que j'ai entrepris mes recherches sur le spiritisme, je viens souvent me documenter à Wintersett House. Comme vous avez d'ailleurs pu le constater, je commence à être connue des membres de l'Académie.

Il esquissa un sourire narquois.

— En d'autres termes, votre nom pourrait me servir d'introduction auprès de Mme Toller ?

— Je pense qu'elle ne serait pas surprise que je sollicite une séance privée. Du reste, j'en ai toujours eu plus ou moins l'intention.

Il réfléchit un moment, avant de se résoudre à hocher la tête.

— Très bien, madame Fordyce. Si vous réussissez à obtenir une démonstration privée d'Irène Toller, nous nous y rendrons ensemble.

Caroline était tellement soulagée, qu'elle ne put s'empêcher de sourire.

— Je vais lui envoyer un mot aujourd'hui même. Je ne pense pas que ma requête lui posera le moindre problème.

— Me laisseriez-vous vous prendre la main? demanda soudain Adam.

La jeune femme se figea

— Je vous demande pardon?

D'un geste vif, il tira les rideaux des portières, plongeant l'habitacle dans une pénombre fort intime. Puis il s'empara doucement de la main de Caroline.

— J'ai cru remarquer que les spectateurs des séances de spiritisme se tenaient souvent la main, dit-il. J'imagine que c'est pour permettre au fluide du médium de mieux circuler.

Caroline baissa les yeux sur la main, large et puissante, qui enserrait la sienne, et elle sentit son pouls s'emballer.

— Euh... oui, c'est l'explication qu'on donne habituellement, réussit-elle à articuler. Mais si les médiums insistent pour que les spectateurs se tiennent la main, c'est aussi pour éviter qu'un sceptique n'allume la lumière au moment le plus inopportun.

— Et ne révèle ainsi la supercherie.

— Oui.

— J'ai hâte de vous tenir la main lors de la séance chez Irène Toller, madame Fordyce.

Caroline était incapable du moindre mouvement.

Adam l'avait comme hypnotisée. Le souffle court, elle le regarda porter lentement sa main à ses lèvres, la retourner et embrasser la petite veine qui palpitait à son poignet, juste sous le gant.

— Monsieur Hardesty…

Il croisa son regard, mais ne lui lâcha pas la main.

— Appelez-moi Adam.

— Adam, murmura-t-elle, goûtant pour la première fois la saveur de ce prénom.

Il sourit, comme s'il était heureux d'entendre son prénom sortir de ses lèvres. Puis il se pencha vers elle. Sous le choc, Caroline comprit qu'il s'apprêtait à l'embrasser. Avant qu'elle ait pu mesurer les conséquences d'un tel acte, il captura sa bouche, et le monde autour d'elle se fondit dans le brouillard.

Un sentiment d'euphorie inexplicable s'était emparé d'elle. En proie à un mélange de joie, de curiosité et d'excitation, elle se sentit prise d'un délicieux vertige, et posa spontanément les mains sur les épaules d'Adam. À ce contact, il laissa échapper un son rauque et l'attira contre lui. Tandis qu'il approfondissait son baiser, Caroline eut l'impression de se perdre dans un tumulte de sensations nouvelles.

L'attelage s'immobilisa soudain. Adam la relâcha à contrecœur et rouvrit les rideaux.

— Apparemment, nous sommes arrivés chez vous, annonça-t-il.

Il la gratifia d'un regard si intime qu'elle en eut le souffle coupé.

— Je ne peux que regretter que le trajet n'ait pas duré plus longtemps, ajouta-t-il.

Ne sachant que dire, Caroline regarda par la vitre de la portière. Deux silhouettes se tenaient sur le perron, les yeux rivés sur la voiture, bouche bée de stupéfaction.

— Mon Dieu ! s'exclama la jeune femme, brutalement rappelée à la réalité.

Adam suivit son regard.

— Je suppose que ce sont vos tantes ?

— Oui.

Il attrapa la poignée de la portière.

— Je vous ai dit que j'étais un gentleman parfaitement respectable. Elles ne me reprocheront certainement pas de vous avoir raccompagnée.

— Je crains surtout qu'elles n'insistent pour vous inviter à prendre le thé.

— Parfait. Je prendrais volontiers une tasse de thé.

— Vous ne comprenez pas. Le problème, ce n'est pas le thé. Elles vont vous poser des questions. Des tas de questions.

Il eut son petit sourire énigmatique.

— Quelques questions ne me font pas peur, assura-t-il en ouvrant la portière. Du reste, j'en ai aussi à leur poser.

10

Vingt minutes plus tard, Caroline se demandait toujours ce qu'Adam avait voulu dire. Elle l'étudiait à la dérobée, surprise de ne pas le voir manifester le moindre signe d'impatience. Il semblait même se trouver plutôt à son aise dans le petit salon du 22, Corley Lane.

Il était assis dans un fauteuil, les jambes allongées devant lui, les chevilles croisées dans une posture nonchalante. Sur un guéridon, à portée de main, il avait sa tasse de thé à demi vide ainsi qu'une assiette de pâtisseries auxquelles il avait fait largement honneur.

— J'imagine que votre nièce vous a expliqué que j'ai tout lieu de croire qu'Elizabeth Delmont était en possession d'un certain journal intime au moment de sa mort, fit-il, entre deux bouchées de tartelette au citron.

Sur leurs gardes au début de la conversation, Milly et Emma n'avaient pas tardé à tomber sous le charme de leur invité.

— En effet, acquiesça Milly, Caroline a évoqué ce journal.

Emma fronça les sourcils.

— Je vous avoue, monsieur Hardesty, que nous sommes toutes trois très curieuses d'en connaître le contenu.

Adam termina sa tartelette avant de répondre.

— Je m'en doute. Malheureusement, je ne pourrai satisfaire totalement votre curiosité. Et je pense que vous comprendrez pourquoi, si je vous dis que ce journal contient des informations de nature très personnelle, relatives à des personnes qui me sont chères.

— Mais comment avez-vous découvert que Mme Delmont détenait ce journal ? voulut savoir Caroline.

Il hésita brièvement. Le temps de décider de ce qu'il pouvait leur révéler, devina-t-elle.

— Il y a une quinzaine de jours, j'ai appris la mort d'une vieille amie, Maud Gatley, commença-t-il. Cette disparition, même si elle m'attrista beaucoup, ne fut pas vraiment une surprise. Maud était dépendante de l'opium depuis de longues années, et je savais que la drogue finirait par l'emporter.

— Quelle fin tragique, murmura Milly.

Adam prit une autre tartelette.

— Quelques jours plus tard, j'ai reçu une lettre me menaçant de révéler publiquement le contenu du journal intime de Maud si je ne déposais pas une importante somme d'argent dans un lieu précis. J'ignorais que Maud tenait un journal. Je me suis renseignée sur sa succession, et c'est ainsi que j'ai découvert que ses maigres biens avaient été récupérés par une cousine éloignée.

— Et vous avez recherché cette cousine ? fit Emma.

— Oui. J'avais été très surpris d'apprendre que Maud avait encore de la famille. Elle avait toujours prétendu être seule au monde.

— C'est curieux comme des parents qu'on croyait disparus resurgissent miraculeusement lors d'un héritage, commenta Emma.

Adam sourit, amusé.

— C'est vrai. Quoi qu'il en soit, il me fallait retrouver la piste de cette cousine qui avait parfaitement compris le profit qu'elle pouvait tirer du journal de Maud. C'est ainsi que mon enquête m'a permis de remonter jusqu'à Elizabeth Delmont.

— Bravo ! s'exclama Milly, impressionnée. Vous feriez un excellent détective.

Adam reprit sa tasse de thé.

— En fait, ça n'a pas été très compliqué. Quelques questions à droite et à gauche m'ont suffi pour obtenir son adresse.

Il racontait cela tranquillement, comme si n'importe qui aurait pu parvenir aux mêmes résultats. Mais Caroline savait bien qu'il n'en était rien. Un homme tel qu'Adam Hardesty n'évoluait pas dans le même monde qu'une Elizabeth Delmont. Et à en juger par son maigre héritage, cette Maud appartenait encore à un rang social inférieur. Normalement, ce genre de femme n'aurait jamais dû croiser le chemin d'un gentleman.

Plus elle en apprenait sur Adam, et plus elle le trouvait mystérieux.

— Hélas, reprit-il, lorsque je suis arrivé chez Elizabeth Delmont, je n'ai découvert que son corps. Et le journal avait disparu. Une chose en entraînant une autre, je me suis retrouvé à sonner à votre porte, le lendemain matin, conclut-il en glissant un regard à Caroline.

— Caroline nous a expliqué que son nom figurait sur la liste des personnes ayant assisté à la dernière démonstration de Mme Delmont, intervint Milly.

Adam se tourna vers la vieille dame.

— J'ai été très heureux de découvrir qu'elle n'avait rien à voir avec le crime, fit-il avant d'ajouter, après avoir bu une gorgée de thé : Imaginez ma surprise, tout à l'heure, quand je l'ai revue à Wintersett House où, comme moi, elle était venue assister à une démonstration publique d'Irène Toller.

Milly et Emma regardèrent Caroline.

— Comme je ne crois pas beaucoup aux coïncidences, poursuivit Adam, j'en ai déduit qu'elle avait décidé de mener sa propre enquête. Honnêtement, je ne vous cache pas que je préférerais agir seul. Mais j'ai peur de ne pas réussir à la convaincre.

— Sachez, monsieur, que nous avons toutes les trois de bonnes raisons de vouloir éviter un scandale, déclara Emma.

— En effet, confirma Milly. Vous semblez sincère, monsieur Hardesty, et je vous crois quand vous prétendez ne plus nourrir de soupçons contre Caroline. Mais imaginons que vous changiez d'avis.

— J'en doute fort, assura Adam.

Se tournant vers Caroline, il jugea cependant bon de préciser :

— À moins, bien sûr, que vous ne m'ayez caché quelque chose.

Sa main se mit à trembler, si bien que Caroline reposa précipitamment sa tasse sur le guéridon. Tant qu'il n'aurait pas obtenu de réponse satisfaisante, Adam insisterait pour qu'elle justifie son refus de le laisser enquêter seul. Caroline décida donc de lui dévoiler une partie de la vérité – mais une partie seulement.

— Je vais être franche, monsieur, commença-t-elle, le menton haut, comme pour le mettre au défi de la juger. Il y a trois ans de cela, je me suis retrouvée impliquée dans un scandale très déplaisant. À Bath. Mes tantes et moi ne tenons pas à revivre une expérience aussi bouleversante. D'autant que ce serait désastreux pour ma carrière. Nous vivons toutes trois des revenus que me procurent mes romans.

— Je vois.

Son absence de réaction ne laissa pas de surprendre Caroline. Certes, il ignorait le fond de l'affaire, et il imaginait probablement qu'elle s'était retrouvée impliquée dans quelque liaison illicite. Il la considérait comme une veuve qui avait de l'expérience, après tout, et elle n'avait nullement l'intention de le détromper sur ce point.

Du reste, s'il apprenait les détails du drame qui l'avait obligée à se forger une nouvelle identité, il serait peut-être moins enclin à l'indulgence.

— J'entends suivre cette histoire de près jusqu'à ce que vous ayez retrouvé le journal que vous cherchez, monsieur, décréta-t-elle. C'est à mon sens le seul moyen de préserver mes intérêts et ceux de mes tantes.

Il contempla quelques secondes le bout de ses souliers, avant de relever les yeux vers elle.

— Cela vous satisferait-il si je vous tenais régulièrement informée des progrès de mon enquête ?

— Non, répliqua-t-elle fermement.

Il eut un sourire indéchiffrable.

— Vous ne me faites pas confiance, n'est-ce pas ?

La jeune femme se sentit rougir.

— Ce n'est pas ça, répliqua-t-elle un peu trop hâtivement.

— Mais bien sûr que si, riposta-t-il, sans pour autant paraître offensé. Je ne vous en veux pas, d'ailleurs. À votre place, moi aussi, j'hésiterais à faire confiance à quelqu'un que je ne connais pas.

C'était une façon à peine voilée de lui rappeler qu'il n'en savait pas plus sur son compte qu'elle n'en savait sur le sien. Aucun des deux n'avait donc de raison de faire confiance à l'autre.

Emma carra les épaules

— Croyez bien que nous apprécions votre compréhension, monsieur.

Adam hocha la tête et prit une autre tartelette.

Milly sourit chaleureusement.

— Eh bien, voilà une affaire réglée. Vous trouverez l'aide de Caroline très précieuse, j'en suis sûre. Le milieu des spirites est difficilement accessible, vous profiterez de ce qu'elle a commencé à se faire admettre dans ce petit cercle très fermé.

— Oui, confirma Emma. Elle va vous faire gagner beaucoup de temps.

Adam sourit.

— Si je comprends bien, nous voilà associés, Caroline.

11

C'était une chance incroyable qu'il ait reconnu Adam Hardesty. Une chance de pendu, oui !

Mais Julian Elsworth s'était toujours considéré comme plus chanceux que la plupart des gens. Du moins, jusqu'à une date récente.

Il dénoua sa cravate, se servit un plein verre de brandy et se laissa choir dans le fauteuil devant la cheminée. Frissonnant de nouveau, il avala une généreuse rasade d'alcool.

Si l'autre soir, en sortant du théâtre, une vague connaissance qui fréquentait le même club qu'Adam Hardesty ne lui avait pas désigné ce dernier dans la foule, jamais il n'aurait su que l'impressionnant M. Grove se promenait sous une fausse identité.

Pourquoi avait-il utilisé un faux nom ? Que faisait-il en compagnie de la très séduisante Mme Fordyce ? Et enfin, pourquoi était-il venu assister à la démonstration d'Irène Toller ?

Il n'y avait qu'une seule réponse possible : Hardesty était sur sa piste. Et à moins qu'on ne l'en détourne, ce n'était plus qu'une question de jours ou de semaines avant qu'il ne découvre certains secrets.

Julian ferma les yeux et s'adossa au fauteuil. Les images du meurtre ne cessaient de l'obséder. Tout ce sang… Et cette odeur terrible… Qui aurait cru qu'assassiner quelqu'un était un aussi sale boulot ?

Il rouvrit les yeux et contempla le luxueux décor qui l'entourait. Après tant d'années, il habitait enfin une demeure à sa mesure, et il avait trouvé sa place dans la haute société. Une place qu'il aurait dû occuper dès sa naissance, si son père n'avait pas congédié la gouvernante qu'il avait engrossée.

Julian n'avait pas ménagé ses efforts pour obtenir l'héritage qui lui revenait de droit. Il n'était pas question qu'il laisse ce maudit Hardesty détruire ce qu'il avait si patiemment construit.

12

Une heure après avoir quitté Caroline et ses tantes, Adam s'installait derrière son bureau. Ses pensées restaient fixées sur la jeune femme. Il était persuadé qu'elle lui cachait quelque chose. Mais après tout, lui aussi, avait ses secrets.

Une chose était sûre : il admirait sa détermination. Et sa ténacité. Comme il l'avait pressenti lors de leur première rencontre, Caroline Fordyce était une femme de caractère.

Il n'empêche qu'il n'aimait pas être en terrain inconnu. S'il se fiait à son expérience, cela entraînait inévitablement des complications.

Un coup frappé à la porte le tira de ses pensées.

— Oui ?

Morton, le majordome, passa la tête dans l'entrebâillement.

— M. Filby est là, monsieur.

— Merci, Morton. Faites-le entrer.

Harold Filby, un petit homme rond à lunettes, vêtu à la dernière mode, s'engouffra dans la pièce, comme s'il était poursuivi.

Harold était aussi bien vêtu – certains diraient même avec plus de recherche – que son employeur. Mais après tout, quand on embauchait un homme de confiance, il était normal de le payer grassement pour qu'il fasse bien son travail.

Cela faisait maintenant six ans qu'Harold était au service d'Adam, et il avait déjà largement prouvé qu'il savait garder un secret.

— Je suis venu dès que j'ai reçu votre message, monsieur.

— J'apprécie votre ponctualité, comme toujours, Filby. Je vous en prie, prenez un siège.

Harold s'assit dans l'un des deux fauteuils face au bureau, ajusta ses lunettes et sortit un carnet et un crayon de sa poche.

— Vous aviez précisé qu'il s'agissait d'une affaire urgente...

Adam hocha la tête.

— En effet. Je veux que vous partiez immédiatement pour Bath. Une fois là-bas, vous enquêterez discrètement sur un scandale qui se serait produit il y a trois ans.

Harold prenait des notes.

— Quel genre de scandale, monsieur ?

— Un scandale de nature privée, dans lequel une certaine Caroline Fordyce aurait été impliquée. Je veux tous les détails.

Harold cessa de griffonner.

— Mme Fordyce ? Faites-vous allusion à la romancière, monsieur ? Celle dont les ouvrages paraissent en feuilleton dans le *Courrier de Londres* ?

Adam éprouva comme un sentiment de résignation.

— Apparemment, j'étais le seul dans cette ville à ignorer son travail.

— Ses romans sont formidables ! s'enthousiasma Harold. Et le tout dernier est le meilleur, à mon avis. Ça s'appelle *Le Gentleman mystérieux*.

— Oui, je suis au courant, fit Adam en fixant ses mains. Et je sais même que le méchant s'appelle Edmund Drake.

— Ah, je vois que vous suivez l'histoire, monsieur ! Mais rassurez-vous, Drake finira mal. Mme Fordyce réserve toujours un sort abominable à ses méchants.

Adam se sentit piqué par la curiosité.

— Expliquez-moi pourquoi vous êtes à ce point captivé par un récit dont vous connaissez à l'avance le dénouement ? Si vous êtes sûr qu'Edmund Drake va échouer dans ses manigances, quel est l'intérêt de poursuivre la lecture ?

Harold le contempla d'un air stupéfait, avant de comprendre.

— Vous ne lisez pas beaucoup de romans, monsieur, dit-il, avec ce qui ressemblait à de la compassion.

— Non, en effet. La lecture des romans ne fait pas partie de mes vices.

— Alors, laissez-moi vous expliquer, si vous le permettez. Dans ce genre de romans, on sait que le méchant sera toujours vaincu, tandis que le héros et l'héroïne seront récompensés pour leur courage et leur noblesse. Les rôles sont distribués à l'avance, ce n'est donc pas cela le plus important.

— Dans ce cas, qu'est-ce qui l'est ?

— Eh bien, c'est la façon qu'a l'auteur de camper ses personnages, et de les jeter dans l'action. Tout l'art consiste à enchaîner les péripéties, en réussissant toujours à tenir le lecteur en haleine.

Adam hocha longuement la tête.

— J'essaierai d'avoir cela à l'esprit en lisant le prochain épisode concocté par Mme Fordyce. Mais pour revenir à nos moutons, j'aimerais que vous partiez à Bath sans attendre.

Harold se leva.

— Bien, monsieur.

— Et tenez-moi informé de vos découvertes par télégramme.

13

— Je crains que cette histoire ne mette Caroline en danger, confessa Emma.

Assise face à la cheminée, la vieille dame contemplait les flammes.

Milly posa son livre sur ses genoux et ôta ses lunettes de lecture. Elle connaissait assez son amie pour savoir qu'elle ruminait depuis un certain temps déjà. Elle voulut la rassurer.

— Ne t'inquiète pas pour ta nièce. Je suis convaincue que M. Hardesty saura prendre soin d'elle.

— Mais qui protégera Caroline de M. Hardesty ?

Milly hésita. Elle était naturellement encline à voir la situation sous son jour le plus optimiste. Mais Emma, bien sûr, ne manquait jamais de lui opposer des arguments contraires. Dans la plupart des cas, elles s'équilibraient mutuellement.

D'instinct, Milly était prête à prendre la défense de M. Hardesty. Il lui avait fait une excellente impression et inspiré confiance. Mais il était vrai qu'elle ne savait pas grand-chose de lui. Emma n'avait donc pas complètement tort de s'inquiéter.

— Caroline n'est plus une gamine, déclara-t-elle d'un ton qu'elle voulait assuré. Ce n'est pas comme si elle ignorait les dangers qui la guettent. Après ce qui s'est passé il y a trois ans, elle sait qu'elle doit se montrer prudente.

— Je n'en suis pas si sûre. As-tu remarqué la façon dont ils se regardaient ?

Milly soupira.

— Oui, j'ai remarqué.

— Il y avait une telle électricité entre eux que ce petit salon aurait pu être le théâtre d'un éclair miniature.

— Je reconnais que tu exagères à peine.

Emma prit un air grave.

— Tu sais aussi bien que moi qu'une relation un peu trop poussée avec un gentleman tel que M. Hardesty ne pourrait valoir que des ennuis à Caroline. Les hommes riches et puissants ne se marient que pour accroître leur fortune et leur pouvoir. Hardesty visera donc beaucoup plus haut que Caroline lorsqu'il voudra prendre une épouse. Elle ne peut, au mieux, espérer qu'une liaison discrète.

Milly hésita longuement, avant de se risquer à demander :

— Après tout, en quoi cela serait-il si terrible ?

Emma se figea.

— Comment peux-tu poser une question pareille ? Mais ce serait un désastre !

— Je sais que tu penses à ta sœur, répliqua Milly avec tendresse. Mais regarde les choses en face : sur ce point, Caroline n'est pas comme sa mère. Nous la connaissons depuis le berceau, et tu sais bien qu'elle n'est pas du genre à se suicider parce qu'un amoureux l'a rejetée.

Emma ferma les yeux.

— Je ne veux pas qu'elle souffre.

— Nous ne pourrons pas la protéger éternellement contre les chagrins d'amour. Tôt ou tard, elle s'y retrouvera confrontée. C'est inévitable : la vie est ainsi.

— Je sais. Mais…

— Écoute, l'interrompit Milly en venant s'asseoir près d'elle, quand nous avons décidé d'élever Caroline, après la mort de ta sœur, nous avons juré d'en faire une femme forte et indépendante. Nous l'avons éduquée en gardant cela à l'esprit. Nous lui avons appris à raisonner par elle-même, et à tenir ses comptes. Nous avons aussi fait en sorte qu'elle comprenne qu'elle n'était pas obligée de se marier à moins d'en avoir envie. Nous avons réussi, puisque nous savons qu'elle a déjà reçu au moins deux offres, et qu'elle les a déclinées.

— Parce qu'elle n'était pas amoureuse, contra Emma. C'est là le problème, Milly. Que se passera-t-il si elle offre son cœur à un homme qui n'a pas l'intention de la demander en mariage ?

— Je te l'ai dit, Caroline n'est plus une enfant. Et depuis longtemps. Elle saura se protéger. Regarde comme elle s'en est sortie, il y a trois ans. En dépit du terrible contexte, elle s'est lancée dans la carrière de romancière et a parfaitement réussi. J'ai confiance dans son jugement. Elle est tout à fait capable de décider si oui ou non elle peut prendre le risque d'avoir une liaison avec un homme qui ne l'épousera pas.

Emma posa sa main sur celle de Milly avec un sourire.

— Tu as raison, comme d'habitude. Mais parfois, en regardant Caroline, je ne peux m'empêcher de me souvenir de ce qui est arrivé à Béatrice. Je n'ai pas su la protéger.

— Nous en avons déjà discuté des dizaines de fois, lui rappela Milly. Et je ne peux que te répéter la même chose : tu n'aurais rien pu faire pour la sauver.

— Mais je me suis promis d'être toujours là pour sa fille.

— Et tu l'as été. C'est une jeune femme intelligente et cultivée, à l'esprit vif. Grâce à toi, Emma. D'une certaine manière, elle est ta fille.

Emma pressa la main de Milly.

— Je ne l'ai pas élevée seule. Tu étais là à chaque étape. Elle est autant ta fille que la mienne.

14

La réponse d'Irène Toller arriva dès le lendemain.

Caroline achevait de prendre son petit-déjeuner avec Emma et Milly. Toutes trois étaient encore en robe de chambre, une mode récemment importée de France et qu'elles avaient été parmi les premières à adopter.

Une telle audace vestimentaire suscitait pourtant nombre de critiques. Les esprits les plus rétrogrades voyaient là une nouvelle preuve de ce qu'ils appelaient la décadence morale. D'autres prophétisaient que les maris perdraient bientôt tout appétit pour les charmes de leurs épouses à force de les voir étalés chaque matin sous leur nez.

Mais ni Caroline ni ses tantes ne prêtaient attention à ces remarques. Le côté pratique et confortable de cette mode les avait immédiatement séduites.

Caroline posa sa tasse et ouvrit l'enveloppe que venait d'apporter Mme Plummer.

— Ah, ah! fit-elle, avec une note de triomphe dans la voix. Je me doutais que Mme Toller se manifesterait promptement.

— Que dit-elle, ma chérie? s'enquit Milly.

Caroline lut la missive à voix haute :

Chère Mme Fordyce,

Vous avez émis le souhait d'assister à une séance privée à mon domicile. Je suis ravie de vous annoncer qu'il s'en tiendra justement une ce soir, à 21 heures. Il me reste deux places. Votre assistant et vous-même serez donc les bienvenus.

Votre dévouée,

Irène Toller

P.S. : Mes tarifs sont indiqués ci-joint. Le règlement se fait au début de la séance.

Emma reposa lentement sa cuillère.

— Promets-nous d'être très prudente, Caroline. Toute cette aventure m'inquiète un peu.

— Tout se passera bien, assura Milly avec son optimisme coutumier. Emma et moi avons prévu d'aller au théâtre avec Mme Hughes, ajouta-t-elle à l'adresse de Caroline, mais nous serons sans doute déjà couchées lorsque tu rentreras. Je compte sur toi pour nous raconter tout en détail demain matin.

— Ne te fais pas de souci, je prendrai des notes, répondit la jeune femme.

Emma fronça les sourcils d'un air inquisiteur.

— Qu'est-ce que c'est que cette histoire d'assistant ? C'est ainsi que tu as présenté M. Hardesty dans ta lettre à Mme Toller ?

— Oui, fit Caroline, visiblement fort contente d'elle. J'ai expliqué à Mme Toller que je me documentais pour mon prochain roman et que mon assistant m'accompagnerait. Apparemment, ça a marché.

Milly haussa les sourcils.

— M. Hardesty est-il au courant du rôle que tu entends lui faire jouer ?

— Pas encore, avoua Caroline. Je le lui expliquerai ce soir, en chemin.

— Eh bien, la conversation promet d'être animée, prédit Milly.

Caroline entreprit de beurrer un toast.

— Qu'est-ce qui te fait penser cela ?

— J'ai comme l'intuition que M. Hardesty ne sera jamais l'assistant de qui que ce soit. Et qu'il ne prend d'ordres de personne.

À 20 h 30 ce soir-là, Adam s'installa en face de Caroline dans la voiture.

— Vous avez dit à Irène Toller que j'étais *quoi* ?

— Mon assistant, répéta tranquillement Caroline. Vous espériez quoi d'autre ? Je n'allais quand même pas vous présenter comme un parent éloigné ! Si quelqu'un avait voulu en savoir plus sur notre famille, cela aurait pu devenir gênant.

— Vous auriez au moins pu me choisir une position plus avantageuse socialement.

— Toute autre justification de votre présence risquait de donner l'impression que notre relation était… euh… de nature intime. Et je ne voulais certes pas vous embarrasser, répliqua la jeune femme avec un sourire rayonnant.

— Je vois.

Adam avait déjà été furieux d'apprendre que Caroline lui avait assigné un rôle subalterne. Il était encore plus affecté de constater qu'elle avait agi de la sorte pour qu'on ne puisse pas le prendre pour son amant.

De toute évidence, la jeune femme n'avait pas accordé la même importance que lui au baiser qu'ils avaient échangé la veille. Pour sa part, ces quelques minutes de passion débridée lui avaient laissé un sentiment d'inachevé et un désir qui n'avait fait que croître au fil des heures.

D'autant que Caroline était très en beauté, ce soir, dans sa robe couleur d'ambre. Plutôt que de rouler vers le domicile d'Irène Toller, Adam aurait préféré que la voiture les emmène dans quelque chambre douillette, où les auraient attendus un bon feu et un lit accueillant.

— Je suis désolée si je vous ai vexée, reprit-elle d'un ton un peu brusque, mais cette solution m'a paru la plus intelligente. Et je vous rappelle que vous m'aviez laissé le soin d'organiser les détails de notre visite.

— Je pensais alors que c'était une bonne idée. Mais je constate à présent que c'était une terrible erreur de jugement.

Caroline ne put s'empêcher de sourire.

— Vous verrez que ce rôle vous offrira une couverture idéale. Et qu'il vous évitera d'avoir à supporter des ragots déplaisants sur la vraie nature de notre relation.

— J'apprécie que vous vous souciiez à ce point de ma réputation, mais c'était inutile de vous donner tant de peine.

— Pardon ?

— Personnellement, je n'aurais pas perdu le sommeil si vous aviez décidé de faire croire que nous étions intimement liés.

La jeune femme écarquilla les yeux.

— Oh...

Satisfait de l'avoir fait rougir, Adam croisa tranquillement les bras.

— Bien, à présent, expliquez-moi ce qu'est supposé faire l'assistant d'une romancière.

— Je n'en sais trop rien, avoua-t-elle. Je n'ai jamais eu d'assistant.

— Il va donc falloir que j'improvise, si je comprends bien ?

— Oui, admit la jeune femme, qui semblait cependant réticente à lui confier trop de responsabilités. En ce qui concerne la séance, ajouta-t-elle, vous vous doutez que les spectateurs sont censés se soumettre à certaines règles non écrites ?

— Laissez-moi deviner. Je parie que la première règle, c'est de ne jamais s'interroger sur ce que fait le médium, si bizarre que cela paraisse. Vrai ou faux ?

— Vrai.

— Peut-être que l'assistant que je suis pourrait allumer une lampe pendant la séance, ou examiner la table de près ? suggéra Adam.

Caroline lui lança un regard d'avertissement.

— N'y songez même pas. N'oubliez pas que nous n'allons pas chez Mme Toller pour dénoncer ses supercheries, mais pour que vous puissiez repérer les lieux.

Adam inclina la tête.

— Merci de me rappeler mes priorités.

Irène Toller habitait une petite rue tranquille dans un quartier modeste. La maison semblait plongée dans l'obscurité. C'est tout juste si une pâle lueur se devinait derrière la vitre de la porte d'entrée.

— Mme Toller n'est pas du genre à gaspiller de l'argent en éclairage, observa Adam.

— Son commerce réclame la pénombre.

Ce fut la gouvernante, une femme d'âge moyen, trapue et solide, qui vint leur ouvrir. Elle portait une robe noire et un tablier blanc.

— Par ici, s'il vous plaît, dit-elle en les conviant à l'intérieur. Vous êtes les derniers. La séance va commencer dans quelques minutes. Vous pouvez régler tout de suite.

Elle sentait la lavande, nota Adam qui, tout en la payant, lui trouva un air vaguement familier. Son visage ne lui disait rien, contrairement à sa voix et à sa carrure.

La mémoire lui revint tandis qu'ils lui emboîtaient le pas. Il échangea un regard avec Caroline qui lui fit comprendre d'un discret hochement de tête qu'elle avait également reconnu la domestique.

C'était la veuve en grand deuil qui s'était manifestée bruyamment, la veille, pendant la démonstration d'Irène Toller à Wintersett House. Celle qui avait demandé où son défunt mari avait caché ses actions…

Adam pénétra à la suite de Caroline dans un petit salon à la décoration surchargée. Un feu flambait dans la cheminée au-dessus de laquelle était accrochée une grande photographie de la reine.

Deux des participants à la séance étaient des femmes d'un certain âge, aux cheveux blancs. Elles se présentèrent comme étant Mlle Brick et Mme Trent. La troisième personne, un homme d'environ trente-cinq ans, répondait au nom de Gilbert Smith.

Il avait les yeux bleus, les cheveux blonds, une cane de marche qu'il triturait nerveusement, et il s'agitait beaucoup sur son siège. Ses vêtements étaient de coupe très ordinaire.

Adam se présenta sous le nom de M. Grove, et bien sûr, personne ne le reconnut. Les clients de Mme Toller n'appartenaient pas au monde qu'il fréquentait habituellement.

— Je suis ravie de faire votre connaissance, madame Fordyce ! s'exclama Mlle Brick avec animation. Mme Trent et moi adorons vos romans.

— Oui, confirma Mme Trent en joignant les mains, comme pour mieux manifester son ravissement. Cet Edmund Drake est vraiment une crapule ! J'ai hâte de découvrir quelle fin vous lui réservez.

Adam remarqua que Gilbert Smith avait cessé de triturer sa cane et qu'il observait Caroline avec un intérêt à peine voilé.

— J'espère que Drake se fera tuer par Jonathan Saint-Claire, le héros, trancha Mlle Brick. Mais qu'il ne rendra pas l'âme tout de suite, pour que vous puissiez décrire son agonie.

— Merci de la suggestion, répondit poliment Caroline, mais j'ai déjà en tête la fin de mon roman. J'espère qu'elle surprendra tout le monde. Edmund Drake le premier, ajouta-t-elle avec un sourire.

Adam avait crispé les mâchoires. Comme chaque fois qu'on parlait d'Edmund Drake, du reste. Cela devenait d'ailleurs une habitude désagréable.

Il s'obligea à sourire lui aussi.

— Mme Fordyce compte peut-être nous surprendre en épargnant à Drake le sort qu'elle réserve d'ordinaire à ce type de personnage.

Mlle Brick et Mme Trent le fixèrent comme s'il avait proféré une absurdité digne d'un simple d'esprit.

— Imaginez la stupéfaction des lecteurs, poursuivit-il, échauffé par sa propre imagination, si Drake devenait tout à coup celui qui sauve la situation et finit par épouser l'héroïne !

— Je ne vois pas du tout Mme Fordyce écrire une fin pareille, objecta Mme Trent avec conviction.

— Bien sûr que non, renchérit Mlle Brick. Transformer le méchant en héros ? C'est inconcevable !

Gilbert Smith jeta un regard curieux à Adam.

— Puis-je vous demander ce que vous attendez de la séance de ce soir, monsieur ?

— M. Grove est mon assistant, intervint Caroline avant qu'Adam ait pu répondre.

Smith fronça les sourcils.

— Et que fait l'assistant d'un écrivain ?

— Vous seriez étonné de l'apprendre, répliqua Adam.

Smith n'insista pas et reporta son attention sur Caroline.

— J'avoue que j'aimerais beaucoup savoir pourquoi une romancière telle que vous éprouve le besoin d'assister à une démonstration de spiritisme, madame Fordyce.

— Il se trouve que l'un des personnages de mon prochain roman sera un médium, expliqua la jeune femme. Il m'a semblé indispensable de me documenter avant de commencer à l'écrire.

Mlle Brick parut très impressionnée.

— Vous êtes ici pour vos recherches, alors ?

— Oui.

— Comme c'est passionnant !

Smith tourna les yeux vers Adam.

— Et vous l'assistez dans ses recherches ?

— En effet, répondit Adam. Et c'est très intéressant. Je ne m'ennuie jamais.

La gouvernante apparut sur le seuil.

— C'est l'heure, annonça-t-elle, affichant un air important. Mme Toller est prête. Suivez-moi.

Tous lui emboîtèrent le pas. Adam en profita pour repérer l'emplacement de l'office et de la porte de service.

Au milieu du couloir, la gouvernante ouvrit une porte. Les visiteurs pénétrèrent dans une pièce sombre à la queue leu leu et s'assirent autour d'une table recouverte d'un drap blanc.

La seule lumière provenait d'une lampe à huile disposée au centre de la table, et réglée au plus bas. Elle ne permettait pas de distinguer les murs, qui étaient plongés dans l'ombre.

Adam offrit un siège à Caroline, puis s'installa à côté d'elle.

Il remarqua tout de suite que le drap recouvrant la table tombait jusqu'à terre, ce qui empêchait de glisser la main sous le meuble pour chercher quelque mécanisme secret. Malgré la pénombre, les proportions de la pièce lui parurent bizarres, comme rapetissées. Il en déduisit que les murs et le plafond étaient factices.

— Bonsoir, fit une voix.

Irène Toller venait d'apparaître sur le seuil. Adam, qui n'y connaissait pourtant rien en mode féminine, jugea ses jupes anormalement volumineuses. Sans doute cachait-elle dessous quelque objet qui lui servirait lors de sa séance.

Dès qu'Irène fit un pas dans la pièce, il se leva. Gilbert Smith l'imita et tira la chaise restante pour la spirite.

— Merci, monsieur Smith, dit-elle en s'asseyant. Vous pouvez nous laisser, Bess, ajouta-t-elle à l'adresse de sa gouvernante.

— Bien, madame.

Bess referma la porte, supprimant la source de lumière du couloir. La pièce n'en parut que plus sombre.

— Soyez aimables de placer vos mains sur la table, comme je le fais moi-même, commença Irène.

Elle plaqua les paumes bien à plat sur le drap.

Adam s'exécuta à regret. Son espoir de tenir la main de Caroline pendant la séance s'envolait.

— Je demande à chacun de ne pas bouger les mains tant que la séance ne sera pas terminée, continua Irène. Ce sera la preuve qu'il n'y a pas de tricherie possible.

Adam savait pertinemment que cela ne prouverait rien du tout. Mais les autres – à l'exception sans doute de Caroline – semblaient effectivement croire que cette mesure suffisait à éviter toute supercherie.

Tout à coup, divers bruits provenant d'un peu partout dans la pièce se firent entendre. Mlle Brick et Mme Trent laissèrent échapper un cri.

— Que se passe-t-il ? s'enquit Mme Trent d'une voix blanche.

— Ne vous inquiétez pas, répondit Irène. C'est simplement mon esprit familier qui nous informe de sa présence. Il s'appelle Sennefer. C'était un prêtre de l'ancienne Égypte, et ses connaissances en matière d'occultisme sont immenses. Je suis son médium. C'est-à-dire qu'il va communiquer avec vous à travers moi. Mais je dois d'abord entrer en transe.

Irène se concentra, puis son corps commença à trembler convulsivement.

Adam observait ses mains. Elles demeuraient fermement plaquées sur la table mais, bizarrement, elles n'étaient pas agitées de tremblements.

Brusquement, la table se mit à vibrer et se souleva de quelques centimètres.

— Surprenant, murmura Smith.

— Dieu du ciel, la table est en lévitation ! s'exclama Mlle Brick, dont l'enthousiasme initial tournait maintenant à l'anxiété.

— Toutes les mains doivent rester sur la table ! ordonna Irène d'une voix d'outre-tombe censée être celle de Sennefer.

Adam dénombra les mains posées sur le drap. Le compte y était.

La table redescendit sur le plancher.

— Regardez ! s'écria Mme Trent, les yeux rivés au plafond. Il y a quelque chose qui bouge, là !

Adam suivit son regard. Une vague silhouette semblait flotter dans l'air au-dessus de leurs têtes. Elle s'évanouit aussi mystérieusement qu'elle était apparue.

— Mon Dieu, qu'est-ce que c'est que ça ? souffla Mlle Brick.

Une main cadavérique était sortie de l'ombre, près d'Irène. Elle tapota l'épaule de Mlle Brick qui tressaillit violemment.

— N'ayez pas peur, dit la spirite. Sennefer ne vous veut aucun mal.

Mlle Brick était figée sur son siège, les yeux écarquillés de terreur. La main s'éloigna, puis disparut sous la table.

— Elle… m'a touchée, articula Mlle Brick d'une voix sans timbre.

Avant que quiconque ait pu réagir, une nouvelle série de coups ébranla la pièce.

— Sennefer nous informe qu'un esprit souhaite communiquer avec quelqu'un en particulier, annonça Irène.

Elle ferma les yeux, avant d'ajouter :

— Cet esprit souhaite délivrer un message à Mlle Brick et à Mme Trent.

— Je ne comprends pas ? fit Mme Trent, crispée.

— Qui est-ce ? voulut savoir Mlle Brick, tout aussi mal à l'aise.

Les coups se répétèrent.

— Il s'agit… de l'esprit de…

Irène s'exprimait d'une voix saccadée, comme si elle déchiffrait un message télégraphique venu de l'au-delà.

— De l'esprit d'une amie, lâcha-t-elle soudain. Oui, une amie récemment décédée.

Mme Trent sursauta.

— Bonté divine ! S'agirait-il de Mme Selby ?

Mlle Brick jeta un regard tout autour de la pièce.

— C'est vous, Helen ?

De nouveaux coups lui répondirent.

— Helen Selby vous adresse ses salutations, traduisit Irène.

Une série de coups suivit encore.

— Elle dit qu'elle peut vous aider financièrement.

— Ce serait merveilleux ! s'enthousiasma Mme Trent.

— Que voulez-vous nous dire exactement ? interrogea Mlle Brick.

Plusieurs coups lui firent écho, que traduisit encore Irène.

— Elle dit que vous allez bientôt faire toutes deux la connaissance d'un gentleman qui vous proposera d'investir dans une affaire. Si vous acceptez, vous triplerez votre mise en moins d'un an.

— Comment s'appelle ce monsieur ? la pressa Mme Trent, à présent très excitée.

Nouvelle série de coups sourds.

— Je ne peux pas vous le dire, traduisit Irène. Mais vous le reconnaîtrez facilement, parce qu'il vous parlera de moi.

— Helen, nous ne savons pas comment vous remercier, murmura Mlle Brick.

Gilbert Smith toussota discrètement.

— Euh... verriez-vous quelque objection à ce que je participe aussi à cet investissement, madame Selby ? Je m'appelle Gilbert Smith. Nous ne nous sommes pas connus de votre vivant, mais... euh... c'est un peu comme si nous nous étions déjà rencontrés, à présent.

Sa requête fut accueillie par un déferlement de sonorités rageuses.

Irène regarda Gilbert Smith de son regard fixe.

— L'esprit d'Helen Selby est scandalisé par votre cupidité, monsieur Smith. La réponse est non.

— Tant pis, fit Smith, dépité. Ça valait tout de même la peine d'essayer.

Un nouveau bruit, qui ressemblait cette fois à une porte grinçant sur ses gonds, se fit entendre dans un angle de la pièce. Toutes les têtes se tournèrent dans cette direction.

Au même instant, Adam sentit que la table s'élevait encore de quelques centimètres au-dessus du sol, avant de retomber en douceur.

— Un autre esprit souhaite communiquer avec une personne assise à cette table, lâcha Irène. Cette fois, le message est pour Mme Fordyce.

Adam n'eut pas besoin de se tourner vers la jeune femme pour deviner qu'elle avait sursauté.

— Qui est cet esprit ? demanda-t-elle.

Il y eut deux coups.

— Ce n'est pas très clair, avoua Irène, qui offrait l'apparence de la plus grande concentration.

Quelques nouveaux coups plus tard, elle expliqua :

— C'est l'esprit d'un homme, semble-t-il. Ah, ça y est... cette fois je l'ai : c'est l'esprit de votre défunt mari.

Caroline s'était figée sur sa chaise.

Une bouffée de colère envahit Adam. La comédie avait assez duré. Comment Irène Toller osait-elle tourmenter Caroline avec de prétendus messages de son défunt mari ? Il était grand temps de mettre fin à cette supercherie.

— Non, s'il vous plaît, chuchota Caroline, qui avait deviné ses intentions. Tout va bien. En fait, je suis impatiente de savoir ce que mon cher Jeremy souhaite me dire. Sa mort a été si brutale. Nous n'avons pas eu le temps de nous faire nos adieux.

Adam hésita. Son instinct lui dictait d'emmener Caroline loin d'ici, mais il doutait qu'elle accepte de le suivre volontairement. Et si elle insistait pour rester ici, il n'avait d'autre choix que de l'imiter. Après tout, c'était une femme intelligente. Elle avait probablement compris qu'Irène Toller s'amusait avec elle à un jeu cruel.

Cependant, la perte d'un être cher altérait parfois les capacités de raisonnement, faisant d'une personne sensée une proie facile pour les charlatans.

En fait, Adam s'en voulait surtout à lui-même. S'il n'avait pas entraîné Caroline dans son enquête, elle ne serait pas là ce soir.

Après des bruits divers qui se répercutèrent dans toute la pièce, la spirite croisa le regard de Caroline.

— Votre défunt Jeremy dit qu'il vous aime et qu'il vous attend de l'Autre Côté, les bras grands ouverts. Un jour, vous serez de nouveau réunis et vous retrouverez le bonheur d'autrefois.

— Je vois, fit Caroline d'une voix étrange.

Une cloche résonna tout à coup dans le silence.

Irène frissonna. Ses mains tremblaient sur la table.

— Sennefer m'informe que les esprits ne communiqueront pas davantage ce soir. Ils sont partis. Laissez-moi, à présent. Je suis épuisée.

À peine avait-elle prononcé ces paroles qu'elle bascula en avant.

À cet instant, la porte s'ouvrit en grand et la gouvernante apparut sur le seuil.

— La séance est terminée, annonça-t-elle. Vous devez partir.

15

Un épais brouillard s'était abattu sur la ville. Le trajet de retour se fit dans une atmosphère d'autant plus étrange que l'habitacle de la voiture était plongé dans la pénombre. Adam n'avait pas allumé la lanterne, jugeant que Caroline préférerait sans doute un peu d'intimité après ce qui s'était passé.

Il regardait la jeune femme, cherchant quoi dire. Elle était assise en face de lui, un châle drapé sur les épaules, les yeux baissés. Elle semblait perdue dans ses souvenirs. Adam était partagé entre l'envie de la consoler et celle de lui rappeler que ce à quoi elle avait assisté n'était qu'une habile mise en scène. D'un autre côté, l'idée que son défunt mari s'était vraiment adressé à elle lui avait peut-être procuré un véritable réconfort. Dans ce cas, il se voyait mal lui ôter ses illusions.

En revanche, il aurait étranglé Irène Toller sans l'ombre d'un remords. Certes, cette dernière vivait de la crédulité des gens. Et les affaires étaient les affaires : il était bien placé pour le savoir. Mais atteindre ce degré de cynisme était tout simplement intolérable.

Il se promit qu'avant que cette affaire soit terminée, il ferait en sorte qu'Irène Toller soit démasquée publiquement.

— Je regrette que vous ayez dû endurer une aussi triste expérience, dit-il finalement.

— Vous n'y êtes pour rien, Adam, fit-elle d'une voix singulièrement neutre.

— Bien sûr que si. Je n'aurais jamais dû vous autoriser à m'accompagner.

— Non, non, ne vous faites aucun reproche, dit-elle vivement. Je vais bien. Vraiment.

— Vous êtes anéantie.

— Mais pas du tout, contra-t-elle, haussant la voix. Je vous assure.

— Personne ne peut vivre ce genre d'expérience sans en être affecté.

— C'était un peu...

Elle hésita, comme si elle cherchait le mot juste.

— ... un peu étrange, je l'avoue. Mais mes nerfs n'ont pas souffert. Je ne vais pas faire une crise, rassurez-vous.

— Je n'ai jamais eu une telle crainte, répliqua Adam, qui ne pouvait s'empêcher d'admirer la force de caractère de la jeune femme. Nous ne nous connaissons pas depuis longtemps, Caroline, mais j'ai appris à ne pas douter de votre vaillance.

La jeune femme ouvrit son éventail, le referma puis le rouvrit, en un geste nerveux qui ne lui ressemblait pas.

— Vous me flattez, murmura-t-elle.

Adam était conscient de lui rendre la situation plus pénible en ramenant la conversation sur cet incident. Mais maintenant qu'il avait commencé, il semblait incapable de s'arrêter.

— Vous devez garder à l'esprit qu'Irène Toller n'est qu'une fraudeuse.

— Oui, bien sûr.

— Elle a profité de votre veuvage pour jouer avec vos émotions.

— J'en suis tout à fait consciente, répliqua la jeune femme, qui avait replié son éventail. C'est une manœuvre banale chez les spirites.

Adam serra les poings.

— Si vous voulez mon avis, c'est un commerce cruel. Qui ne repose que sur la tromperie et le mensonge.

Caroline se racla la gorge.

— Le problème, c'est qu'il y a toujours des gens prêts à se laisser duper.

La voiture passa devant un bec de gaz. Le bref éclair de lumière illumina le visage de la jeune femme. Elle semblait si tendue qu'Adam craignit qu'elle n'éclate en sanglots.

— De toute évidence, vous aimiez beaucoup votre mari. Je suis navré que vous l'ayez perdu.

La jeune femme baissa de nouveau les yeux.

— Merci. Mais cela fait déjà longtemps. J'ai surmonté mon chagrin.

La situation se détériorait rapidement. Si Adam avait eu un peu de bon sens, il serait resté muet jusqu'à Corley Lane. Mais c'était plus fort que lui, la pensée que Caroline puisse être impatiente de rejoindre son défunt mari le torturait.

— Savoir que Jeremy vous attend dans l'autre monde vous est sans doute une consolation, lâcha-t-il.

La jeune femme ouvrit violemment son éventail.

— En voilà assez. Plus un mot, je vous en prie. Je ne souhaite pas poursuivre cette conversation.

— Pardonnez-moi. Je comprends que le sujet vous soit douloureux. J'ai commis une erreur en vous impliquant dans cette affaire.

— Je vous répète que vous n'avez rien à vous reprocher. C'était ma propre décision.

— Je démasquerai Irène Toller à la première occasion.

— N'en faites rien ! s'écria Caroline, horrifiée. Songez aux conséquences. Vous risqueriez d'exposer vos propres secrets. Irène Toller n'est pas le plus important.

— Mais elle mérite d'être punie pour ce qu'elle vous a infligé ce soir, insista Adam. Jouer avec votre chagrin est inacceptable.

Caroline laissa échapper un soupir navré. Cette fois, elle allait vraiment fondre en larmes, songea Adam. Alarmé, il sortit son mouchoir de sa poche.

Au vu du carré de lin blanc, la jeune femme soupira de nouveau, comme si elle se rendait.

— Ce ne sera pas nécessaire, dit-elle. Ce n'est pas le chagrin, qui m'étouffe. Je crois qu'il est préférable que je vous avoue la vérité.

Adam haussa les sourcils.

— La vérité ?

— Irène Toller n'est pas la seule à avoir menti. Jeremy Fordyce n'a jamais existé. Je l'ai inventé.

Adam demeura interdit, stupéfié par son propre étonnement. Certes, il se doutait que Caroline n'avait pas fini de le surprendre. Mais il n'aurait jamais imaginé que les événements prendraient un tel tour.

Il comprenait fort bien pourquoi il s'était laissé aussi facilement abuser. Il avait voulu croire que Caroline était une femme d'expérience. C'était tellement plus commode de se la représenter comme n'étant pas soumise aux règles qui dicte le comportement des femmes célibataires de moins de trente ans.

— Vous n'avez pas été mariée ? hasarda-t-il.

— Non. Après le scandale dont je vous ai parlé, il y a trois ans, à Chillingham, j'ai jugé préférable de me faire passer pour veuve. À mon arrivée à Londres, j'ai pris le nom de Fordyce, à la fois pour mes livres et pour mon usage privé.

Donc, elle n'avait pas vécu à Bath, mais à Chillingham. Adam nota cette précision dans un coin de sa tête. Il demanderait à Filby d'aller enquêter là-bas.

— Accepteriez-vous de me révéler votre vrai nom ?

La jeune femme hésita quelques secondes.

— Connor. Caroline Connor.

— Je vois.

Adam était conscient tout à coup qu'il se trouvait seul dans une voiture avec une jeune femme célibataire qui n'aurait jamais dû sortir le soir sans chaperon. C'était décidément plus confortable de l'avoir imaginée sous les traits d'une veuve.

— Je devine que cette nouvelle ne vous fait pas plaisir, monsieur Hardesty, dit-elle. Mais vous n'ignorez pas combien la vie est compliquée pour une femme de mon âge. Surtout à Londres, où les ragots vont bon train. C'est pourquoi il était plus simple de faire disparaître purement et simplement Caroline Connor.

Adam se rappelait combien sa sœur tempêtait contre les règles de bienséance que la société imposait aux jeunes femmes.

— Je suis conscient que certains principes moraux peuvent être pesants, commença-t-il. Mais n'oubliez pas qu'ils ont des raisons d'être. Le monde est dangereux pour les femmes seules. Il abrite quantité de prédateurs, y compris au sein de la bonne société, qui n'ont aucun scrupule à profiter d'elles.

— Et les plus dangereux sont ceux qui gravitent dans les cercles les plus huppés, observa Caroline.

Il y eut un silence tendu. La virulence de son ton n'avait pas échappé à Adam. Il en conclut que le scandale qui l'avait éclaboussée trois ans auparavant impliquait un gentleman de la haute société. Et sans doute même de la très haute société.

La jeune femme poussa un profond soupir.

— J'apprécie votre sollicitude, monsieur, reprit-elle, mais ne gaspillez pas votre énergie à me faire la leçon. Je connais les réalités de ce monde, croyez-moi.

Adam n'avait effectivement pas à la sermonner. Elle avait parfaitement le droit de vivre comme elle l'entendait.

— Excusez-moi, fit-il. Cela dit, vous admettrez avec moi que votre changement de statut complique singulièrement la situation.

— Balivernes, répliqua-t-elle sans hésiter. Rien n'a changé entre nous.

Il faillit sourire.

— Allons, nous savons tous deux que vous n'êtes pas naïve à ce point.

Elle tressaillit, et se détourna.

— Vous êtes en colère ? risqua-t-elle.

— Disons que vous me mettez dans une position délicate.

— Vous n'êtes nullement obligé de voir les choses sous cet angle, répliqua-t-elle, anxieuse à présent. Puisque tout le monde me croit veuve, pourquoi les détromper ? Vous n'avez qu'à continuer à me traiter comme vous le faisiez avant de connaître mon secret.

— Parce que vous pensez vraiment que c'est possible ?

La jeune femme soupira d'exaspération.

— Écoutez, je ne suis pas une petite fleur fragile. Vous m'avez vous-même fait remarquer que les sujets de mes romans laissaient deviner une certaine expérience du monde.

— Expérience ou pas, il n'empêche que vous avez une réputation à protéger.

— Caroline Connor avait une réputation à protéger, répliqua-t-elle d'un ton amer. Mais sa réputation a volé en éclats il y a trois ans. Mme Fordyce, elle, n'a aucune inquiétude à nourrir de ce côté-là.

— C'est votre point de vue.

Caroline lui lança un regard de reproche.

— Qui aurait cru que vous vous révéleriez aussi collet monté et pointilleux !

L'accusation le prit par surprise.

— Je peux vous assurer que j'en suis le premier étonné, riposta-t-il en esquissant un sourire.

— Quoi qu'il en soit, je n'ai pas cherché à vous placer dans une « position délicate », pour reprendre vos propres termes.

— Je me doute que ce n'était pas intentionnel. Et vous avez le droit d'avoir vos secrets, Caroline. De même que j'ai les miens.

— Nous sommes donc d'accord sur l'essentiel.

Adam dut faire appel à toute sa volonté pour ne pas céder à une irrépressible envie de prendre la jeune femme dans ses bras et de l'embrasser à en perdre haleine. Il voulait lui faire oublier la crapule qui avait ruiné sa réputation à Chillingham. Mais pour quelque obscure raison qu'il ne pouvait expliquer, il avait aussi envie de faire quelque chose de beaucoup plus imprudent. Quelque chose qu'il n'avait jamais fait avec aucune femme. Puisqu'il avait poussé Caroline – certes, sans que ce soit prémédité – à lui révéler certains de ses secrets, il voulait la dédommager en lui livrant quelques-uns des siens.

— Accepteriez-vous de venir avec moi dans un autre quartier de la ville ? demanda-t-il à brûle-pourpoint. J'aimerais vous montrer quelque chose.

— Ce soir ?

Adam ne savait pas ce qui lui avait pris ; il savait seulement qu'il ne pouvait plus faire marche arrière.

— Oui. Je vous donne ma parole que vous n'avez rien à craindre de moi.

Elle parut étonnée.

— Mais je ne vous crains pas.

Elle pouvait cependant refuser de le suivre. Peut-être cela vaudrait-il mieux, d'ailleurs. Pourtant, il se surprit à attendre sa réponse comme si son avenir en dépendait.

— Très bien, dit-elle finalement. Mes tantes sont sorties et rentreront tard. Elles ne seront donc pas à la maison à s'inquiéter de ne pas me voir rentrer.

Avant qu'elle puisse changer d'avis, Adam ouvrit la trappe qui communiquait avec le cocher et lui indiqua une adresse.

16

Ce petit trajet nocturne en compagnie d'Adam vers une destination inconnue était l'aventure la plus excitante que Caroline ait jamais vécue. Une espèce de fébrilité délicieuse s'était emparée d'elle. Où la conduisait-il ? Et que désirait-il lui montrer ?

En dépit de sa curiosité, elle ne posa aucune question. Elle avait deviné que cette excursion était importante pour lui, et elle préféra le laisser diriger les événements à sa manière.

Malgré le brouillard, elle constata qu'ils traversaient à présent un quartier pauvre. Les becs de gaz s'y faisaient rares, et les rues étaient plus étroites. La circulation était aussi beaucoup moins importante et les façades sombres des maisons avaient un petit air inquiétant.

Ils passèrent devant une taverne à l'intérieur de laquelle Caroline aperçut des ouvriers en vêtements de travail et quelques femmes vêtues de robes de toile grossière qui buvaient de la bière autour d'une table.

— Ne vous inquiétez pas, lui dit Adam en suivant son regard. Le quartier est miséreux, mais je le connais bien. Vous ne courez aucun danger.

— Je n'ai pas peur, répondit la jeune femme.

« Pas tant que je suis avec vous », ajouta-t-elle pour elle-même.

L'attelage bifurqua à un carrefour et s'enfonça dans une rue encore plus étroite que les précédentes. Une femme, enveloppée dans un châle, était appuyée contre le mur, sous un bec de gaz. Quand la voiture passa à sa hauteur, elle écarta son châle et révéla ses seins nus, avec un sourire à l'intention de l'homme qui devait se trouver dans la voiture.

— Je suis tellement désolée pour cette femme, murmura Caroline.

— Vous n'êtes pas choquée ? s'étonna Adam.

— Non. Je sais qu'une femme sans ressources n'est jamais loin du trottoir.

— Vous avez raison.

Il plongea la main dans sa poche, en tira une petite bourse, puis baissa la vitre de la portière pour la lancer à la femme. Les remerciements de celle-ci résonnèrent dans la rue bien après que l'attelage se fut éloigné.

— La dernière fois que je suis passé ici, il y avait une autre femme sous le bec de gaz, reprit-il. Elle toussait horriblement. J'espère qu'elle a survécu.

— Vous lui avez aussi donné de l'argent ? s'enquit Caroline.

— Oui. Et je lui ai indiqué l'adresse d'un hospice où on lui offrirait un lit et des soins. Mais je crains qu'elle n'ait dépensé l'argent en opium ou en gin. Celle de ce soir fera probablement la même chose.

— Et pourtant, vous continuez à distribuer de l'argent à ces femmes ?

— Certaines ont des enfants à nourrir, répliqua-t-il, le visage dans l'ombre, si bien que Caroline ne pouvait voir son expression. Parfois, ce sont eux qui se tiennent sous le réverbère, ajouta-t-il d'une voix où sourdait la colère.

La voiture bifurqua de nouveau, puis s'immobilisa.

— Venez, fit Adam.

Il ouvrit la portière, sauta à terre et aida la jeune femme à descendre.

— Nous en avons pour un moment, Ned. Va boire quelque chose de chaud dans la taverne au coin de la rue. Je sifflerai quand nous serons prêts à repartir.

— Bien, monsieur, répondit le cocher en portant la main à son chapeau.

Adam guida Caroline sous un porche, et ouvrit une porte avec une clé qu'il avait tirée de sa poche.

Ils pénétrèrent dans un vestibule obscur. Il alluma un chandelier, avant de prendre le bras de Caroline pour l'entraîner vers un petit escalier.

— Personne ne vit ici pour le moment, expliqua-t-il. J'ai acheté l'immeuble et je projette de le rénover.

Caroline était de plus en plus intriguée.

— Quel usage comptez-vous en faire ?

— J'ai mon idée, répondit-il sans donner plus de détails.

Une fois sur le palier, ils empruntèrent un couloir avant de s'arrêter devant une porte close. Il sortit alors une autre clé de sa poche.

Sans un mot, il ouvrit la porte, puis s'effaça pour laisser Caroline entrer dans une chambre minuscule et sombre, très basse de plafond.

D'instinct, la jeune femme sentit que cette pièce miteuse revêtait une importance particulière aux yeux d'Adam.

Un rideau de coton masquait la fenêtre. L'ameublement était des plus sommaire : une paillasse, une table et une chaise. Le plancher était nu. Et aucun objet personnel n'était visible nulle part. En revanche, tout était parfaitement propre et en ordre.

Adam suivit Caroline à l'intérieur, referma la porte et posa le chandelier sur la table. Puis il se tourna vers la jeune femme.

— C'est là que j'ai vécu jusqu'à dix-sept ans.

En dépit de son flegme si caractéristique, Caroline percevait les émotions qui bouillonnaient sous la surface.

— Vous n'êtes pas né riche ? dit-elle, en prenant soin de ne pas manifester d'étonnement excessif.

Il parut vaguement amusé.

— Ma mère était modiste. Elle a épousé mon père à dix-huit ans. Lui-même travaillait comme employé de bureau chez un armateur. Il est mort accidentellement, sur les quais, deux ans après ma naissance. Pour tout héritage, ma mère récupéra son alliance et ses livres. Elle vendit l'alliance pour payer le loyer et nous acheter à manger, mais elle conserva les livres.

Tout cela était raconté sans émotion particulière, comme s'il se contentait de rapporter quelque histoire ancienne fort ennuyeuse.

— Votre mère devait être au désespoir.

— Oui. Elle travaillait toute la journée, et le soir, elle m'apprenait à lire et à écrire grâce aux livres laissés par mon père.

Caroline croisa les mains sur ses jupes.

— C'était manifestement une femme courageuse et déterminée, risqua-t-elle.

— En effet, fit Adam, l'expression neutre, presque détachée. Elle est morte de fièvre quand j'avais onze ans.

— Oh, Adam, je suis désolée ! Comment avez-vous survécu ?

— Ma mère m'avait certes appris à lire et à écrire, mais j'avais aussi reçu une éducation d'un autre genre à force de traîner dans les rues de ce quartier. C'est elle qui m'a permis de m'en sortir après la mort de ma mère.

— Comment gagniez-vous votre vie ?

— J'achetais et je revendais les secrets des gens, répondit-il le plus tranquillement du monde.

— Je ne comprends pas ?

— Vous vous souvenez de Maud Gatley, la femme dont j'essaie de récupérer le journal intime ?

— Oui, bien sûr.

D'un mouvement du menton, il désigna la porte.

— Elle habitait de l'autre côté du couloir. C'était une prostituée. Certains de ses clients lui faisaient des confidences sur l'oreiller. Qu'elle me rapportait ensuite.

— Et vous trouviez à les revendre ? demanda Caroline, incrédule.

Il sourit, mais son sourire était glacial.

— Le marché des secrets est vaste et fort lucratif. Surtout lorsque ceux-ci concernent des gentlemen de la bonne société.

— Je ne me doutais pas de tout cela.

— Maud était très belle, à l'époque. Ses clients venaient souvent du meilleur monde. Mon travail était de trouver des acheteurs pour les ragots qu'elle récoltait.

Nous partagions les profits. Cet arrangement a très bien fonctionné pendant plusieurs années.

Caroline était médusée.

— Quelle extraordinaire histoire !

Il haussa un sourcil.

— Je suis heureux qu'elle vous intéresse. Mais j'aime autant vous prévenir : je serais très mécontent si un seul mot de tout cela transpirait dans l'un de vos romans.

Caroline prit son air le plus sérieux.

— Ne vous inquiétez pas, je changerai les noms.

— J'ai peur que cela ne suffise pas, la mit-il en garde.

— Je plaisantais, Adam, vous le savez bien. Racontez-moi plutôt la suite.

— Au cours des années suivantes, je fis l'acquisition de deux sœurs et d'un frère.

Caroline le regarda, incrédule.

— Et comment *acquiert*-on des frères et sœurs ?

— Oh, de bien des façons. Par exemple, en sauvant une orpheline de dix ans sur le point d'être vendue à un bordel fréquenté par des messieurs qui aiment les petites filles.

— Mon Dieu…

— Ou en découvrant une fillette de trois ans au milieu des poubelles.

— Adam, dois-je comprendre que…

— Ou encore en tombant sur un mendiant de quatre ans que ses parents ont abandonné sous un réverbère.

— Et vous les avez pris tous les trois sous votre aile, murmura Caroline. Je ne sais pas quoi dire. Je suis tellement stupéfaite.

Il haussa les épaules.

— Je gagnais bien ma vie, avec mon petit commerce. Je pouvais me permettre de nourrir d'autres bouches. Et ça me faisait de la compagnie, le soir.

— Leur avez-vous appris à lire et à écrire, comme autrefois votre mère avec vous ?

— C'était le moyen le plus simple et le plus économique d'occuper nos soirées.

Caroline eut un geste de la main, pour désigner la pièce dans laquelle ils se trouvaient.

— Comment avez-vous réussi, tous les quatre, à fuir cet endroit ?

— Tout a basculé l'année de mes dix-sept ans. Je me suis retrouvé en possession d'un secret qui valait beaucoup d'argent. Une escroquerie financière se préparait, qui menaçait plusieurs personnes très fortunées. J'ai vendu mon information à un nouveau client, un veuf très riche. Elle lui a permis, ainsi qu'à ses associés, d'éviter de perdre des sommes considérables.

— Continuez, le pressa Caroline, fascinée.

Au lieu de s'exécuter, Adam s'approcha de la cheminée, où des bûches étaient empilées. Il s'agenouilla, alluma le feu et demeura un moment à contempler les flammes. Sans doute se remémorait-il son passé avant de décider ce qu'il souhaitait lui révéler, devina Caroline.

— Quelques années auparavant, cet homme avait perdu sa femme et ses deux fils, emportés par une terrible fièvre, reprit-il finalement. Il était fabuleusement riche, mais absolument seul au monde. Il m'offrit de continuer à travailler pour lui.

— Vous n'aviez que dix-sept ans. Quel genre de travail pouvait-il vous proposer ?

— Mon mentor aimait les secrets de toutes sortes. Et j'avais développé un certain talent pour les récolter. Pas seulement de Maud, précisa-t-il en se redressant. Avec le temps, j'avais fini par me constituer un véritable réseau d'informateurs : patrons de tavernes, femmes de chambre, valets, coiffeurs, lavandières, dockers…

— Je vois, fit Caroline en se perchant au bord du lit.

— L'attitude de mon client à mon égard se fit de plus en plus paternelle. Jusqu'au jour où il me proposa de venir vivre chez lui. Je lui expliquai que je ne pouvais pas me séparer de mes frère et sœurs. C'est ainsi que Wilson nous a tous accueillis sous son toit.

— Si je comprends bien, vous avez pris dans son cœur la place laissée vacante par la disparition de sa propre famille.

— C'est à peu près cela. Il voulait nous faire passer pour de lointains parents, afin de justifier notre arrivée soudaine. C'était risqué, et je le lui ai dit. Mais il s'est entêté. Il a engagé des précepteurs pour que nous acquérions l'éducation et les bonnes manières que nous étions censés posséder. Et pour finir, il a fait de nous ses héritiers.

— Quelle histoire fascinante ! s'exclama Caroline.

— Elle paraît peut-être fascinante lorsqu'on la raconte. Mais je vous garantis que notre jeunesse ne fut pas rose.

— Non, bien sûr, admit la jeune femme avec douceur. Tant de misère et de tristesse… Je suis bien consciente que votre vie n'a rien d'une fiction. Et je me sens très honorée de votre confiance. Soyez assurée que je ne la trahirai pas.

Il croisa son regard.

— Si je n'avais pas été certain de pouvoir vous faire confiance, je ne vous aurais jamais révélé mon passé.

— Je crois avoir deviné ce que contient le fameux journal de Maud. Elle connaissait votre histoire…

— Oui. Et apparemment, elle l'a consignée par écrit. Quand Elizabeth Delmont en a pris connaissance, elle a aussitôt compris le parti qu'elle pouvait en tirer, et elle a tenté de me faire chanter.

— Je ne m'étonne plus que vous cherchiez à tout prix à récupérer ce journal.

— Wilson assure que notre famille est assez puissante pour surmonter un éventuel scandale. Il n'a pas tort. Je crains toutefois que les choses ne soient pas aussi simples qu'il l'imagine. Ma sœur Julia est devenue comtesse de Southwood. Son mari peut la protéger. Mais Jessica est en âge de faire ses débuts dans le monde. Que se passera-t-il si la rumeur se répand qu'elle a été trouvée au milieu des détritus ?

— Un scandale n'est jamais facile à affronter. Surtout pour une jeune fille.

— Quant à Nathan, il se passionne pour les études. S'il veut continuer ses recherches, il lui faudra rejoindre des cercles savants, et je soupçonne qu'on ne l'y admettra pas aisément si l'on découvre qu'il a commencé son existence en mendiant.

— C'est très noble de votre part de vouloir protéger ainsi votre famille. J'admire votre générosité d'âme.

Il eut un sourire contrit.

— Je suis en effet prêt à tout pour les protéger. Mais il n'y a là rien de noble. Il en va tout simplement de ma responsabilité à leur égard.

Caroline hocha la tête.

— Je comprends que vous voyiez les choses ainsi.

— C'est vous qui méritez mon admiration, Caroline.

La jeune femme fut frappée par sa soudaine gravité.

— Pardonnez-moi, mais j'avais l'impression que vous ne teniez pas mon métier en haute estime.

Adam ignora sa remarque.

— Vous avez surmonté vos épreuves avec beaucoup de vaillance.

— Je n'aurais pas réussi seule, avoua-t-elle. Sans mes tantes, je ne sais pas ce que je serais devenue.

— Comme moi, sans Wilson Grendon. Mais ça ne diminue en rien votre réussite. Non seulement vous avez surmonté un scandale, mais vous avez su vous servir de votre créativité et de votre intelligence pour vous accomplir et gagner votre vie. Voilà qui est remarquable, Caroline.

La jeune femme demeura muette. Jamais aucun homme ne l'avait complimentée avec une sincérité aussi touchante.

— C'est très gentil de me dire cela, fit-elle de sa voix la plus neutre possible.

— Vous vous demandez sûrement pourquoi je vous ai amenée ici, dit Adam en s'approchant d'elle. Je me disais que c'était parce que, vous ayant plus ou moins obligée à me révéler certains secrets, il était normal que j'en fasse autant. Mais ce n'est pas la seule raison.

L'atmosphère changea de manière imperceptible ; elle se fit soudain plus intime. Caroline se leva, consciente qu'il allait se passer quelque chose d'important entre eux.

Adam s'immobilisa devant elle, prit son visage entre ses mains.

— La vérité, c'est que je voulais que vous sachiez que je ne suis pas celui que vous avez imaginé, ce jour où j'ai débarqué dans votre bureau pour vous intimider et vous extorquer des informations.

— Je vois, souffla Caroline, incapable de trouver autre chose à répondre.

Il était si près qu'elle parvenait à peine à respirer, encore moins à penser normalement.

— Vous avez dû me prendre pour l'un de ces privilégiés arrogants et imbus d'eux-mêmes. Et il est vrai qu'aujourd'hui je vis dans ce monde-là. Mais je n'y suis pas né, Caroline. Je porte des vêtements bien coupés, je fréquente les meilleurs clubs et côtoie les gens qu'il faut, mais tout au fond de moi, je resterai toujours un intrus.

Elle lui enserra les poignets.

— Je comprends.

— Je vous ai amenée ici pour que vous compreniez que je sais parfaitement ce que c'est que de se battre pour survivre. Il m'est arrivé de faire des choses qui vous choqueraient si vous les appreniez.

— J'ai du mal à vous croire.

— Vous avez tort, répliqua-t-il durement. Mais je ne vous obligerai pas à entendre ces secrets-là. Ce que je veux simplement que vous compreniez, ce soir, c'est que je n'ai jamais oublié les leçons apprises ici. Et que je ne les oublierai jamais. Elles font partie intégrante de moi, et ont forgé celui que je suis devenu.

Caroline soupira.

— Vous pouvez être arrogant, autoritaire, et même têtu à l'occasion. Mais vous n'êtes pas de ces hommes qui se servent des femmes à des fins égoïstes et les jettent après usage.

— Dois-je en déduire que vous ne me considérez plus comme une menace, ni pour vous ni pour vos tantes ?

— Je sais maintenant que vous ne prendriez pas le risque de nous détruire sur de simples soupçons. Vous ne cherchez que la vérité.

Elle sentit qu'il se détendait un peu.

— Merci, murmura-t-il en promenant doucement le pouce sur sa lèvre inférieure. Sans vouloir me montrer trop curieux, qu'est-ce qui vous a poussée à croire que vous pouviez me faire confiance ?

Elle fronça le nez.

— Pour être tout à fait franche, j'en ai eu l'intuition dès notre première rencontre, et quand bien même vous vous étiez présenté sous un faux nom. Bien entendu, la raison m'a retenue. D'autant que je n'étais pas seule en cause.

— Il y avait vos tantes.

— En effet. Et puis, ce soir, vous étiez si furieux contre Irène Toller…

— … que vous m'avez révélé un de vos secrets de crainte que je ne compromette mon enquête par quelque action inconsidérée, termina-t-il à sa place.

— Oui.

— Et à présent, vous connaissez quelques-uns des miens.

Son regard s'adoucit, et il ajouta :

— Et je vais même vous en confier un autre.

Caroline haussa les sourcils, intriguée.

— Lequel ?

Il lui caressa la joue du pouce.

— Bien que le fait que vous ne soyez pas veuve rend la situation extrêmement délicate, je suis heureux de savoir que vous ne pleurez pas un amour perdu que vous seriez impatiente de retrouver de l'Autre Côté.

— Et pourquoi cela ?

— Parce que je veux vous embrasser, que j'en ai terriblement envie, mais que je ne veux pas me battre avec un fantôme.

Sur ces mots, il s'empara de ses lèvres avec une avidité qui chavira les sens de la jeune femme. Ses jambes se seraient sans doute dérobées sous elle s'il ne l'avait maintenue fermement contre lui.

— Adam… murmura-t-elle lorsqu'il lâcha brièvement sa bouche.

— Si belle et si passionnée, chuchota-t-il en lui caressant le dos.

Caroline noua les bras autour de son cou, et frôla ses lèvres des siennes, pour tester sa réaction.

Cette caresse parut l'électriser. Il reprit sa bouche avec une ardeur renouvelée.

Quelques instants plus tard, elle sentit ses doigts tâtonner sur le devant de sa robe. Son corsage, qui faisait office de corset grâce à quelques baleines, s'ouvrit lentement, telle une armure tranchée en son centre.

— Comment les femmes supportent-elle cette mode absurde, marmonna-t-il d'une voix rauque. Porter des robes pareilles, c'est comme de vivre en cage.

— Oui, mais c'est tellement bon lorsque la porte de la cage s'entrouvre, répliqua-t-elle, avant de rougir de son audace. Ô mon Dieu, ce n'est pas exactement ce que je voulais dire !

Il rit, puis l'embrassa tendrement.

— Inutile de vous justifier. Je pense que j'ai compris.

— Ce serait peut-être plus simple que je termine à votre place ?

— Sûrement pas !

Il reprit sa tâche, avant d'ajouter :

— Vous déshabiller, c'est comme ouvrir un cadeau bien emballé. Je ne veux pas me priver d'un tel plaisir.

Quand il eut dégrafé la robe un peu plus bas que les seins, il s'arrêta de nouveau et appuya le front contre celui de la jeune femme.

— Bon sang, je n'en reviens pas !

Caroline s'alarma. Était-il déçu de ce qu'il découvrait ?

— Quelque chose ne va pas ?

Il s'écarta et la regarda d'un air penaud.

— Mes doigts tremblent tant, que je n'arrive plus à défaire ces maudits crochets.

— Vraiment ? fit Caroline, enchantée de constater qu'elle lui faisait un tel effet.

— Je voulais me montrer romantique et passionné, au lieu de quoi je me comporte comme un débutant gauche et maladroit.

Cette confession émut la jeune femme jusqu'au tréfonds.

— Peut-être que si je vous assistais dans cette tâche…

Sans attendre sa réponse, elle entreprit de dénouer sa cravate. Elle aussi avait les doigts qui tremblaient.

Il sourit.

— Oui, dit-il. Je crois que cela va beaucoup m'aider.

Quelques secondes plus tard, Caroline ne portait plus sur elle que ses bas et sa camisole. Sa robe gisait sur le sol, ainsi que la cravate d'Adam, sa veste et sa chemise blanche. Il ne lui restait que son pantalon et ses chaussures.

Les lueurs du feu jouaient sur sa musculature parfaite. Fascinée, Caroline traça du bout des doigts le contour de ses pectoraux.

— Vous êtes aussi beau qu'une statue de dieu antique, murmura-t-elle.

Il se contenta de rire de nouveau.

N'ayant encore jamais déshabillé un homme de sa vie, Caroline s'était arrêtée à la chemise, car elle n'avait pas trouvé l'audace de s'attaquer à la ceinture de son pantalon. Ses hésitations n'avaient apparemment pas surpris Adam.

Il la souleva dans ses bras pour la déposer doucement sur le lit, avant de se débarrasser de ses derniers vêtements en un tournemain.

Caroline le contemplait, bouche bée.

Certes, elle avait grandi à la campagne, et elle avait déjà vu des animaux en état d'excitation. En outre, Emma et Milly s'étaient montrées très modernes dans leur éducation et ne lui avaient rien caché de ce qui se passait entre un homme et une femme qui s'aimaient. Mais ce qu'elle voyait à présent était quand même une découverte.

Adam se tenait debout à côté du lit, hésitant.

— Ça ne va pas ?

Elle lui prit la main et la pressa doucement.

— Si, si. Tout va bien.

Il s'allongea près d'elle, l'attira dans ses bras et entreprit d'ôter les épingles qui retenaient son chignon. Caroline frissonna en les entendant tomber sur le plancher.

— Je n'avais rien prémédité, murmura-t-il en déposant un baiser sur sa gorge. Je vous ai amenée ici sur une impulsion, et j'ai à présent un grand regret.

Caroline retint son souffle.

— Si vous avez changé d'avis…

— Certainement pas, répliqua-t-il sans l'ombre d'une hésitation. Je vous désire à un point tel que je ne pourrais pas revenir en arrière, même si ma vie en dépendait. Non, mon seul regret, c'est de ne pas vous avoir emmenée dans un endroit plus élégant. Vous méritez mieux que cette misérable chambre.

Caroline se détendit.

— Cette chambre est parfaite, Adam, le rassura-t-elle en lui caressant la joue. Tout est parfait, ce soir.

Il posa doucement la main sur sa cuisse. Lorsqu'elle sentit ses doigts s'approcher de son entrejambe, le monde lui sembla basculer dans une autre dimension. Cette caresse si intime était tout simplement grisante.

— Vous êtes si belle… murmura Adam en écartant sa camisole pour l'embrasser à la naissance des seins.

Caroline ne se trouvait pas belle. Mais ce soir, Adam lui donnait le sentiment d'être la descendante directe de Cléopâtre, de Vénus ou d'Hélène de Troie.

Il prit la pointe d'un sein entre ses lèvres, et elle faillit crier. Tout son corps se tendit sous la montée brutale du plaisir.

Mais lorsque ses doigts frôlèrent sa féminité, elle cessa de respirer. Jamais elle n'avait éprouvé de pareilles sensations. Son cœur battait la chamade, une fièvre intense, bouillonnante s'était emparée d'elle. Elle ne savait pas ce qui se passait, mais elle voulait qu'il continue, qu'il aille plus loin encore, qu'il..

Il embrassa la vallée entre ses seins et elle creusa les reins, s'offrant sans vergogne à ses caresses.

— Je vous en supplie, gémit-elle.

Il se déplaça légèrement ; elle sentit la douce pression de son sexe au creux de ses cuisses.

— Oh, oui… murmura-t-elle. C'est si bon…

— Caroline…

Il s'enfonça en elle d'une seule poussée.

Elle s'attendait à avoir mal, cependant la douleur la surprit par sa fulgurance. La seconde d'avant, elle fondait de plaisir, et tout à coup, c'était insoutenable.

Retenant un cri, elle sursauta violemment, et le repoussa.

— Attendez ! s'exclama-t-elle. Je crois que quelque chose ne va pas.

Adam se figea.

Elle se tortillait sous lui pour tenter de se libérer.

— Excusez-moi, c'est ma faute, balbutia-t-elle. Je ne me rendais pas compte. Je le croyais, mais en fait, je me trompais.

— Caroline, je vous en prie, cessez de vous agiter.

— Cela vous ennuierait beaucoup de vous retirer, risqua-t-elle, affolée.

Il étouffa un juron et, faisant visiblement appel à toute sa volonté, commença de se retirer lentement.

La sensation était loin d'être déplaisante, s'étonna Caroline. Au contraire...

— Attendez ! fit-elle en le retenant par les hanches. Ce ne sera peut-être pas nécessaire.

— Caroline, vous allez finir par me faire tourner en bourrique !

— C'est-à-dire que... c'est beaucoup moins douloureux que tout à l'heure, avoua la jeune femme. Peut-être que si vous continuiez très lentement...

— Très lentement ?

S'appuyant sur les coudes, il prit le visage de Caroline entre ses mains. Chacun de ses muscles semblait trempé dans l'acier. Son regard était assombri par le désir, mais ses lèvres esquissaient un sourire sensuel absolument ravageur. Il commença à onduler des reins avec une lenteur calculée.

— Comme cela ?

Caroline sentit tout son corps se détendre.

— Oui, murmura-t-elle. Juste comme cela.

— Repliez les genoux, mon ange.

Elle s'exécuta. Son plaisir s'intensifia d'un coup.

— Caroline, chuchota-t-il contre ses lèvres, je suis bel et bien perdu !

Avant qu'elle ait pu lui demander ce qu'il entendait par là, il accéléra le rythme. Elle sentit son plaisir monter en flèche. Un spasme la secoua, puis un autre, et un autre encore. Et elle eut l'impression d'être projetée dans les étoiles.

Adam laissa échapper un grognement sourd, s'immobilisa un instant, puis se retira précipitamment, pour répandre sa semence sur le matelas.

17

Tandis qu'ils redescendaient doucement sur terre, Adam attira Caroline contre son flanc. Elle s'y lova confortablement, comme si elle se préparait à dormir. Une perspective certes agréable, mais, hélas, impossible à envisager ce soir.

— Quand comptais-tu me l'annoncer ? lâcha-t-il.

Sa question n'était pas très romantique, mais tant pis. Il était en proie à un tel chaos d'émotions qu'il éprouvait le besoin d'y mettre un peu d'ordre.

Il était conscient d'avoir volontairement ignoré les indices qui trahissaient l'inexpérience de Caroline. Cela l'arrangeait de la croire veuve. Et lorsqu'il avait découvert qu'elle ne l'était pas, il avait trouvé commode d'en déduire que son passé scandaleux impliquait forcément une liaison.

Décidément, il allait de surprise en surprise avec Caroline.

Elle réprima un bâillement, puis s'étira langoureusement.

— T'annoncer quoi ?

— Que tu étais vierge.

Elle se raidit, puis s'appuya sur le coude et le regarda droit dans les yeux en fronçant les sourcils d'un air perplexe.

— J'étais censée t'en informer ?

— Oui, répliqua Adam, qui en voulait autant à la jeune femme qu'à lui-même. J'ai pour principe de ne pas profiter des innocentes.

— Ah, c'est donc cela ! Tu as des principes.

— Tu te moques de moi à tes risques et périls, Caroline, la prévint-il.

— Examinons les faits, répliqua-t-elle, pragmatique. Par « innocentes », j'imagine que tu entends les jeunes filles sans expérience et qui sont supposées garder leur réputation intacte jusqu'au mariage ? C'est bien cela ?

— À peu près, admit Adam prudemment.

Elle cherchait à le manipuler. Il en aurait mis sa main au feu.

— Dans ce cas, tu n'as pas à t'inquiéter, déclara-t-elle avec un sourire triomphal. Je n'entre pas dans la catégorie des innocentes, et par conséquent, tu n'as enfreint aucun principe.

Adam joua avec l'une des mèches de cheveux de Caroline.

— Non ?

— Non, confirma-t-elle. Écoute : premièrement, je ne suis plus une jeune fille, puisque j'ai vingt-sept ans. À cet âge, personne ne considère plus une femme comme innocente, ni même apte au mariage.

— Caroline...

— Deuxièmement, à supposer qu'il se trouve quand même un homme désireux de m'épouser, je serais obligée de lui révéler la vérité sur le scandale qui m'a éclaboussée voilà trois ans. Ce qui mettrait fin à ses velléités de mariage. Aucun gentleman digne de ce nom ne voudrait d'une femme dont la réputation a été aussi irrémédiablement détruite que la mienne. Troisièmement, je ne vois donc aucune raison qui aurait pu m'inciter à me préserver pour une improbable nuit de noces.

— Ton raisonnement semble imparable, mais il a pourtant un défaut majeur, commença Adam.

— Quatrièmement, l'interrompit-elle, même si j'étais vierge, au sens strict du terme, je ne manque pas pour autant d'expérience. Je savais parfaitement ce que je faisais en te rendant ton baiser, Adam. Tu n'as en aucun cas abusé de moi. C'est même plutôt le contraire.

— Comment ça, le contraire ? s'insurgea Adam. Insinuerais-tu que tu as délibérément cherché à me séduire ?

La jeune femme se mordilla la lèvre.

— Eh bien…

— Je ne te crois pas ! Pas une seconde.

— Ce que je veux dire, c'est que j'ai été attirée par toi au premier regard. Et quand j'ai compris que je pouvais te faire confiance, je me suis mise à espérer que tu partagerais mes sentiments.

— Je vois.

— J'avoue toutefois que les événements se sont quelque peu précipités, reprit-elle. Jamais je n'aurais imaginé que nous nous retrouverions dans les bras l'un de l'autre au bout de seulement quelques jours !

— Moi non plus, confessa-t-il en lui caressant les cheveux. Mais dis-moi, si tu étais si impatiente de goûter au plaisir physique, pourquoi avoir attendu si longtemps ? Ce ne sont pas les occasions qui ont dû te manquer…

Elle secoua la tête en souriant, comme si elle trouvait sa question désarmante de naïveté.

— Il y a beaucoup de risques, pour une femme. Je ne voulais pas les prendre avec un homme qui n'aurait pas été le bon.

Adam ne put s'empêcher de ressentir un sentiment de profonde satisfaction.

— Tu pensais donc que j'étais le bon ?

Le sourire de Caroline s'effaça, laissant place à une soudaine gravité.

— Je n'avais aucun doute, ce soir.

Adam frôla ses lèvres des siennes.

— Et as-tu trouvé l'expérience aussi intéressante que tu l'espérais ?

— Absolument. Je n'ai pas été du tout déçue.

Adam en resta un instant sans voix, puis il la renversa sur le lit et s'empara de ses lèvres avec fougue.

18

Un verre de gin posé devant elle, Irène Toller méditait sa vengeance. Elle avait été trop naïve. Mais c'était fini. Ses yeux s'étaient enfin dessillés.

— À ta santé, Elizabeth Delmont, où que tu sois ! lança-t-elle en levant son verre pour porter un toast ironique à sa défunte rivale.

Elle avala une gorgée de gin, et s'essuya la bouche d'un revers de main.

— Tu n'étais qu'une garce, Delmont, mais finalement, tu m'auras rendu service en me laissant entrevoir la vérité. Si je possédais vraiment le pouvoir de communiquer avec les esprits, je convoquerais le tien, pour te remercier comme tu le mérites.

Irène avala une autre gorgée de gin en réprimant un frisson. Bess était rentrée chez elle et le feu se mourait lentement.

— Hélas, je ne pourrai jamais te dire à quel point j'apprécie ce que tu as fait pour moi, Delmont, car je suis un imposteur. Comme toi. Comme nous tous. C'est d'ailleurs le grand secret qui nous lie.

Irène s'absorba dans la contemplation morose de son passé. Elle avait débuté sa carrière de spirite dix ans plus tôt. À l'époque, elle était jeune et jolie, deux atouts de poids dans ce métier. Mais la compétition était tout de même rude. Pour gagner sa vie, elle avait été contrainte d'organiser des séances privées pour les messieurs qui souhaitaient entrer en communication avec l'esprit d'anciennes courtisanes célèbres.

Nuit après nuit, elle avait prétendu être habitée par les mânes de ces reines de beauté. Et, en échange de coquettes sommes d'argent, elle avait laissé ses clients la posséder pour satisfaire leur fantasme de coucher avec ces femmes légendaires.

Elle n'était pas la seule à user de ce stratagème pour se faire de l'argent. loin de là ! Elle détestait cet aspect de son travail, mais elle n'avait pas vraiment eu le choix. La vie à Londres était si difficile pour une femme seule.

Les années passant, elle avait imaginé les séances d'écriture automatique sous la pseudo-dictée des esprits. Cela lui avait amené une clientèle différente, moins exigeante.

Et puis, six mois plus tôt, *il* était apparu dans sa vie et, pour lui, elle s'était retrouvée à jouer son ancien rôle. Au début, elle avait voulu se persuader que leur relation n'était que purement professionnelle. Mais ç'avait été une erreur. Une terrible erreur. En fait, elle était tombée amoureuse.

Comment avait-elle pu se montrer aussi stupide ? Elle était comme hypnotisée. Mais le charme avait fini par se rompre. Dans le sang. Et maintenant, elle ruminait sa vengeance.

Ce serait pour bientôt.

Une latte de parquet craqua, quelque part dans la maison silencieuse. Elle tressaillit, respira à fond en s'efforçant de se raisonner. Ce n'était rien de plus qu'un craquement ordinaire.

La séance de ce soir s'était très bien passée, songea-t-elle. Elle avait trouvé particulièrement gratifiant que Mme Fordyce y assiste. Sa réputation ne cessait de croître et même la bonne société devait lire ses livres. Sa présence ici ne pourrait avoir que des retombées positives.

Elle regrettait, en revanche, d'avoir invoqué l'esprit de son défunt mari. C'était toujours un peu risqué, surtout lorsque le médium ignorait la nature exacte des relations qui avaient uni son client à la personne disparue. Ainsi lui était-il arrivé une fois d'invoquer les mânes d'un mari défunt, avant de s'apercevoir que sa veuve l'avait haï au point d'accélérer son trépas.

Entrer prétendument en contact avec l'esprit de Jeremy Fordyce lui avait paru sans danger, jusqu'à ce qu'elle croise le regard furieux de M. Grove. À cet instant, elle avait compris qu'elle avait commis un impair.

L'espace d'une seconde, elle avait craint que M. Grove n'allume soudain une lampe, révélant du même coup les mains de cire qu'elle avait disposées sur la table pour figurer les siennes, ce qui lui donnait ainsi toute liberté d'actionner les divers mécanismes de trucage.

Heureusement, Mme Fordyce avait réussi à contenir la fureur de son assistant – enfin, de son soi-disant assistant.

Du coup, Irène s'était juré de ne plus jamais évoquer le « regretté » Jeremy en présence de M. Grove.

Car, bien sûr, elle espérait revoir Mme Fordyce. Celle-ci, elle en était convaincue, lui ouvrirait de nouvelles portes. La perspective était certes enthousiasmante, pour autant Irène ne se faisait pas d'illusions. Aux yeux de la haute société, elle ne serait jamais qu'une attraction. On ne la regarderait jamais avec le même respect qu'un Julian Elsworth.

Elle ne put réprimer une grimace. Si seulement ces gens de la haute connaissaient la vérité sur ce satané Elsworth ! Ah, elle pourrait leur en dire sur son compte…

Un nouveau craquement la tira de ses pensées. Elle coula un regard inquiet vers la penderie secrète où elle avait dissimulé la preuve de son crime. Elle n'avait pas encore eu le temps de la faire disparaître, mais elle comptait bien s'en charger dès le lendemain matin. Elle fourrerait la robe ensanglantée dans un sac, y ajouterait quelques pierres pour l'alourdir et irait jeter le tout dans le fleuve.

Cette robe lui manquerait beaucoup. Elle était ravissante. C'était d'ailleurs lui qui la lui avait offerte. Mais elle n'aurait jamais imaginé qu'il y aurait autant de sang.

Un léger courant d'air, presque un soupir, lui parvint du couloir. Irène resserra les doigts sur son verre. On aurait dit que le fantôme de la morte venait de l'appeler par son nom.

C'était absurde, bien sûr.

— Tu étais aussi naïve que moi, Delmont, chuchota-t-elle. Nous aurions dû deviner que ni l'une ni l'autre n'étions de taille à lutter contre *elle*.

Elle avala une nouvelle gorgée de gin pour se redonner du courage. Il n'allait pas tarder à arriver. Elle devait se concentrer sur la suite de son plan.

Une série de petits coups étouffés se fit soudain entendre dans le hall. On frappait à la porte. Irène se leva d'un bond, le cœur battant.

Il était là. L'heure de la vengeance avait sonné.

La maison semblait bizarrement menaçante, ce soir. Elle regrettait soudain d'avoir renvoyé Bess dans ses foyers. Mais ce qu'elle projetait de faire ne supportait pas de témoins.

Elle emprunta le couloir, vaguement mal à l'aise. Que lui arrivait-il ? Pourquoi avait-elle peur ? Elle n'avait aucune raison de céder à l'irrationnel. Son plan se déroulerait exactement comme prévu. Outre qu'elle en sortirait vengée, elle en retirerait aussi un beau pactole.

Arrivée à la porte, elle s'immobilisa un instant, respira profondément, puis ouvrit le battant.

— J'ai reçu votre message, dit-il.

— Entrez.

Il franchit le seuil.

— Vous me compliquez singulièrement la tâche, Irène.

— Vous ne vous imaginiez tout de même pas que je vous laisserais vous servir de moi puis me trahir comme si je n'étais qu'une vulgaire catin ?

— Vous valez moins qu'une catin. Mais laissons-là ces détails. Que voulez-vous de moi ?

Elle sourit, malgré sa fureur.

— Suivez-moi. Je vais vous expliquer ce que vous allez faire si vous ne voulez pas que je révèle vos secrets à la presse.

— Cela ressemble fort à du chantage.

— Prenez-le plutôt comme une proposition d'affaires.

Irène précéda son visiteur dans la pièce qu'elle venait de quitter.

— Quelque chose me dit que cette conversation va être très déplaisante, fit-il.

— Pourquoi cela ? s'enquit Irène en lui jetant un coup d'œil méprisant par-dessus son épaule.

Elle vit trop tard qu'il s'était emparé d'un des lourds chandeliers en argent posés sur le guéridon du hall. Ce fut sa seconde erreur de la soirée.

Elle ouvrit la bouche pour crier, et fit volte-face pour s'enfuir. Mais c'était impossible, bien sûr.

Il lui assena un coup si violent qu'elle n'émit pas le moindre son avant de s'effondrer sur le sol. Il s'acharna sur elle, continua de frapper encore et encore, jusqu'à ce que le tapis soit trempé de sang.

Il se redressa alors, le souffle rauque, le front ruisselant de sueur.

— Misérable catin. Faussaire, lâcha-t-il en considérant sa victime avec un profond dédain.

Puis il entreprit de procéder tranquillement à sa petite mise en scène. Quand ce fut terminé, il sortit une montre de sa poche et consulta l'heure. Minuit quinze.

Il recula les aiguilles, déposa la montre près du corps et l'écrasa d'un coup de talon.

Le verre du cadran vola en éclats, les aiguilles marquant minuit à jamais.

19

Adam devait se l'avouer : il brûlait pour Caroline d'un désir comme jamais il n'en avait éprouvé pour aucune autre femme.

Assis dans la voiture, il regardait la jeune femme installée en face de lui. Il l'avait aidée à se rhabiller et à se recoiffer, et elle était de nouveau présentable. Cependant, un tout nouvel éclat qu'il était difficile de ne pas remarquer brillait dans son regard.

C'était la première fois qu'Adam vivait une telle passion. Il venait à peine de lui faire l'amour avec ferveur qu'il songeait déjà à leur prochain rendez-vous. La violence de son désir aurait dû l'inquiéter, songea-t-il. Mais pour quelque raison obscure, il n'avait ni la force ni la volonté de s'en alarmer.

Depuis qu'ils avaient repris le chemin de Corley Lane, Caroline avait très peu parlé. Elle semblait perdue dans ses pensées. Adam se demanda si elle se remémorait les moments passionnés qu'ils venaient de vivre, ou si elle songeait déjà à utiliser cette expérience dans un prochain chapitre du *Gentleman mystérieux*. Cette seconde hypothèse ne manquait évidemment pas de le contrarier.

Lorsque l'attelage ralentit, la jeune femme émergea de sa rêverie avec un sursaut. Elle glissa un coup d'œil entre les rideaux.

— Seigneur, nous sommes déjà arrivés, et nous n'avons même pas discuté de la suite à donner à notre enquête ! s'exclama-t-elle.

Adam ouvrit la portière et sauta sur le pavé.

— Nous avions manifestement bien d'autres pensées en tête.

Elle s'esclaffa. Son rire était aussi frais et léger qu'une giboulée de printemps.

— J'espère que tu n'as pas l'intention de fouiller la maison d'Irène Toller ce soir ? demanda-t-elle, soudain sérieuse.

Adam lui prit le coude pour l'escorter jusqu'à sa porte.

— Non. Je préfère attendre demain. Je me suis renseigné : elle a prévu une autre démonstration à Wintersett House. Sa gouvernante l'accompagnera forcément.

— Bonne nouvelle. Je préfère ne pas te savoir chez elle pendant qu'elle s'y trouve.

Ils étaient arrivés devant la porte, et Adam se tourna vers la jeune femme.

— Il y a un autre détail qui m'a frappé durant la séance, en dehors de l'évocation de M. Fordyce. J'aimerais que nous en parlions. On peut se voir demain ?

— Oui, bien sûr, répondit Caroline, qui cherchait sa clé dans son réticule. De quoi s'agit-il ?

— De cette histoire de placement miracle qu'un des prétendus esprits a mentionnée.

— Je me souviens, en effet. Mais je ne pense pas que ça signifie grand-chose. Les spirites prédisent souvent des bonnes fortunes.

— Peut-être. Mais cette prédiction m'a paru un peu trop précise, insista Adam. Lors de notre première conversation, tu avais évoqué une histoire analogue à propos de la séance chez Mme Delmont.

— Tu as raison, admit Caroline. Un des esprits invoqués par Mme Delmont avait expliqué à M. McDaniel qu'il serait bientôt contacté par un gentleman qui se réclamerait du fantôme et lui proposerait un placement très lucratif. Mais quel rapport cela a à voir avec le meurtre de Mme Delmont et la disparition du journal ?

Adam prit la clé des mains de la jeune femme et ouvrit lui-même la porte.

— Peut-être aucun, fit-il en poussant le battant. Mais je trouve curieux que Toller et Delmont aient fait rigoureusement les mêmes prédictions.

Caroline pénétra dans le hall.

— Cela pourrait-il signifier qu'il y a un lien entre les deux spirites, selon toi ?

— C'est bien possible, oui.

— Mais Irène Toller et Elizabeth Delmont étaient rivales.

— La cupidité entraîne d'étranges compagnonnages. Il suffit de voir certains couples de la haute société.

— Quelle remarque cynique, Adam.

— Mais très vraie. J'ai découvert il y a longtemps que l'attrait de l'argent expliquait bien des comportements.

— Certes… À propos d'argent, tu m'as dit que tu avais des projets de réhabilitation pour l'immeuble de Stone Street que tu as racheté. Que comptes-tu en faire, exactement ?

Adam hésita, avant de décider qu'il n'avait aucune raison de dissimuler ses intentions.

— Je veux le transformer en maison pour les enfants des rues. On les logera, on les nourrira et on leur apprendra à lire et à écrire afin de leur donner une chance de s'en sortir dans la vie.

Caroline le gratifia d'un mystérieux sourire entendu.

— Évidemment. J'aurais dû m'en douter.

Adam fronça les sourcils.

— Comment diable pouvais-tu…

— Peu importe, le coupa-t-elle. Bonne nuit, Adam.

— Bonne nuit, Caroline.

— J'ai hâte d'être à demain pour travailler sur mon nouveau chapitre, ne put-elle s'empêcher d'avouer. J'ai des tas de nouvelles idées.

Sur ce, elle referma doucement la porte au nez de son compagnon.

Adam resta un moment sur le perron, stupéfait. Normalement, dans des circonstances analogues, la plupart des femmes auraient craint pour leur réputation, ou redouté de tomber enceintes. Caroline, elle, ne se souciait que de son roman.

Et il ne savait pas s'il devait ou non s'en inquiéter.

20

À 9 h 30, le lendemain matin, Caroline posa sa plume et relut la page qu'elle venait d'écrire.

Lydia soupçonnait Edmund Drake de ne pas être tel qu'il apparaissait. La façade implacable qu'il offrait au monde n'était peut-être pas uniquement destinée à dissimuler ses secrets, mais aussi à préserver une certaine noblesse d'âme. Il n'était pas de ceux qui révèlent aisément leur véritable nature, mais ce que Lydia avait découvert à son sujet au cours des récents événements la poussait à remettre en cause son jugement initial.

Drake était très probablement un homme de passions, mais il tenait celles-ci en bride à force de volonté, et parce qu'il possédait un sens de l'honneur bien supérieur à celui des gentlemen de son rang.

Drake avait des principes à lui, et il les respectait.

Satisfaite, Caroline reprit sa plume. Son récit prenait un tour inattendu qui ne manquerait pas de surprendre ses lecteurs. Ils ne s'attendaient certainement pas à découvrir Edmund Drake sous cet angle ! Il ne lui restait plus qu'à imaginer un nouveau coup de théâtre pour clore le chapitre, et elle en aurait fini pour cette semaine.

Elle tapota le papier du bout de sa plume. Un accident d'attelage ? Non, il y en avait déjà eu un récemment. Ce genre de drame était à utiliser avec parcimonie, pour créer l'effet souhaité. Ce qu'il fallait, à présent, c'était une scène de passion débridée. Quelque chose qui ressemblerait à ce qu'elle avait vécu la nuit précédente, dans les bras d'Adam.

Le souvenir de ces heures magiques lui embrasa soudain le sang.

Oui, une étreinte passionnée terminerait ce chapitre en beauté. Guidée par l'inspiration, elle commença à écrire :

Lydia voyait les prunelles émeraude d'Edmund Drake luire dans la pénombre de la voiture. Il l'attira dans ses bras et la serra contre son torse musclé.

— Ma douce Lydia, murmura-t-il, dès que je suis auprès de vous, il semble que je ne puisse plus me contrôler.

— Madame Fordyce ?

Caroline sursauta. Sa plume ripa sur le papier, barrant le dernier mot qu'elle venait de tracer.

Mme Plummer avait entrouvert le battant.

— Oui, qui y a-t-il ? demanda Caroline en essayant de ne pas trahir son impatience.

— Je suis désolée de vous déranger, madame, mais ceci vient d'arriver pour vous. Un coursier, précisa-t-elle.

La gouvernante s'avança dans la pièce, une enveloppe à la main.

— Une lettre ? s'étonna Caroline. J'espère qu'elle ne vient pas de Spraggett ? Il sait très bien que je ne peux pas avoir déjà terminé mon chapitre. S'il continue de me harceler, je vais finir par changer d'éditeur.

— Non, je ne crois pas que ça vienne de M. Spraggett. Il vous envoie toujours Tom, un coursier rouquin. Celui d'aujourd'hui m'était inconnu.

Dans ce cas, la lettre venait d'Adam, en conclut Caroline. Personne d'autre n'avait de raison de lui écrire ce matin. Son cœur commença de s'emballer. Puis elle songea tout à coup qu'il voulait peut-être la prévenir qu'il avait changé d'avis et qu'il ne viendrait pas aujourd'hui.

— Merci, madame Plummer, fit-elle en s'emparant de l'enveloppe.

Elle l'ouvrit sans attendre.

Chère Mme Fordyce,
Je désirerais vous voir le plus vite possible. Hier soir, après la fin de la séance, un message de l'au-delà vous concernant m'a été délivré.
Bien à vous,

Irène Toller

— C'est curieux, murmura Caroline. Cela vient d'Irène Toller, la spirite chez qui j'étais hier soir avec, euh… mon ami, M. Hardesty. Je me demande ce que tout cela veut dire, ajouta-t-elle pensivement.

— Vous sortez, madame ? s'enquit la gouvernante tandis qu'elle se levait.

— Oui. Je monte me changer. Dites à mes tantes que je suis allée rendre visite à Mme Toller, mais que je serai rentrée pour déjeuner.

— Bien, madame.

Caroline grimpa l'escalier en courant. Arrivée sur le palier, elle s'arrêta et se pencha par-dessus la balustrade.

— Encore une chose, madame Plummer. M. Hardesty doit passer. S'il arrive avant mon retour, expliquez-lui que je ne serai pas absente longtemps et faites-le patienter.

— Oui, madame.

Moins d'une demi-heure plus tard, Caroline arrivait à destination.

La maison d'Irène Toller paraissait aussi sinistre de jour que de nuit, songea-t-elle en descendant du fiacre. Elle était si préoccupée qu'elle ne vit pas tout de suite le petit attroupement sur le trottoir. Lorsqu'elle le remarqua, elle s'inquiéta aussitôt. Il avait dû arriver quelque chose.

Les conversations ne firent que confirmer ses craintes. Les badauds évoquaient un gredin qui aurait surpris la spirite dans son sommeil.

Caroline s'alarma. Adam avait-il changé d'avis après l'avoir quittée et décidé de rendre une petite visite nocturne à Irène Toller ?

Elle se faufila parmi le petit groupe des curieux et gravit résolument le perron. Elle frappa à la porte. Celle-ci s'ouvrit sur un policier en uniforme.

— Vous désirez, madame ?

Une bouffée de panique la submergea. Adam avait-il été surpris en train de fouiller la maison ? Elle l'imaginait déjà avec des menottes au poignet.

Elle s'obligea au calme.

— J'ai reçu un message de Mme Toller il y a moins d'une heure, répondit-elle. Il s'est passé quelque chose ?

— Un message, dites-vous ? répéta le policier. De Mme Toller ?

— Oui. Et je suis venue immédiatement.

Un homme en costume strict apparut derrière le policier.

— Qu'y a-t-il ?

Le policier se retourna.

— Cette dame dit qu'elle vient de recevoir un message de la spirite, inspecteur.

Ce dernier s'approcha.

— Voilà qui est très intéressant. Qui êtes-vous, madame ?

— Mme Fordyce, fit Caroline, dont le cœur battait à tout rompre.

— Inspecteur Jackson, à votre service. Quelle est la raison de votre présence ici, madame Fordyce ?

La situation empirait de seconde en seconde !

— Comme je l'ai expliqué à ce policier, j'ai reçu un message de Mme Toller. Un message urgent.

Une troisième silhouette apparut dans le hall.

— Bonjour, madame Fordyce, fit Adam avec une politesse distante. Quelle surprise de vous voir en ces lieux !

Caroline sentit son estomac se nouer. Ses pires craintes se confirmaient. Adam avait été surpris chez Irène Toller. Sa froideur à son égard était une façon de lui adresser un message : elle devait prétendre ne le connaître qu'à peine.

Elle esquissa un sourire poli.

— Je suis ravie de vous revoir, monsieur, dit-elle, ne sachant par quel nom l'appeler devant les policiers. Avez-vous aussi reçu un message de Mme Toller vous demandant de venir chez elle ce matin ?

— Oui, répondit Adam d'une voix neutre. Mais en arrivant ici, j'ai trouvé l'inspecteur Jackson et ce policier.

— Je vois, fit Caroline, qui en fait ne voyait rien du tout. Quelqu'un a été blessé ?

— Mme Toller, intervint Jackson. Et elle n'a pas été seulement blessée : elle est morte.

— *Morte* ? Mon Dieu !

— Assassinée dans la pièce où elle donnait ses séances, précisa l'inspecteur. Le mobilier a été retrouvé sens dessus dessous.

— Comme chez l'autre spirite, ajouta son collègue avec un hochement de tête entendu.

— Mme Toller a été frappée plusieurs fois à la tête, reprit l'inspecteur d'un ton très naturel

— Exactement comme pour l'autre spirite, ajouta encore le policier.

Caroline s'efforça de réfléchir.

— Elle ne peut pas être morte depuis bien longtemps…

Jackson secoua la tête.

— Elle a été tuée à minuit.

— Comme l'autre, rappela le policier.

— Minuit ? Mais c'est impossible ! s'exclama Caroline. J'ai reçu un mot d'elle il n'y a pas une heure !

Jackson haussa les épaules.

— Elle a pu vous écrire hier soir et avoir confié la lettre à sa gouvernante, avec mission de la faire porter ce matin.

Caroline regarda autour d'elle.

— À propos, où est-elle, la gouvernante ?

— Elle ne s'est pas encore montrée.

— Alors, comment avez-vous su qu'un meurtre avait été commis ?

— Par un informateur anonyme, expliqua Jackson.

— Qu'est-ce qui vous permet d'assurer que Mme Toller a été tuée à minuit ?

Jackson se racla la gorge et tourna les yeux vers Adam.

— Nous avons trouvé une montre d'homme près du corps. J'en discutais justement avec M. Hardesty lorsque vous êtes arrivée.

M. Hardesty. Adam avait donc donné son vrai nom à l'inspecteur. Mais Caroline ne savait pas pour autant si c'était bon signe ou pas.

— Une montre ? interrogea-t-elle prudemment.

— Comme l'autre fois, précisa le policier, avec un nouveau hochement de tête entendu.

Caroline se souvint qu'Adam lui avait raconté avoir trouvé une montre brisée près du corps d'Elizabeth Delmont.

— Je ne comprends pas, dit-elle. Comment cette montre a-t-elle pu vous donner l'heure du crime ?

— Elle était brisée, expliqua Jackson. Elle s'est sans doute cassée alors que la victime se défendait. Les aiguilles se sont arrêtées à minuit pile.

— Pensez-vous que la montre ait pu appartenir à l'assassin ?

L'inspecteur et le policier fixèrent Caroline comme si sa question était saugrenue. Elle ne put réprimer un frisson.

Adam croisa les bras et s'adossa au mur.

— La montre en question est gravée à mon nom, madame Fordyce.

— *Quoi* ? s'étrangla Caroline. Mais c'est impossible !

C'était encore pire que ce qu'elle redoutait. Cette fois, Adam risquait la pendaison. Elle crut s'évanouir.

Luttant contre la panique qui s'était emparée d'elle, elle coula un regard vers Adam dans l'espoir qu'il lui indique discrètement comment réagir. Mais son visage demeura impassible.

— Ce sont les faits, madame Fordyce, reprit Jackson. La montre est bel et bien gravée au nom de M. Hardesty.

Caroline se tourna vers l'inspecteur.

— Je puis vous assurer que M. Hardesty n'a rien à voir dans la mort d'Irène Toller.

L'inspecteur Jackson haussa les sourcils.

— Madame Fordyce, lâcha calmement Adam, il serait préférable que vous cessiez d'intervenir dans cette affaire.

C'était un ordre, mais Caroline n'avait nullement l'intention de s'y plier.

— Inspecteur Jackson, dit-elle de sa voix la plus ferme, j'ignore comment la montre de M. Hardesty a pu se retrouver sur le lieu du crime, mais je puis vous jurer que M. Hardesty lui-même ne se trouvait pas dans cette maison à l'heure où Mme Toller a été assassinée.

Adam crispa les mâchoires.

— Madame Fordyce, je crois que vous en avez assez dit.

— Comment pouvez-vous être aussi certaine de ce que vous avancez ? s'enquit Jackson, intrigué.

— Parce que M. Hardesty était avec moi à minuit, inspecteur, répliqua-t-elle. Nous avons assisté ensemble à une démonstration de spiritisme chez Mme Toller en début de soirée, puis nous sommes repartis tous deux dans la voiture de M. Hardesty. Les autres personnes présentes à la séance pourront vous le confirmer.

Jackson hocha la tête.

— M. Hardesty nous a déjà dit que la séance s'était terminée aux environs de 22 heures.

— C'est exact.

Jackson la considéra avec intérêt.

— À quelle distance se trouve votre domicile, madame Fordyce ?

— Environ une demi-heure en voiture. Mais cela dépend de la circulation, bien sûr.

— Dans ce cas, vous êtes rentrée chez vous bien avant 23 heures. Ce qui laissait largement le temps à M. Hardesty de revenir ici pour tuer Mme Toller, observa Jackson.

Caroline toisa l'inspecteur d'un air indigné.

— Nous ne sommes pas rentrés directement à l'issue

de la séance. Il était plus de 2 heures du matin lorsque M. Hardesty m'a finalement raccompagnée chez moi.

L'inspecteur sortit un carnet et un crayon de sa poche.

— Ah ? Mais ça devient très intéressant, madame Fordyce. Qu'avez-vous fait entre-temps ? Vous êtes-vous rendus à une réception ?

— Non, inspecteur. Nous avons terminé la soirée dans une chambre de Stone Street. Le cocher de M. Hardesty nous y a conduits et nous a attendus là-bas.

Adam laissa échapper un soupir résigné.

— Tous les deux, seuls, dans une chambre de Stone Street, répéta Jackson en prenant des notes. Tout cela est décidément très intéressant. J'ignorais que vous étiez aussi liés, ajouta-t-il en jetant un coup d'œil à Adam.

Caroline refusa de se laisser démonter.

— Oui, inspecteur. M. Hardesty et moi-même sommes d'excellents amis. Des amis très proches, si vous préférez. Et je suis prête à témoigner devant un tribunal qu'il se trouvait avec moi au moment du meurtre.

Adam lui agrippa le bras.

— Si vous voulez bien nous excuser, inspecteur, je vais raccompagner Mme Fordyce chez elle. Au cas où vous auriez d'autres questions à me poser, vous connaissez mon adresse.

Jackson rangea son carnet dans sa poche.

— Merci de votre témoignage, monsieur.

Alors qu'Adam poussait Caroline vers la rue, une silhouette familière surgit de la foule pour se porter à leur rencontre.

— Bonjour, madame Fordyce. Bonjour, monsieur Grove.

Caroline écarquilla les yeux.

— Monsieur Smith ! Que faites-vous ici ?

— En fait, je m'appelle Otford. Gilbert Otford.

Il déplia le journal qu'il serrait sous son bras et le brandit tel un étendard.

— Quand nous nous sommes rencontrés hier soir, chez Mme Toller, je ne pouvais pas vous dire que j'étais en reportage pour le *Courrier de Londres*.

— Ah, je me souviens de vous ! s'exclama Caroline. C'est vous qui avez écrit cet article insensé sur mon compte, n'est-ce pas ? Celui qui relatait les prétendus pouvoirs psychiques dont j'aurais fait étalage lors d'un thé chez Mme Hughes ?

— Oui, c'est bien moi. Mais c'est déjà de l'histoire ancienne, répliqua Otford, qui regardait alternativement Caroline et Adam. J'ai appris que Mme Toller avait été tuée cette nuit. C'est vrai ?

— Comment l'avez-vous su ? demanda Adam avant que Caroline ait le temps de répondre.

Otford mit l'index devant sa bouche.

— Secret professionnel. J'ai mes informateurs. Dans la presse, c'est indispensable.

— Pourquoi avez-vous assisté à la séance d'hier soir ? insista Adam.

Otford glissa un regard alentour, histoire de s'assurer que personne n'écoutait.

— Que cela reste entre nous, dit-il à voix basse, mais j'enquête sur le milieu des médiums. Je veux dévoiler leurs supercheries. Le public a le droit d'être informé. Voilà pourquoi je m'étais inscrit sous un faux nom chez Mme Toller.

— Quelle coïncidence, fit Adam, en sortant une carte de visite de sa poche.

Il la laissa tomber dans la paume du journaliste, comme pour lui signifier qu'il répugnait à tout contact physique avec lui.

— J'ai omis, moi aussi, de vous divulguer ma véritable identité. En fait, je ne suis pas l'assistant de Mme Fordyce. Je suis son ami. Adam Hardesty.

Otford contempla la carte bouche bée. Manifestement, le nom d'Hardesty ne lui était pas inconnu.

Quand il fut revenu de sa surprise, il sortit un carnet et un crayon de sa poche.

— Pourriez-vous m'expliquer ce que vous faites tous les deux, ce matin, sur le lieu du crime ?

Caroline comprit qu'il se préparait à rédiger un article à sensation. Elle sentit le désastre arriver.

Mais Adam arracha le carnet des mains du journaliste.

— Tout cela est strictement confidentiel, monsieur Otford. Mme Fordyce et moi-même sommes venus aider la police dans son enquête. Si le nom de mon amie devait apparaître dans un article évoquant le meurtre, je vous promets que vous auriez affaire à moi. Est-ce bien clair, monsieur Otford ?

Ce dernier ouvrit, puis referma la bouche. Finalement, il recula d'un pas.

— Vous menacez un gentleman de la presse, monsieur.

Adam fit mine de regarder autour de lui.

— Je n'aperçois pas de gentleman dans les parages, rétorqua-t-il. Je ne vois que vous, Otford. Et sachez que je ne menace jamais : j'avertis.

Là-dessus, il entraîna Caroline vers le premier fiacre qui passait.

21

Caroline ne desserra pas les dents de tout le trajet jusqu'à Corley Lane. Elle était à peine en état d'ordonner ses pensées, encore moins de les énoncer à haute voix. Assis à côté d'elle, le pied négligemment posé sur la banquette d'en face, Adam ne faisait de son côté aucun effort pour briser le silence.

En arrivant chez elle, elle constata avec soulagement que ses tantes n'étaient pas encore rentrées de promenade. Elle fonça dans son bureau et se laissa tomber dans son fauteuil.

— Quelle épreuve ! s'exclama-t-elle. J'en tremble encore.

Adam s'était arrêté au milieu de la pièce. Les mains dans les poches, il la contemplait d'un air songeur.

— Tu te rends compte, j'imagine, que tes menaces ont peu de chance de décourager Otford de publier un article nous mettant en cause.

— J'avoue que je n'ai pas grand espoir de ce côté-là. Tu n'aurais pas du brandy, par hasard ?

Caroline n'en revenait pas.

— Nous sommes à deux doigts d'être impliqués dans un scandale monumental et monsieur demande du brandy ! Mais comment peux-tu rester aussi calme ?

— Ne te méprends pas. Je ne suis pas totalement inconscient du danger. J'admets que nous avons effectivement quelques petits problèmes sur le dos.

La jeune femme soupira.

— Je suis heureuse de te l'entendre dire.

— Et pour le brandy ? Je sais qu'il est encore un peu tôt, mais j'aurais besoin d'un remontant.

— Il y a du sherry, dans l'armoire à liqueurs, là-bas, grommela-t-elle.

Adam ouvrit le meuble. Il en sortit une carafe et un verre.

— J'aurais préféré quelque chose de plus corsé, mais tant pis.

Quand il eut rempli son verre, il revint vers la jeune femme.

— Je suis navré que l'idée de voir ton nom accolé au mien dans les journaux t'inquiète, Caroline. Mais je te rappelle que c'est toi qui as insisté pour informer Jackson que nous avions passé la soirée d'hier ensemble.

Caroline croisa les mains sur le bureau.

— Je n'avais pas le choix. Il fallait bien que je lui dise que tu étais avec moi au moment du meurtre.

— Tu n'y étais pas obligée. Tu devais te douter que, de mon côté, je ne lui avais pas parlé de toi.

— Bien sûr. Tu as cherché à me protéger, et je t'en remercie, Adam. Mais compte tenu des événements, je ne pouvais pas garder le silence.

Il avala une gorgée de sherry.

— En pareille circonstance, n'importe quelle femme soucieuse de sa réputation aurait tout fait pour rester à l'écart du scandale.

— Nous sommes tombés tous les deux d'accord pour reconnaître que mon statut de veuve me donnait une certaine liberté, rétorqua-t-elle.

Adam fit la moue.

— Si le bruit se répand que tu n'es pas veuve, ta réputation sera définitivement ruinée.

— Il est très peu probable que ça se sache, fit-elle avec assurance. Inquiète-toi plutôt de problèmes plus pressants.

Adam considéra l'argument, avant de hocher la tête.

— Tu as raison. Ce qui est fait est fait. Allons de l'avant.

— Parfait, répliqua Caroline, soulagée qu'il renonce à la sermonner davantage. Alors ? As-tu eu l'occasion d'examiner la scène du crime ?

— Oui. L'inspecteur Jackson ne m'a fait aucune difficulté.

— J'imagine que tu n'as pas trouvé trace du journal ?

— Non, en effet.

— À part cette histoire de montre, y avait-il d'autres similitudes avec le crime de Mme Delmont ?

— L'état de la pièce rappelait très précisément celui du salon de Mme Delmont tel que la presse l'avait décrit. J'ai trouvé cela fort intéressant.

— Tel que la presse l'avait décrit ? répéta Caroline. Tu veux dire qu'il n'y avait ni camée ni voile ?

— Ni camée ni voile, confirma Adam. L'assassin d'Irène Toller s'est manifestement inspiré des journaux pour reproduire la mise en scène du meurtre.

— Autrement dit, ce n'est pas lui ou elle qui aurait tué Mme Delmont…

Adam contemplait son verre de sherry.

— Apparemment. Ce qui soulève une autre question : que sont devenus le camée et le voile ?

— Peut-être qu'un voisin, ou un policier, les aura dérobés ?

— Sûrement pas. Tu te rappelles que les journaux mentionnaient les bijoux que portait la morte ?

— Oui. D'après le *Courrier de Londres*, il y avait un collier et une paire de boucles d'oreilles.

— Eh bien, je peux t'assurer qu'ils avaient beaucoup plus de valeur que le voile et le camée. Un vulgaire voleur ne les aurait certainement pas laissés.

— Et la montre ? demanda Caroline.

— Celle que j'ai vue près du corps d'Elizabeth Delmont portait ses initiales. J'en déduis qu'elle lui appartenait. Elle a pu tomber de sa poche lorsqu'elle a été tuée. Quant à celle trouvée chez Irène Toller, elle est certes gravée à mon nom, mais elle ne m'appartient pas.

La jeune femme le fixa, horrifiée.

— Ce qui signifierait que l'assassin l'a achetée et fait graver à ton nom, avant de l'abandonner délibérément à côté du corps pour t'accuser.

— Je pense que c'était effectivement son intention.

— Adam, c'est affreux !

Il finit son verre de sherry sans faire de commentaires.

— Visiblement cela ne t'inquiète pas outre mesure ! s'exclama Caroline. Je peux savoir pourquoi ?

Adam eut un lent sourire.

— Parce que c'est le signe que j'avance dans mon enquête. L'assassin se sent traqué.

— Je ne suis pas certaine d'être d'accord avec ton interprétation, objecta la jeune femme, qui réfléchit un instant avant d'ajouter : Crois-tu que ce soit lui qui nous a envoyé ces messages nous demandant de nous rendre chez Irène Toller ?

— Je n'en sais rien. Ce qui est sûr, c'est que quelqu'un voulait que nous soyons sur place au moment où la police commencerait son enquête.

— Mais pourquoi ?

— Nous finirons bien par le découvrir.

Il y eut un silence.

— Caroline ?

— Oui ?

— C'était très noble de ta part de me fournir un alibi pour hier soir. Merci.

Sa gratitude fit rougir la jeune femme.

— Malheureusement, les journaux vont s'emparer de l'affaire. Bientôt, toute la ville ne parlera plus que de nous et se désintéressera peut-être même de l'assassin.

— C'était sans doute son intention, observa Adam. Il faut reconnaître que c'est très ingénieux de sa part ; d'autant qu'il a eu peu de temps pour concocter ce plan.

— Quelle est la prochaine étape ? s'enquit Caroline en se frottant les tempes du bout des doigts.

— Un détail me perturbe, avoua Adam. Il semblerait qu'Irène Toller et Elizabeth Delmont avaient en commun de convoquer des esprits qui donnaient des conseils financiers à certains de leurs clients et pas à d'autres. Il y a là une piste à creuser, je pense.

— Tu as certainement raison.

— Mais avant, nous devons régler un problème plus urgent.

Caroline le dévisagea, soudain inquiète.

— Lequel ?

— Je vais te présenter à ma famille, du moins à ceux de ses membres qui sont en ville en ce moment. Je veux qu'ils t'aient rencontrée avant d'avoir lu les journaux.

22

Adam trouva Wilson à son club. Assis seul, dans un coin, il lisait le *Courrier de Londres* en buvant un café.

— Où étais-tu passé ? s'enquit Wilson en levant les yeux de son journal

Il sortit une enveloppe de sa poche.

— Ce télégramme est arrivé pour toi.

Adam s'assit et décacheta le télégramme.

Au regret de vous informer que je n'ai pas avancé dans mes recherches. Stop. Filby.

— Avez-vous déjà entendu parler d'un village du nom de Chillingham ? demanda-t-il.

Wilson réfléchit brièvement.

— Il existe un Chillingham pas très loin de Bath, si mes souvenirs sont bons.

Adam fit signe à l'un des serveurs :

— Apportez-moi du papier et de quoi écrire. Je souhaite envoyer un télégramme.

Le serveur revint dans la seconde. Adam rédigea aussitôt son texte.

Essayez le village de Chillingham. Stop. Cherchez avec le nom de Connor. Stop. Discrétion absolue. Stop. Hardesty.

Il inscrivit l'adresse de l'hôtel de Filby à Bath, puis remit le tout au serveur, avec ordre de l'envoyer sur-le-champ.

— À minuit ?

— Oui.

Wilson avait l'air perplexe.

— Je ne comprends pas. D'ordinaire, quand tu te rends là-bas, c'est toujours tout seul. Qui diable est cette relation qui t'accompagnait ?

— Une très bonne amie. Mme Fordyce.

— Fordyce ? Fordyce ? répéta Wilson, les sourcils froncés. La romancière ? Caroline Fordyce ?

— Elle-même.

Wilson parut stupéfait.

— Adam, le moment est mal choisi pour plaisanter.

— Je ne plaisante pas. Attendez-vous au pire. Je suis sur le point de me retrouver impliqué dans un double scandale, qui mêlera crime de sang et liaison illicite avec une célèbre romancière.

23

Caroline croisa les mains sur son bureau.

— J'ai des nouvelles à vous apprendre, annonça-t-elle à ses tantes. Il s'est passé, cette nuit et ce matin, des événements surprenants.

— Comme c'est excitant ! s'exclama Milly. Raconte-nous tout, ma chérie.

Emma, bien sûr, ne partageait pas l'enthousiasme de sa compagne. Elle dévisagea Caroline tel un médecin qui guette les symptômes de la maladie chez un patient.

— Tu vas bien, Caroline ?

— Je vais très bien, rassure-toi, répondit la jeune femme. Mais il s'est passé tant de choses au cours des dernières heures que je ne sais trop par où commencer.

— Commence où tu veux, ma chérie, lui conseilla Milly qui contenait difficilement son impatience.

— Bien. Sachez tout d'abord qu'une autre spirite a été assassinée cette nuit. Et d'une façon qui rappelle étrangement le meurtre d'Elizabeth Delmont.

La nouvelle fut accueillie par un silence stupéfait.

— C'est incroyable ! murmura finalement Emma. Tout bonnement incroyable !

— Une autre spirite, dis-tu ? s'écria Milly. Qui est-ce ?

— Irène Toller.

— La rivale de Delmont ? Mais je croyais qu'Adam et toi la suspectiez du premier meurtre !

— Nous y avons songé, c'est vrai, admit Caroline. Mais de toute évidence, nous nous sommes trompés.

Elle s'apprêtait à poursuivre son récit quand elle fut interrompue par le bruit d'un attelage qui s'arrêtait devant la maison.

— Je me demande bien qui ça peut être ? fit Emma.

Les trois femmes n'eurent pas le temps de s'interroger davantage. Déjà, on frappait à la porte. Des voix résonnèrent dans le hall.

La seconde d'après, Mme Plummer s'encadrait sur le seuil du bureau. Elle était un peu rouge et affichait une dignité inhabituelle, comme si elle s'apprêtait à délivrer un message de la plus haute importance.

Elle s'éclaircit la voix avant d'annoncer :

— Le comte de Southwood, lady Southwood, M. Wilson Grendon et M. Hardesty demandent à vous voir. Dois-je les introduire ?

Milly bondit sur ses pieds.

— Seigneur ! Un comte et une comtesse chez nous ? Et M. Grendon ? Que vont penser les voisins ?

Emma s'extirpa de son fauteuil.

— Pourquoi M. Hardesty nous aurait-il amené sa famille ?

— Faites-les entrer au salon, madame Plummer, ordonna Caroline à la gouvernante.

— Qu'est-ce que cela signifie ? interrogea Milly, déboussolée.

Caroline se leva à son tour.

— J'allais justement y venir. Il s'est passé un autre incident que je n'ai pas encore eu le temps de vous relater.

— Lequel ? voulut savoir Emma.

— La police considère M. Hardesty comme suspect dans l'assassinat de Mme Toller.

Emma et Milly arrondirent les yeux.

— Ne vous inquiétez pas, s'empressa de les rassurer la jeune femme. Tout va bien. J'ai pu lui procurer un alibi. Mais je crains que l'affaire ne fasse la une de la presse à scandale.

— Je dois vous avouer que je suis une de vos admiratrices inconditionnelles, madame Fordyce, déclara Julia en acceptant une tasse de thé des mains de Milly. Je suis donc d'autant plus heureuse de faire votre connaissance.

— Moi aussi, renchérit Wilson, enthousiaste. Inutile de vous dire que cela nous change agréablement des relations habituelles d'Adam.

— C'est vrai, approuva Richard, le comte de Southwood, qui se tenait debout derrière le fauteuil de sa femme. Hardesty lit rarement autre chose que le *Times*, aussi les gens qu'il fréquente sont-ils à peu près aussi ennuyeux que ce journal.

Planté face à la fenêtre, Adam ignora le sarcasme. Il semblait trop content de laisser ses proches faire la conversation.

Caroline parvint à sourire, malgré son émotion. Connaissant le passé d'Adam et de ses frère et sœurs, elle n'aurait pas dû être surprise que Richard, Julia et Wilson n'affichent pas le dédain propre aux membres de la haute société. Il n'empêche : elle était étonnée qu'ils soient si à leur aise dans son modeste salon.

— Adam nous a conté vos récentes mésaventures, intervint Julia, soudain grave.

— Nous vous remercions de l'aider à retrouver le journal, renchérit Wilson.

Emma se tourna vers Adam.

— Je n'aime pas me montrer curieuse, mais puisque notre nièce se trouve désormais impliquée dans cette affaire jusqu'au cou, je crois qu'il serait juste que vous nous expliquiez pourquoi vous tenez tant à récupérer ce fameux journal, monsieur Hardesty.

Milly avait cessé de sourire.

— Je partage l'avis d'Emma, dit-elle d'un ton posé. Deux femmes sont déjà mortes. Nous devons savoir quel danger court Caroline, ne serait-ce que pour la protéger.

— Les détails sont inutiles, objecta Caroline. Adam m'en a dit suffisamment pour que je sois convaincue de l'importance de retrouver ce journal.

Julia esquissa un sourire.

— Vos tantes méritent de connaître toute l'histoire, madame Fordyce.

— Je ne… commença Caroline.

Mais Julia l'interrompit.

— Pour faire court, fit-elle en s'adressant à Milly et à Emma, Adam et moi ne sommes pas liés par le sang. Pas plus qu'avec Jessica, Nathan ou oncle Wilson. Nos seuls liens sont ceux de l'affection et de la loyauté.

— Je ne comprends pas, avoua Emma, perplexe.

— Nous sommes – Jessica, Nathan et moi – des enfants trouvés, expliqua Julia. Si Adam ne nous avait pas recueillis lorsque nous étions à la rue, nous serions probablement tous morts à l'heure qu'il est.

Richard posa une main rassurante sur l'épaule de sa femme qui la lui étreignit furtivement. La tendresse qui les unissait sautait aux yeux. Ils avaient visiblement fait un mariage d'amour, et Caroline ne put s'empêcher de les envier.

— La vérité sur notre passé est racontée dans ce journal, conclut Julia. Adam veut le retrouver pour le détruire. C'est surtout le sort de Jessica et de Nathan, qui l'inquiète. Tous deux sont encore très jeunes. Jessica, notamment, est la plus vulnérable. Elle vient tout juste d'avoir dix-huit ans et elle s'apprête à faire ses débuts dans le monde.

— C'est une histoire incroyable, murmura Emma, les yeux écarquillés.

Julia se tourna vers Caroline.

— Adam nous a appris qu'il vous avait emmenée à Stone Street, hier soir.

Caroline sentit les regards sidérés d'Emma et de Milly converger vers elle. Elle s'efforça de ne pas trop rougir. La veuve qu'elle était censée être n'éprouverait pas d'embarras superflu.

— En effet, dit-elle d'un ton neutre. C'est d'ailleurs là-bas qu'il m'a raconté votre histoire, et comment vous aviez fait la connaissance de M. Grendon.

— Si Adam a eu assez confiance en vous pour vous révéler le secret de Stone Street, je ne vois aucune raison de ne pas en faire autant.

— Je suis d'accord avec Julia, déclara Wilson.

— Hardesty a pas mal de défauts, fit Richard, mais je dois reconnaître qu'il se trompe rarement lorsqu'il s'agit de juger de la loyauté d'une personne.

Adam esquissa un sourire.

— Merci, Southwood. J'ignorais que tu me tenais en aussi haute estime.

Richard se contenta de lui rendre son sourire.

— Pour en revenir au journal, intervint Wilson. J'ai assuré Adam que tout ragot qui pourrait résulter de sa divulgation serait immédiatement démenti. Il tient cependant à le récupérer pour le détruire, et il n'a sans doute pas tort de s'obstiner. Ne serait-ce que pour épargner Jessica.

— Je ne voudrais pas non plus que Julia fasse l'objet de ragots, dit Richard, dont le visage s'était durci.

— Je fais confiance à Adam pour mettre un terme à cette histoire de chantage, déclara Wilson avec assurance.

Quelques minutes plus tard, alors que Wilson, Richard et Julia s'apprêtaient à monter dans leur attelage, cette dernière se tourna vers Caroline, restée sur le perron en compagnie d'Adam et de ses tantes.

— Mon Dieu ! Avec toutes ces émotions, j'ai failli oublier. Richard et moi donnons un bal, après-demain soir. Vous êtes évidemment invitées toutes les trois.

Caroline s'alarma.

— Je crains que cela ne soit pas possible.

— Oh ! Votre soirée est déjà réservée ? Je sais que c'est affreusement tard pour vous prévenir, mais...

Emma secoua la tête.

— Caroline a raison, nous ne pourrons pas nous y rendre. Mais merci de nous avoir invitées.

— Il faut absolument que vous veniez, insista Julia. Dès demain, toute la ville ne parlera plus que d'Adam et de Caroline. Cela paraîtra curieux que vous ne soyez pas présentes.

— Hélas, c'est impossible, confirma Milly sans pouvoir dissimuler ses regrets.

Adam étudia un instant les trois femmes.

— Pourquoi ? voulut-il savoir.

— Eh bien... commença Caroline, gênée.

— C'est difficile à expliquer, murmura Emma.

— Pour tout vous avouer, fit Milly, aucune de nous trois ne possède de robe de bal. Nous avons certes quelques jolies toilettes, mais rien qui pourrait convenir à une pareille occasion.

— J'aurais dû y penser, répliqua Julia. Ne vous inquiétez pas. Si vous êtes d'accord, je passerai vous chercher demain matin et nous irons rendre une petite visite à ma couturière.

— Mais, fit Caroline faiblement, cela va coûter une...

— Ne vous inquiétez pas non plus du prix, renchérit Wilson. La couturière enverra la facture à Adam.

— Mais... voulut encore objecter Caroline.

— Considère que je t'offre ces robes en paiement de l'aide que tu m'apportes pour retrouver le journal, la coupa Adam.

Autrement dit, c'était une sorte d'arrangement professionnel. Caroline trouva cela terriblement déprimant.

24

— Cette histoire de bal me met très mal à l'aise, fit remarquer Caroline pour la énième fois, tandis qu'Adam et elle se rendaient chez Mlle Brick et Mme Trent.

— Cesse de t'inquiéter pour ces maudites robes, répliqua Adam, un peu agacé. Julia veillera à ce que tout se passe bien.

— Mais trois robes de bal et les accessoires assortis vont coûter une fortune, Adam !

La remarque le fit sourire.

— Je connais le prix des robes, crois-moi. J'ai payé celles de Julia pendant des années avant que Southwood ne prenne le relais. Et j'achète toujours celles de Jessica.

L'attelage s'était immobilisé.

— Je suggère que nous mettions un terme à cette conversation quelque peu répétitive pour nous concentrer sur notre mission.

— Répétitive ? fit Caroline, piquée au vif. Ainsi, tu trouves que je me répète ?

Il sourit.

— Loin de moi l'idée d'insinuer une chose pareille. Es-tu prête à rencontrer Mlle Brick et Mme Trent ?

— Oui, bien sûr. Tu me laisseras poser la plupart des questions. N'oublie pas qu'à leurs yeux, tu es mon assistant, M. Grove.

— J'essaierai de rester à ma place.

Ils descendirent de voiture et gravirent le perron. Adam actionna le heurtoir. La porte s'ouvrit quelques secondes plus tard sur une jeune gouvernante.

— Que puis-je pour vous ? demanda-t-elle.

— Nous souhaitons voir Mlle Brick et Mme Trent, répondit-il. Dites-leur que Mme Fordyce et M. Grove sont là.

La gouvernante fronça les sourcils.

— Attendez, s'il vous plaît.

Elle revint peu après, le visage plus amène, et s'empressa de les introduire dans un petit salon.

Mlle Brick et Mme Trent semblèrent ravies de les voir.

— C'est un honneur pour nous, madame Fordyce ! s'exclama Mlle Brick. C'est la première fois qu'une romancière nous rend visite. Puis-je vous offrir du thé ?

— Volontiers, répondit Caroline en prenant place sur un sofa tendu de velours vert élimé. Merci de nous recevoir. M. Grove et moi-même aurions quelques questions à vous poser concernant la séance chez Mme Toller.

La main appuyée sur le manteau de la cheminée, Adam étudiait leurs hôtesses avec attention. À première vue, rien, dans leur attitude, ne laissait supposer qu'elles étaient au courant du meurtre de la spirite.

— Ç'a été une expérience très fructueuse, commenta Mlle Brick.

— Oh, oui, c'était merveilleux d'avoir des nouvelles de notre si généreuse amie, hélas disparue, renchérit Mme Trent.

Caroline leur sourit.

— Comme je vous l'ai expliqué hier soir, j'effectue des recherches sur le spiritisme, et M. Grove m'aide dans cette entreprise. Nous cherchons notamment à savoir dans quelles proportions les prédictions des spirites se réalisent effectivement.

— Il y a tant de fraudeurs de nos jours, reconnut Mme Trent. Mais je puis vous assurer que Mme Toller possède un vrai don.

Adam haussa les sourcils.

— Auriez-vous déjà reçu la visite de ce mystérieux gentleman susceptible de vous suggérer un placement très lucratif ?

— Oui, avoua Mlle Brick. Il est venu tôt ce matin, alors que nous n'avions même pas fini de prendre notre petit-déjeuner.

— Pourriez-vous le décrire ? demanda Adam.

Les deux femmes parurent déroutées par cette question, aussi Caroline s'empressa-t-elle d'expliquer :

— Une description me serait très utile pour nourrir mon travail.

Cette précision eut raison des réticences de leurs hôtesses.

— Attendez, que je me souvienne, commença Mlle Brick. Il s'appelle M. Jones. Le pauvre homme boite cruellement. Toute son attitude en est affectée. Il a dû avoir une maladie des os lorsqu'il était enfant.

— C'est bien triste, ajouta Mme Trent avec un soupir. Car c'est un monsieur tout à fait charmant, au demeurant. Avec des manières exquises. Oh, il porte des lunettes cerclées d'or !

— Et des favoris ! ajouta Mlle Brick. Un peu trop fournis à mon goût.

— Vous dites que ce Jones boite ? intervint Adam.

— Affreusement, confirma Mlle Brick.

— Quelle jambe ? voulut savoir Caroline.

— Pardon ? fit Mlle Brick, désarçonnée. Ah oui, je comprends. Mais je ne sais plus si c'était la droite ou la gauche. Vous vous rappelez, Sally ?

Cette dernière se concentra un moment.

— La gauche, je crois. Non, à la réflexion, il me semble que c'était plutôt la droite. Oh, zut ! Je n'en suis pas certaine.

— Quoi qu'il en soit, il s'est présenté exactement comme Mme Toller l'avait annoncé, reprit Mlle Brick. Et il nous a proposé un merveilleux placement, ajouta-t-elle, aux anges.

— Une occasion en or, approuva Mme Trent. Nous aurions été idiotes de ne pas en profiter.

— Mon Dieu… murmura Caroline.

— Quelle sorte de placement vous a-t-il proposé ? interrogea Adam.

Cette fois, les deux femmes hésitèrent ouvertement à répondre. Elles se consultèrent du regard.

Finalement, Mlle Brick eut un sourire d'excuse.

— Nous ne voudrions pas vous paraître grossières, mais M. Jones nous a demandé de ne pas ébruiter la chose.

— Il craint que les acheteurs ne se ruent en masse, comprenez-vous, expliqua Mme Trent. C'est pourquoi il est impératif que cela reste secret. Du reste, nous avons soigneusement caché nos actions dès qu'il nous les a vendues.

— Bien sûr, répondit Adam, d'un air convaincu, avant d'ajouter, à l'adresse de Caroline : Eh bien, je crois que nous en savons assez pour aujourd'hui, qu'en pensez-vous, madame Fordyce ? Nous y allons ?

Leurs hôtesses sursautèrent.

— Mais vous n'avez pas encore pris le thé, fit Mlle Brick d'une voix presque implorante.

Caroline fusilla Adam du regard.

— Nous n'avons pas encore pris le thé, monsieur Grove.

Bien qu'il tapotât nerveusement sur le manteau de la cheminée, il parvint à sourire à la jeune femme.

— Ah, oui, le thé. Comment ai-je pu oublier ?

Vingt minutes plus tard, Caroline jugea qu'ils pouvaient partir sans vexer leurs hôtesses.

Une fois dans la rue, Adam lui prit le bras.

— J'ai bien cru que nous ne sortirions jamais de là.

— Je comprends ton impatience, mais ç'aurait été grossier de laisser ces deux femmes en plan après avoir obtenu les réponses à nos questions.

— Les malheureuses se sont fait joliment escroquer, j'en ai peur. Je ne voudrais pas être à leur place quand elles découvriront que leurs belles actions ne valent pas un sou.

Caroline fit la grimace.

— Je redoutais que tu ne dises cela. Tu crois vraiment qu'il n'y a aucune chance pour que l'affaire proposée par ce M. Jones soit valable ?

— Aucune.

La réponse avait au moins le mérite d'être sans ambiguïté.

— Même si elles ne valent rien, ces actions sont des documents imprimés, n'est-ce pas ?

Adam lui lança un regard intrigué.

— Oui. En général, elles sont joliment calligraphiées et ornées de gravures illustrant leur domaine de valeur : mines, chemins de fer... Pourquoi demandes-tu cela ?

— Il se trouve que mon éditeur, M. Spraggett, a commencé dans l'imprimerie, avant de lancer ses propres publications. Les imprimeurs sont très fiers de leur art. Il m'a d'ailleurs expliqué qu'ils signaient souvent leur travail par une sorte de marque de reconnaissance.

Adam s'immobilisa sur le trottoir, comme s'il venait d'être frappé par une révélation.

— Mais c'est une idée brillante ! s'exclama-t-il en embrassant fougueusement la jeune femme. Si j'arrive à remonter la piste de l'imprimeur de ces actions, je devrais réussir à identifier son client.

Les joues en feu, Caroline jeta un regard furtif autour d'elle afin de s'assurer que personne n'avait assisté au spectacle scandaleux d'un gentleman embrassant une lady en public. Par chance, le quartier était désert.

Adam se retourna et fixa la petite maison que Mlle Brick et Mme Trent occupaient.

— J'aimerais bien jeter un coup d'œil à ces fameuses actions.

— Non, s'il te plaît, Adam, objecta Caroline. Chaque fois que tu fouilles une maison, tu butes sur un cadavre.

— Tu exagères. Ça ne m'est arrivé qu'une fois, chez Elizabeth Delmont.

— Mais ça a bien failli se reproduire avec Irène Toller, répliqua-t-elle. Si tu étais arrivé une heure plus tôt, la police aurait très bien pu te trouver à l'intérieur de la maison. Ton alibi se serait effondré.

— Impossible. Je n'aurai rien à craindre tant que tu continueras à te porter garante de ma présence à tes côtés à l'heure du crime. Qui oserait mettre en doute la parole de la célèbre Caroline Fordyce ?

Un peu plus tard, ce même après-midi, ils furent reçus par M. McDaniel, qui s'était vu également promettre un placement juteux lors de la dernière séance d'Elizabeth Delmont.

McDaniel était aussi enchanté de cette visite inattendue que l'avaient été Mlle Brick et Mme Trent. Et il manifesta encore plus de bonne volonté pour évoquer sa bonne fortune.

— Oui, c'est extraordinaire ! s'exclama-t-il en reposant sa tasse de thé. L'homme décrit par Mme Delmont s'est présenté exactement comme elle l'avait prédit. Il s'appelle Jones. Un type très bien. Hélas, le pauvre boite.

— Vous souvenez-vous d'autres détails à son sujet ?

McDaniel réfléchit.

— Ses favoris étaient trop fournis. Il ferait bien d'en parler à son barbier. Et il portait des lunettes. Mais pourquoi ces questions ?

— Un homme qui ressemble à celui que vous décrivez m'a aussi contacté pour me proposer un placement, expliqua Adam sur le ton d'un investisseur rusé s'adressant à un autre. Comme il a mentionné votre nom, je voulais vérifier ses références.

Caroline constata qu'Adam était aussi habile qu'elle pour bâtir une fiction.

Le visage de McDaniel s'éclaira.

— Ah ! Il vous a offert d'investir dans la même mine que moi ?

— Oui, répondit Adam. Mais pour tout vous avouer, il n'avait pas d'actions à me remettre. Évidemment, j'ai préféré attendre avant de lui confier mon argent.

— C'est bizarre. Il s'est présenté chez moi avec ses actions en main.

— Pourrais-je y jeter un coup d'œil ? hasarda Adam. Juste pour m'assurer qu'elles sont valides.

— Je n'y vois pas d'objection. Jones m'a conseillé de ne pas en parler autour de moi, mais puisque vous êtes susceptible d'entrer dans l'affaire, c'est différent.

McDaniel s'extirpa de son fauteuil avec l'aide de sa cane et alla ouvrir un des tiroirs de son bureau. Il en sortit une épaisse liasse d'actions. Adam s'approcha pour les examiner. Caroline l'imita.

Les actions, imprimées sur fond bleu, avaient beaucoup d'allure. La mention Drexford et Compagnie s'étalait en beaux caractères, au-dessus d'un dessin gravé représentant une mine en activité. L'illustration était soignée et l'impression superbe.

— Elles me paraissent authentiques, commenta Adam en tendant les actions à Caroline. Qu'en pensez-vous, madame Fordyce ? Vous vous y connaissez mieux que moi en imprimerie.

M. McDaniel semblait tout à coup inquiet de voir ses précieuses actions passer de main en main. Caroline le rassura d'un sourire et tendit le document à la lumière.

Elle discerna nettement, en filigrane, la lettre « B » entrelacée avec une figure représentant un griffon.

— C'est du beau travail, déclara-t-elle en rendant les actions à McDaniel. Très élégant.

— Que vous a raconté Jones au sujet de cette compagnie ? demanda Adam.

— La maison Drexford s'est portée acquéreur d'une mine d'or dans l'Ouest américain, expliqua McDaniel, soulagé d'avoir récupéré ses actions. L'homme qui l'a découverte est mort avant d'avoir pu l'exploiter. Tout le travail reste donc à faire.

— Et cela nécessite évidemment d'importantes mises de fonds afin de réunir le personnel et le matériel nécessaires à l'exploitation de la mine, devina Adam.

Son ton sarcastique n'échappa pas à Caroline. Mais McDaniel, trop sûr de sa bonne affaire, ne se rendit compte de rien.

— Précisément, fit-il. Comme je dis toujours, avec l'or, on ne peut pas tromper.

— Vous parlez sagement. Je crois que je vais m'intéresser de plus près à ce placement. Merci de votre aide.

— Mais de rien, répondit McDaniel en remettant les actions à leur place. J'avoue que j'étais un peu sceptique lorsque Mme Delmont m'a prédit cette bonne fortune, mais je reconnais à présent qu'elle possède un don authentique.

— Aussi authentique que ces actions que vous venez de ranger, monsieur McDaniel, conclut Adam.

25

Il était 18 heures passé lorsqu'ils sortirent de chez M. McDaniel. Un épais brouillard commençait à se répandre sur la ville.

— Alors ? demanda aussitôt Adam. Tu as noté une marque distinctive ?

— Oui. Et je saurai la décrire à M. Spraggett. Mais il a dû quitter son bureau, à cette heure-ci. J'irai le voir demain.

Elle se tut, l'air tendu.

— Ne prends pas cela trop à cœur, lui conseilla Adam. Ce n'est pas ta faute. Tu n'aurais rien pu faire pour les protéger de Jones.

— Mais ils vont tous perdre leur argent !

— Ça ne serait pas arrivé s'ils n'avaient pas été assez naïfs pour s'imaginer que des esprits pouvaient leur donner des conseils financiers.

— C'est facile à dire pour toi. Mais ni Mlle Brick, ni Mme Trent, ni M. McDaniel n'ont ta connaissance des affaires. Et ils n'ont pas non plus les moyens de perdre leurs économies.

Un fiacre passa près d'eux, puis disparut dans le brouillard. La rue semblait déserte, pourtant Adam sentit un frisson lui vriller la nuque. De ses années de jeunesse il avait conservé de précieux instincts. Il s'obligea cependant à ne pas regarder par-dessus son épaule.

— Tu as vu leurs maisons, continuait Caroline avec une véhémence qui reflétait son indignation. Ces gens vivent modestement. Je n'ose penser à leur effroi quand ils découvriront qu'on les a dupés. Ils seront anéantis.

— Très probablement, convint Adam.

Il tourna la tête vers la jeune femme, feignant de prêter une attention accrue à ses propos. Du coin de l'œil, il aperçut une silhouette dans le brouillard.

— Nous devons faire quelque chose, Adam ! s'écria-t-elle.

Il faillit sourire.

— Je suppose que ce *nous* signifie que *je* dois faire quelque chose ?

— L'idéal, bien sûr, serait d'obliger ce Jones à rembourser ses victimes. Mais quoi qu'il en soit, nous ne pouvons pas laisser ces pauvres gens perdre toutes leurs économies.

Adam risqua un autre coup d'œil de côté. Leur poursuivant était toujours là, veillant à rester à distance respectable.

— Ne t'inquiète pas, Caroline. Je ferai en sorte qu'ils récupèrent leur argent, d'une manière ou d'une autre.

Elle leva la tête vers lui, l'air radieux.

— Merci, Adam. C'est très gentil à toi.

— J'espère seulement que la liste des victimes de Jones n'est pas trop longue.

— Je me demande combien de personnes il a déjà flouées avec son histoire de mine d'or.

— Caroline, nous avons un petit problème.

— Pardon ?

— Quelqu'un nous suit.

— *Quoi* ?

Elle fit mine de s'arrêter, mais Adam resserra son étreinte sur son bras, pour l'obliger à continuer d'avancer.

— Ne lui laissons surtout pas deviner que nous l'avons remarqué.

— Oui, tu as raison.

Elle fit quelques pas, sans rien changer à son allure, avant de demander :

— Qui cela peut-il être, à ton avis ?

— Je n'en sais rien, mais j'ai bien l'intention de le découvrir.

Il étudia rapidement les lieux, à la recherche d'un endroit où lui tendre un piège, et aperçut un petit square, à peu de distance.

— Voilà ce que nous allons faire, commença-t-il.

26

Ils pénétrèrent dans le square. Mais arrivés au premier arbre, Adam fit signe à Caroline de continuer son chemin seule. Lui-même se cacha derrière le tronc et attendit.

Il ne fut pas déçu. La jeune femme n'avait pas disparu depuis trente secondes dans le brouillard, que leur poursuivant entrait à son tour dans le square.

Dès qu'il eut dépassé l'arbre, Adam sortit de sa cachette. Il rattrapa l'homme en deux enjambées, l'attrapa par le col de son manteau et le secoua si violemment que l'autre, surpris, perdit l'équilibre et tomba à terre.

Le visage que découvrit Adam lui était familier.

— Monsieur Otford ! Quelle surprise !

Gilbert Otford était cramoisi de rage.

— Comment osez-vous me rudoyer de la sorte ?

— Vous n'avez encore rien vu, Otford. J'ai très envie de vous montrer à quel point je peux être mal élevé.

Au même instant, Caroline surgit du brouillard.

— Monsieur Otford ! s'exclama-t-elle. Mais pourquoi nous suiviez-vous ?

— Depuis quand est-il interdit de traverser un square ? répliqua-t-il tout en se relevant maladroitement.

Son manteau était souillé de terre.

— Regardez ce que vous avez fait, Hardesty ! grommela-t-il en essayant de brosser son vêtement. Vous avez peut-être les moyens de vous offrir un costume par jour, mais je vous assure que ce n'est pas le cas de tout le monde.

Adam s'avança vers lui, menaçant. Inquiet, Otford recula, et se retrouva le dos contre un arbre.

— Ne me touchez pas ! glapit-il. Sinon j'appelle la police !

— Qu'espériez-vous découvrir en nous suivant ainsi ? demanda Adam, sincèrement curieux.

— Je vous l'ai dit : je voulais juste traverser ce square ! s'entêta Otford. Nous sommes plus ou moins collègues, madame Fordyce, lança-t-il à Caroline. J'espère que vous ne mettez pas ma parole en doute ?

Elle soupira.

— Je pense que M. Otford n'a aucune raison de nous vouloir du mal.

Adam fit la moue.

— Je n'en suis pas convaincu. Et vous commencez à abuser de ma patience, Otford. Il me semblait vous avoir déjà dit de rester à l'écart de mon chemin.

Otford déglutit, mais il soutint le regard d'Adam. La présence de Caroline l'avait sans doute rassuré. Il devait penser qu'il ne risquait rien en présence d'une dame.

— Je suis un journaliste professionnel, monsieur ! aboya-t-il. Mme Fordyce et vous êtes impliqués dans une affaire de meurtre, et je dois à mes lecteurs de rechercher la vérité et de les en tenir informés.

— Vous travaillez pour un journal à scandale, et la vérité est le dernier de vos soucis, rétorqua Adam.

— Vous m'insultez, monsieur ! J'exige des excuses.

Adam esquissa un sourire carnassier.

— Vous *exigez* des excuses ?

Otford voulut s'esquiver, mais Adam fut plus rapide que lui. Il l'attrapa par le col de son manteau et le plaqua contre le tronc d'arbre.

— Adam, intervint Caroline. Ne lui fais pas de mal. Je ne nie pas qu'il est insupportable, mais il ne fait que son métier.

— Vous voyez ? s'écria Otford, triomphant.

Adam soupira.

— Très bien. Je vous propose un marché. Répondez à mes questions, et je vous laisse repartir entier.

— Quelles questions ? demanda Otford, sur ses gardes.

— Comment avez-vous pu décrire les scènes de

meurtre d'Irène Toller et d'Elizabeth Delmont ? Qui vous a fourni les détails ?

— J'ai un informateur avec qui je travaille régulièrement sur ce genre d'affaires. Je lui fais entièrement confiance.

Adam le pressa un peu plus contre le tronc.

— Et comment s'appelle cet informateur ?

Otford hésita.

— Un journaliste ne révèle jamais ses sources.

Adam se contenta de le regarder droit dans les yeux, sans rien dire.

Otford toussota, mal à l'aise.

— Bon, d'accord. C'est l'inspecteur Jackson.

— Et vous dites que vous lui faites confiance ?

Otford hocha la tête.

— Je ne l'ai jamais pris en défaut.

— Et vous avez repris tous les détails croustillants dans votre article.

— Évidemment, fit Otford en haussant les épaules. Je confesse que j'en ai un peu rajouté pour titiller les lecteurs. Mais cela n'a rien d'extraordinaire. Cela dit, si ces deux crimes vous intéressent, vous devriez aller écouter Julian Elsworth demain après-midi.

Caroline dressa l'oreille.

— Et pourquoi cela ?

— Elsworth a envoyé une invitation à l'inspecteur Jackson. Il fera demain une démonstration de ses talents à l'Académie de recherches psychiques.

— Quel rapport avec les crimes ? interrogea Adam.

Otford ricana.

— Elsworth prétend pouvoir utiliser ses dons pour aider la police dans son enquête. Amusant, non ? Vous imaginez la police s'en remettre à un spirite pour résoudre un crime ?

Adam le lâcha.

— Déguerpissez, Otford. Et ne vous avisez plus de me suivre. Je ne serai pas aussi indulgent la prochaine fois.

Otford rectifia son col et s'esquiva sans demander son reste.

Caroline regarda Adam.

— Il semble clair, à présent, que ni la presse ni la police n'étaient au courant, pour le voile et le camée. Et tu m'as convaincue que ces deux objets ne pouvaient pas intéresser un vulgaire cambrioleur.

— Je ne vois donc qu'une seule explication possible : quelqu'un a trouvé le corps de Delmont après moi, et a subtilisé le voile et le camée. Reste à savoir pourquoi.

— Tu as décidé de te rendre à la démonstration d'Elsworth, j'imagine.

— Je ne manquerais cela pour rien au monde !

27

La salle de conférences de Wintersett House était déjà pleine à craquer lorsque Caroline et Adam firent leur entrée. Ils trouvèrent de justesse deux sièges libres.

— Elsworth sait attirer les foules, persifla Adam en s'asseyant. Il faut au moins lui reconnaître ce talent, s'il n'en a pas d'autre.

— Je t'ai déjà expliqué qu'il était très estimé dans le monde des spirites, répliqua Caroline, qui inspectait la salle à la recherche d'un visage familier. Regarde, là-bas : Otford. Il est visiblement en compagnie d'autres journalistes.

Adam suivit son regard, et secoua la tête d'un air dégoûté.

— Cette séance ridicule sera une perte de temps pour la police, mais elle fera à coup sûr vendre beaucoup de journaux.

— Arrête de critiquer, Adam. Tu étais le premier à vouloir venir.

— Je ne pouvais pas manquer une pareille occasion de voir Elsworth à l'œuvre.

Quelque chose dans son ton retint l'attention de la jeune femme.

— Tu ne l'aimes pas, n'est-ce pas ? fit-elle. Je ne comprends pas pourquoi. Tu ne l'as rencontré qu'une fois, et il n'a rien dit ou fait qui aurait pu t'offenser.

— Ce type ne m'inspire pas confiance. Crois-en mon intuition masculine.

Une pensée traversa l'esprit de Caroline.

— Adam ?

— Oui ? fit-il sans la regarder, occupé qu'il était à parcourir la salle du regard.

— Serais-tu, par hasard, *jaloux* de M. Elsworth ?

Il y eut un silence.

— Aurais-je une raison de l'être ? répondit-il finalement d'un ton neutre.

— Non, aucune, bien sûr.

— Tant mieux. Je ne me voyais pas rivaliser avec un homme capable de faire léviter des chaises ou de lire dans les esprits.

Caroline était ravie. S'il n'était pas jaloux à proprement parler, Adam s'inquiétait tout de même qu'elle pût nourrir des sentiments pour Elsworth. Même si cela ne signifiait pas grand-chose, c'était fort agréable à entendre.

— Je ne me fais aucun souci pour toi. Si les circonstances l'exigeaient, je suis sûre que tu réussirais à faire léviter des meubles ou à lire dans les esprits.

Adam s'apprêtait à répondre, mais le rideau s'ouvrit et un homme apparut sur scène.

— Mesdames et messieurs, votre attention, s'il vous plaît. Comme vous le savez, M. Julian Elsworth a généreusement proposé de mettre ses dons psychiques au service de la police, dans l'espoir de l'aider à résoudre le mystère de la mort des deux spirites. Une telle démonstration exige la plus extrême concentration et M. Elsworth insiste pour que vous vous absteniez de parler ou d'émettre le moindre bruit pendant la séance.

Un murmure d'excitation parcourut l'assistance. Bien qu'elle partageât le scepticisme d'Adam, Caroline ne put s'empêcher d'éprouver une certaine curiosité. Et si Elsworth était réellement capable de découvrir un indice qui permettrait l'arrestation du meurtrier ?

Les lumières s'éteignirent progressivement et, comme lors de la démonstration d'Irène Toller, il ne resta bientôt plus qu'une seule lampe allumée, sur la table qui trônait au milieu de la scène.

— Voici maintenant l'inspecteur Jackson, qui interrogera M. Elsworth durant la séance, annonça le présentateur.

L'inspecteur Jackson apparut à son tour. Il semblait très mal à l'aise, nota Caroline. Il prit place sur l'une des deux chaises qui encadraient la table.

— M. Elsworth est prêt, je crois, reprit le présentateur d'un ton respectueux. S'il vous plaît, pas d'applaudissements. Il se prépare depuis plusieurs heures et doit demeurer concentré.

Elsworth fit son entrée. Il portait un smoking d'une rare élégance, manifestement taillé sur mesure.

Il avait le sens de la mise en scène, songea Caroline. L'unique lampe mettait en valeur ses traits aristocratiques et conférait à son apparition un caractère dramatique.

Elle se pencha en avant, intriguée. Elle n'en était pas absolument certaine, mais elle avait l'impression qu'Elsworth s'était fardé les yeux à la manière des comédiens.

Adam lui frôla le bras, et elle sursauta. Elle lui lança un regard interrogateur et comprit, à son expression ironique, que lui aussi avait remarqué le maquillage.

Tandis qu'Elsworth s'approchait de la table à pas lents, l'inspecteur Jackson, pensant sans doute qu'on attendait quelque chose de lui, se leva vivement, puis se rassit aussitôt. Il était visiblement nerveux. Mais après tout, c'était compréhensible.

— Bonsoir, inspecteur, fit Elsworth d'une voix profonde, qui résonna dans toute la salle.

Il prit place à son tour.

— Monsieur Elsworth, j'apprécie votre aide dans cette affaire, fit Jackson.

Elsworth le remercia d'un hochement de tête. Puis il baissa l'intensité de la lampe. Désormais, on ne voyait plus que son profil : Jackson avait été rejeté dans l'ombre.

— Je considère comme de mon devoir d'aider la police, inspecteur, dit Elsworth. Je vous en prie, posez vos questions.

Jackson tira un carnet de sa poche, se racla la gorge à plusieurs reprises avant de risquer sa première question :

— Pourriez-vous, euh... entrer en contact avec les esprits de Mme Toller et de Mme Delmont ? Et leur demander d'identifier leur assassin ?

— Non, inspecteur, je ne travaille pas ainsi. Je ne convoque pas les esprits comme Mmes Toller et Delmont prétendaient le faire. Pour être tout à fait honnête, je ne pense pas qu'il soit possible de communiquer avec l'au-delà.

Malgré la mise en garde du présentateur, le public ne put se retenir de murmurer.

— Mes pouvoirs psychiques sont très différents de ceux des spirites ordinaires, continua Elsworth. C'est difficile à décrire à des profanes, mais disons, pour simplifier, que lorsque je suis en transe, je suis capable de percevoir des choses qui échappent aux sens des gens normaux.

— Dans ce cas, monsieur, pouvez-vous distinguer le visage de l'assassin ? demanda Jackson.

— À brûle-pourpoint, non. Mais si vous avez apporté les objets que je vous avais réclamés, je devrais au moins pouvoir vous livrer quelques indications sur sa personnalité.

— J'ai ce que vous m'avez demandé, confirma Jackson.

Il fouilla dans sa poche.

— Voici une des boucles d'oreilles de Mme Delmont, dit-il en la posant sur la table. Et un mouchoir brodé qui appartenait à Mme Toller, ajouta-t-il.

Elsworth s'empara des deux objets et ferma les yeux.

— Laissez-moi quelques instants pour me concentrer plus à fond.

Un silence tendu s'abattit sur la salle. Puis Elsworth rouvrit les paupières et regarda en direction de l'assistance. Ses traits s'étaient durcis et ses pupilles dilatées ressemblaient à deux puits sans fond.

— La rage, la fureur... murmura-t-il. L'assassin est un homme en proie à des colères terribles. Je le vois dans le salon de Mme Toller, assenant coup après coup à sa victime. Il a déjà tué une fois, et son premier crime l'a fortifié dans son macabre dessein. Il sait que cette fois, ce sera plus facile. Et encore plus satisfaisant.

Elsworth s'interrompit brutalement.

Un frisson audible parcourut l'assistance.

L'inspecteur Jackson paraissait ne pas trop savoir comment poursuivre l'entretien.

— Pourriez-vous, euh... pourquoi l'assassin était-il si furieux contre Mme Toller et Mme Delmont ?

— Il pensait qu'elles l'avaient dupé, répondit Elsworth d'une voix caverneuse.

Adam s'inclina en avant, les coudes posés sur les cuisses.

— De quelle manière l'avaient-elles dupé ? demanda Jackson, qui semblait avoir retrouvé un peu de son assurance.

— Elles prétendaient pouvoir communiquer avec les esprits, mais en fait, elles mentaient.

Jackson sortit un crayon de la poche intérieure de sa veste.

— Pouvez-vous m'en dire davantage sur ces mensonges ?

Elsworth demeura silencieux un long moment.

— Lors des séances auxquelles il a assisté, l'assassin leur a posé des questions dont seuls les vrais esprits pouvaient connaître la réponse, commença-t-il. Toller et Delmont lui ayant fourni des réponses erronées, il en a conclu qu'elles mentaient, et a décidé de les punir.

— Si je comprends bien, l'assassin a assisté aux démonstrations des deux spirites ? résuma Jackson, qui semblait pour la première fois vraiment intéressé.

Elsworth hésita.

— Apparemment, lâcha-t-il.

Un murmure stupéfait résonna dans la salle.

Caroline percevait la tension qui émanait d'Adam. Jackson et lui ressemblaient à deux chasseurs à l'affût, et elle ne put s'empêcher de penser que dans un autre contexte, il aurait fait un excellent détective.

— S'agit-il de démonstrations récentes ? voulut savoir Jackson. Pourriez-vous me donner des dates ?

— Hélas, non, répondit Elsworth, qui paraissait soudain terriblement las. Je ne peux rien de plus pour vous aujourd'hui, inspecteur. Croyez bien que je le regrette, mais l'exercice m'a épuisé.

— Vous m'avez déjà beaucoup aidé, monsieur, le remercia Jackson. Si vous avez vu juste, nous allons rechercher toutes les personnes ayant assisté récemment aux démonstrations de Mmes Delmont et Toller. Cela devrait réduire la liste des suspects.

— Tu parles, marmonna Adam, les poings serrés. Ce type est un véritable imposteur, comme je le pensais.

L'assistance commentait bruyamment les révélations d'Elsworth lorsque le présentateur revint sur scène.

— Mesdames et messieurs, M. Elsworth a terminé. Il vous remercie de votre attention.

Une salve d'applaudissements salua ces paroles. Caroline vit Otford et les autres journalistes se précipiter vers la sortie. Elsworth salua brièvement le public et disparut dans les coulisses.

L'inspecteur regarda autour de lui, l'air un peu perdu, puis il se leva à son tour et prit le chemin des coulisses.

Les lumières se rallumèrent. Adam contemplait la scène, à présent déserte, d'un air pensif.

— À quoi penses-tu ? lui demanda Caroline.

— J'ai le sentiment qu'Elsworth a voulu distraire la police. Jackson va perdre beaucoup de temps à tenter d'obtenir les noms de toutes les personnes qui auraient pu assister aux séances des deux victimes. Une fois qu'il aura réuni ces noms, il lui faudra ensuite interroger chaque suspect, vérifier leur alibi, découvrir d'éventuels mobiles... Cela prendra des semaines. En pure perte.

— Tu penses que les pouvoirs psychiques d'Elsworth n'ont rien d'authentique, n'est-ce pas ?

— C'est le moins qu'on puisse dire, répliqua Adam en se levant.

Caroline l'imita.

— Mais pourquoi prendrait-il la peine d'égarer la police ? Il risque d'y perdre sa crédibilité lorsqu'on découvrira l'assassin.

Adam lui prit le bras et l'entraîna vers la sortie.

— Peut-être a-t-il tout intérêt à lancer Jackson sur une fausse piste.

Caroline tressaillit.

— Insinuerais-tu qu'il est lié aux meurtres ?

Adam n'eut pas le temps de répondre qu'Elsworth, surgi de nulle part, vint à leur rencontre d'un pas pressé.

— Un instant, madame Fordyce, je souhaiterais vous parler ! s'écria-t-il.

Caroline sentit Adam resserrer son étreinte autour de son bras.

Julian avait dû se démaquiller hâtivement, car il restait des traces de fard sur son visage.

Il inclina la tête à l'adresse d'Adam d'un air ironique.

— Monsieur Hardesty, je crois. Je ne sais trop comment, mais je me suis mépris lors de notre précédente rencontre. J'ai cru que vous vous appeliez Grove.

— Ce n'est pas grave, répliqua Adam avec flegme. Tout le monde peut commettre ce genre d'erreurs.

L'expression de Julian se fit encore plus ironique tandis qu'il se tournait vers Caroline.

— Je suis très honoré que vous ayez assisté à ma démonstration, madame Fordyce.

— J'ai trouvé l'expérience fascinante, monsieur Elsworth.

— Merci, fit Julian, qui ajouta à voix basse : J'ai pris conscience de votre présence pendant que j'étais en transe. Malgré la pénombre, j'ai senti que vous étiez là. Et j'ai cru de mon devoir de vous mettre en garde.

— De la mettre en garde contre quoi ? demanda Adam.

Julian l'ignora délibérément.

— Vous courez un grave danger, madame Fordyce.

— Pardon ? fit Caroline.

— Si vous avez quelque chose d'important à dire, Elsworth, soyez un peu plus précis, lâcha Adam d'une voix sèche.

Elsworth pinça les lèvres.

— Je regrette de ne pouvoir vous donner plus de détails. Je peux simplement vous révéler que j'ai distingué une aura de danger autour de Mme Fordyce. Rien ne m'aurait fait plus plaisir que de vous préciser la nature exacte de cette menace, madame, fit-il à Caroline.

— Cela nous aurait en effet beaucoup aidés, commenta Adam. Et surtout, votre y auriez gagné en crédibilité.

Elsworth ne releva pas le sarcasme.

— Je vous conseille de vous tenir sur vos gardes, madame Fordyce, insista-t-il. Ne faites pas confiance aux gens que vous ne connaissez pas depuis très longtemps.

Il conclut son avertissement par un regard lourd d'insinuations en direction d'Adam. Puis il tourna les talons et s'éloigna.

— Le gredin ! s'exclama Adam. Il t'a mis en garde contre moi !

— Ainsi que contre toutes les personnes que je ne connais pas bien. Ce qui fait quand même pas mal de monde. Pourquoi a-t-il fait cela, à ton avis ?

— Pour nous égarer.

— Tu crois vraiment qu'il pourrait être l'assassin ?

— C'est une possibilité, oui.

— Mais quel serait son mobile ?

— Rappelle-toi qu'il est également question d'escroquerie financière dans cette affaire. L'appât du gain s'est souvent révélé un mobile suffisant.

Caroline réfléchit un instant.

— Tu m'accorderas qu'Elsworth ne correspond pas vraiment à la description du mystérieux M. Jones.

— Boiter, et s'affubler de lunettes et de favoris est à la portée du premier comédien venu, contra Adam. Et Elsworth vient de nous prouver qu'il avait un certain talent pour la scène.

28

— Bonjour, monsieur Spraggett ! lança joyeusement Caroline en entrant dans le bureau de son éditeur. Permettez-moi de vous présenter mon ami, M. Hardesty.

Spraggett écrasa son cigare et bondit sur ses pieds.

— Madame Fordyce, quelle surprise !

Il salua Adam de la tête.

— Enchanté, monsieur Hardesty. C'est... euh... un plaisir inattendu.

— Spraggett, fit simplement Adam qui referma la porte du bureau et s'y adossa, les bras croisés. Je n'avais encore jamais visité les bureaux d'un journal, avoua-t-il. C'est donc ici la source de tous ces articles à sensation que l'on peut lire dans le *Courrier de Londres*.

Spraggett sourit. C'était un homme d'une cinquantaine d'années, solidement bâti, et qui dégageait une formidable énergie. Ses doigts étaient en permanence tachés d'encre. Et un nombre impressionnant de tasses à café vides encombraient son bureau.

— Nous mettons un point d'honneur à informer le public le plus sérieusement possible, répliqua-t-il.

— Vraiment ? ironisa Adam. J'imagine que l'article de ce matin, sur le meurtre des spirites, correspondait à cette exigence.

— En particulier le passage précisant qu'on avait retrouvé une montre gravée au nom de M. Hardesty près du corps de Mme Toller, renchérit Caroline.

— Les faits sont les faits, objecta Spraggett sans se démonter.

— Certes, reconnut-elle, et, dépliant le journal coincé sous son bras, elle lut à haute voix : « La célèbre romancière a expliqué qu'elle se trouvait dans un lieu privé avec M. Hardesty au moment du meurtre. D'après les témoins de l'interrogatoire, la tendresse qui les liait visiblement ne laissait planer aucun doute sur la nature de leur relation. Apparemment, la réalité se mêle intimement à la fiction dans la vie de Mme Fordyce. »

— Je suis désolé, madame Fordyce, mais M. Hardesty et vous êtes actuellement au cœur de l'actualité, fit valoir Spraggett. Et il se trouve que le *Courrier de Londres* vit de l'actualité.

— Mais vous publiez aussi mes romans, objecta Caroline. Du moins, jusqu'à l'expiration de mon contrat. Ensuite, j'aurai toujours la possibilité de chercher un autre éditeur.

— Madame Fordyce, s'écria Spraggett, alarmé, j'espère que vous n'avez pas cru que ce papier d'Otford était dirigé personnellement contre vous ?

— Si, je l'ai pris comme une attaque personnelle, riposta Caroline.

Repoussant une pile de journaux, elle se percha au bord d'un fauteuil, avant d'ajouter :

— Lorsque viendra l'heure de signer mon prochain contrat, je n'oublierai pas que j'ai fait l'objet d'un article à scandale dans ce journal.

— Auriez-vous reçu une offre de Tillotson ? Si ce vaurien essaie de vous débaucher, je...

— M. Tillotson témoignera peut-être davantage de respect pour ma réputation.

Spraggett abattit le poing sur son bureau.

— Bon sang, madame Fordyce ! Que vouliez-vous que je fasse alors que tous mes concurrents évoquent vos liens avec M. Hardesty et ces deux meurtres ? Ce n'est pas parce que je vous publie que je peux ignorer ce genre d'information.

— Non. Mais vous auriez pu éviter d'en rajouter sur la nature de ma relation avec M. Hardesty, par exemple.

— Enfin, madame Fordyce...

— Puisque vous vous servez de moi pour vendre votre journal, le coupa-t-elle, le moins que vous puissiez faire est de m'offrir une compensation.

Spraggett se renfrogna.

— Si vous voulez une prime, je vous rappelle que nous avons signé un contrat et que…

— Calmez-vous. Je ne suis pas venue vous demander de l'argent, mais un conseil d'expert.

Spraggett haussa les sourcils.

— Je ne comprends pas ?

Caroline tira de son réticule le morceau de papier sur lequel elle avait reproduit la marque d'imprimeur relevée chez M. McDaniel.

— J'ai découvert cette marque sur des actions minières. M. Hardesty et moi-même aimerions savoir s'il est possible d'identifier l'imprimeur.

Piqué par la curiosité, Spraggett s'empara du papier, l'examina un instant, et fronça les sourcils.

— Vous avez trouvé cela sur des actions, dites-vous ?

— Oui. Vous reconnaissez cette marque ?

— Bassingthorpe l'utilisait autrefois. Il faisait du très beau travail.

Adam avait lui aussi froncé les sourcils.

— Bassingthorpe ? Je croyais qu'il s'était retiré des affaires à cause de certaines rumeurs courant sur son compte.

— Je le croyais aussi, avoua Spraggett. Mais c'est indéniablement sa marque.

— De quelles rumeurs s'agit-il ? s'enquit Caroline.

Spraggett haussa les épaules.

— On racontait qu'il était facile de se procurer chez lui d'authentiques diplômes d'études supérieures, même si vous n'aviez pas dépassé le collège. Il suffisait de payer et Bassingthorpe se chargeait du reste.

— Je vois, fit Caroline en se relevant. Merci, monsieur Spraggett.

— Hé, attendez une seconde ! fit ce dernier. Pourquoi me demandez-vous cela ? Bassingthorpe serait-il lié aux meurtres ?

Adam ouvrait déjà la porte du bureau.

— Nous l'ignorons. Mais si j'étais vous, je m'abstiendrais de lui envoyer un journaliste pour lui tirer les vers du nez.

— Pourquoi ?

— À moins qu'il n'ait changé, ce qui m'étonnerait beaucoup, Bassingthorpe n'a pas la réputation d'être bavard. Il avait du reste bâti sa réputation sur la discrétion.

Sur ce, Adam poussa Caroline dans le couloir et referma la porte derrière eux avant que l'imprimeur ait pu leur poser d'autres questions.

— D'après ce que je sais, poursuivit-il alors qu'ils gagnaient la sortie, Bassingthorpe ne se contentait pas d'imprimer de faux diplômes. Il était aussi capable de reproduire des billets de banque à la perfection.

— D'où sa discrétion, fit Caroline. Si je puis me permettre, comment comptes-tu le faire parler ?

— Je l'ai connu quand je traînais dans la rue. Je lui ai même rendu un ou deux services. Avec un peu de chance, il s'en souviendra.

— Dans ce cas, allons-le voir sans attendre.

Adam secoua la tête.

— On ne se présente pas comme cela à la porte de Bassingthorpe. Il y a des règles à observer. Je vais commencer par lui adresser un message. S'il accepte de nous rencontrer, il fixera le lieu et l'heure.

29

La décoration du salon ne manquait jamais d'amuser Adam. L'extravagance y régnait.

Le rouge en était la couleur dominante. L'imposant sofa et les fauteuils étaient tendus de soie cramoisie. Des tentures de velours vermillon encadraient les fenêtres. Le grand tapis était tissé d'or et d'écarlate.

Comme dans nombre de salons huppés, une photo de la reine trônait au-dessus de la cheminée. En revanche, le thème des tableaux accrochés aux murs était très différent. Tous représentaient un chevalier en armure étincelante qui volait à la rescousse d'une jeune femme, le plus souvent fort dévêtue.

Florence Stotley avait toujours eu un faible pour l'imagerie chevaleresque.

C'était une femme bien en chair, qui approchait de la soixantaine. Avec son bon sourire, ses yeux pétillants et ses charmantes excentricités, on aurait pu la prendre pour quelque exquise grand-mère ou grand-tante. Peu de gens auraient cru qu'elle avait bâti sa fortune en dirigeant l'un des bordels les plus réputés de Londres.

Bien qu'officiellement retirée du métier, elle continuait d'utiliser ses talents d'entremetteuse de différentes façons. Adam la connaissait depuis sa jeunesse, et il l'avait toujours respectée.

À maintes reprises, par le passé, ils s'étaient rendu mutuellement service. Leur amitié, née de ces circonstances, n'avait jamais été prise en défaut.

— Ça fait plaisir de te revoir, Adam, dit-elle en s'emparant de la théière en forme de dragon. Ça faisait un bail ! J'espère que Julia et les autres vont bien ?

— Tout le monde est en pleine forme, merci, répondit Adam, confortablement installé dans un fauteuil. Ma chère sœur est de nouveau sur le pied de guerre. Figure-toi qu'elle organise un autre grand bal.

— Je parie ça va être encore l'événement de la saison ! s'esclaffa Florence. L'année dernière, on a parlé durant des semaines de son bal sur le thème des chevaliers de la Table ronde.

— Elle ne te remerciera jamais assez de lui avoir soufflé l'idée.

— Ce n'était pas grand-chose, fit Florence en arrangeant ses jupes. Bien, et si nous en venions au motif de ta visite ? Depuis que j'ai reçu ton mot dans lequel tu me demandais de t'aider à retrouver la gouvernante de Mme Toller, j'ai multiplié les recherches. Sans succès, pour l'instant.

— Si quelqu'un peut retrouver Bess Whaley, c'est bien toi, Florence. J'ai confiance en tes réseaux. En fait, je suis là pour une autre raison.

— Oui, fit Florence.

— Je voudrais faire parvenir un message à ce vieux Bassingthorpe. C'était un de tes clients, autrefois. Serais-tu resté en contact avec lui, par hasard ?

Florence sourit.

— Bien sûr. Bassingthorpe était plus qu'un client. C'était un ami. Je m'occupe de le prévenir que tu souhaites le rencontrer.

— Merci.

— C'est tout ?

— Pour l'instant, oui.

Florence porta sa tasse à ses lèvres.

— C'est très étrange, cette affaire de spirites assassinées, observa-t-elle. On raconte que leur appartement aurait été dévasté par des forces surnaturelles.

— Crois-moi, Florence, celui qui les a tuées n'avait

rien de surnaturel. C'était un être de chair et de sang, comme toi et moi.

— Je peux savoir pourquoi tu t'intéresses à ces crimes ?

— Tu te souviens de Maud Gatley ?

— Évidemment. Quelle triste fin…

Adam lui raconta en quelques mots l'histoire du journal intime, l'utilisation qu'Elizabeth Delmont avait voulu en faire avant sa mort, et le fait qu'Irène Toller avait été assassinée quelques jours après celle-ci, dans des circonstances identiques. Il lui révéla aussi qu'il soupçonnait une affaire d'escroquerie derrière ces meurtres.

— Toi qui connais tellement de monde, aurais-tu des renseignements utiles à me fournir sur les habitués de Wintersett House ? demanda-t-il quand il eut terminé.

— Je ne sais pas grand-chose, avoua Florence. Je me suis juste laissé dire que le président de l'Académie, M. Reed, est un veuf éploré qui rêve d'entrer en contact avec l'esprit de sa défunte épouse.

— Comment est-elle morte ?

— Elle a été assassinée il y a déjà plusieurs années de cela. C'était, je crois, juste après son mariage. Je ne me souviens plus des détails, mais à l'époque la presse en avait beaucoup parlé. Son corps avait été retrouvé dans un square, non loin de son domicile. Elle avait probablement été attaquée alors qu'elle rentrait chez elle, le soir. Elle avait été violée puis étranglée.

— La police a-t-elle retrouvé l'assassin ?

Florence but une autre gorgée de thé avant de répondre :

— Non, jamais. C'est sans doute la raison pour laquelle Durward Reed désire tellement communiquer avec elle. Il veut sans doute lui demander le nom de son meurtrier, pour obtenir enfin justice.

— Personnellement, j'aurais choisi un moyen plus direct de retrouver l'assassin, commenta Adam.

— Certes. Mais tout le monde ne possède pas ton habileté à remonter une piste. Et ton habitude des bas-fonds.

Adam ne releva pas.

— Je me demande ce qui a pu convaincre Reed qu'il pouvait entrer en contact avec son épouse.

Florence haussa les épaules.

— Vu qu'elle était médium de son vivant, il a dû croire que ce serait plus facile pour elle de communiquer avec notre monde une fois qu'elle serait passée de l'autre côté.

— Mme Reed était médium ?

— Oui. Il y a dix ans de cela, avant son mariage, elle était même très connue. Ses démonstrations avaient lieu en présence de gens triés sur le volet.

— Elle fréquentait la haute société ?

— Oui. Elle était issue d'une famille qui avait fait fortune dans le commerce maritime. Plusieurs de mes clients ont assisté à des séances chez elle.

— Merci, Florence. Une fois de plus, tu m'as rendu service. Je te revaudrai ça.

— Je sais déjà comment, fit-elle avec un sourire entendu.

— Vas-y, n'hésite pas.

— Tu te souviens de cet établissement, sur Marbury Street, spécialisé dans les pratiques sadomasochistes ?

— Oui. Mais je me suis laissé dire que Mme Thorne avait vendu son affaire.

— C'est exact. Elle l'a vendu à une certaine Mme Lash, qui se révèle très ambitieuse. Elle voudrait agrandir sa maison, et a eu l'idée fort ingénieuse de chercher des investisseurs parmi ses clients.

— Vraiment ? fit Adam, étonné. C'est en effet très astucieux. Ses clients et futurs investisseurs se recrutent dans la bonne société, je suppose ?

— Oui. Mais Mme Lash se méfie. Elle m'a donc demandé d'enquêter discrètement sur les capacités financières de ceux avec lesquelles elle envisage de s'associer.

— C'est effectivement très sage de sa part.

— Je vais te montrer la liste, proposa Florence en se dirigeant vers une commode. Deux des noms me sont familiers mais pas les trois autres. Je pense que tu devrais en savoir un peu plus.

Adam se leva et lui prit la liste des mains. Il la parcourut rapidement, mémorisant les noms au passage, fruit d'une longue habitude.

— J'ignorais qu'Ivybridge et Milborne avaient des penchants pour le fouet, murmura-t-il d'un air absent, avant de résumer pour Florence ce qu'il savait des finances des cinq gentlemen.

— Si tu n'as rien d'autre à me demander, fit-il en s'approchant pour lui baiser la main, je vais y aller. Bonsoir, Florence. Ce fut un plaisir, comme toujours.

— Que tu es galant, Adam, observa-t-elle, songeuse. C'est drôle, quand même, le destin : quand je te vois si chic et si bien élevé, j'ai du mal à croire que tu es bien ce gamin en haillons qui venait autrefois frapper à ma porte pour me vendre les ragots récoltés par Maud. Cela dit, j'ai toujours su que tu réussirais.

— C'est vrai ?

— Oui. Ma seule interrogation était de savoir si tu ferais fortune légalement ou illégalement.

— Si j'ai appris quelque chose durant toutes ces années, c'est qu'il y a peu de différence entre les deux approches.

— Bah ! Tu auras beau faire, je sais à quoi m'en tenir sur ton compte, Adam Hardesty. Je connais ton histoire. Et je sais aussi comment tu pratiques discrètement la charité dans les bas-fonds. Sous ton armure rouillée, tu possèdes un sens de l'honneur et une noblesse de cœur qui n'auraient pas démérité parmi les chevaliers de la Table ronde.

Amusé, Adam considéra le tableau le plus proche de lui. Il représentait une ravissante jeune femme nue dans les bras d'un chevalier en armure. Le souvenir de son étreinte passionnée avec Caroline lui embrasa soudain les sens.

Florence, qui avait deviné ses pensées, s'esclaffa.

— J'ai lu les journaux, bien sûr, dit-elle. On ne parle plus que de toi et de ta liaison avec Mme Fordyce. C'est du sérieux ou un engouement passager ?

— Tu connais ses livres ?

— Bien sûr. Et je les adore !

— Malheureusement, je crains que Caroline ne m'utilise comme source d'inspiration. Pour t'avouer l'humiliante vérité, je lui sers de modèle pour le personnage d'Edmund Drake.

— Dieu que c'est excitant ! J'ai hâte de savoir si tu échapperas au sort que connaissent d'ordinaire ses méchants.

30

Lorsque Adam sortit de chez Florence Stotley, un peu avant 22 heures, un épais brouillard s'était répandu sur la ville. Enveloppés d'un halo ouaté, les becs de gaz n'éclairaient pas grand-chose.

Adam était venu à pied. Il repartit de même. De temps à autre un attelage ou un piéton surgissait de la brume, avant de s'évanouir tout aussi rapidement.

Alors qu'il longeait un square, Adam s'aperçut qu'il n'était pas très loin de Corley Lane. Caroline serait peut-être contente d'entendre le récit de sa visite chez Florence.

C'était une excuse transparente pour aller sonner à sa porte. Cela dit, il n'avait pas besoin d'excuse, décida-t-il. Après tout, ils avaient une liaison, cela lui donnait certains privilèges.

Quoi qu'il en soit, cela ne lui coûtait rien de faire le détour. S'il voyait de la lumière aux fenêtres, il frapperait. Sinon, il passerait son chemin.

Fidèle à ses vieilles habitudes, Adam coupa par les ruelles étroites, empruntant des raccourcis qu'il connaissait par cœur.

Au bout de quelques centaines de mètres, un frisson lui vrilla la nuque. Une sensation familière qui l'avertissait qu'un danger se préparait. Du reste, dix secondes plus tard, un bruit de pas résonnait sur le pavé derrière lui.

Convaincu d'être suivi, Adam prit garde de ne pas accélérer l'allure. Il bifurqua brutalement dans une ruelle si étroite que son entrée était à peine visible. Là, il attendit.

Son poursuivant dépassa l'entrée de la ruelle sans le voir. Il s'arrêta un peu plus loin, comprenant qu'il avait perdu la trace de sa proie. Ce fut le moment qu'Adam choisit pour sortir de sa cachette. Une fraction de seconde plus tard, il bondissait sur l'homme. Tandis que tous deux roulaient à terre, un objet métallique heurta le sol.

Adam se releva vivement, et tâtonna du pied sur le sol jusqu'à ce qu'il rencontre l'objet en question. Il se pencha pour le ramasser. Il s'agissait d'un couteau.

— Tu es venu armé à ce que je vois. J'en déduis que tu ne me suivais pas pour m'offrir un verre dans une taverne.

L'autre n'était toujours pas revenu de sa surprise.

— Je voulais juste vous délivrer un message. C'était pas la peine de m'attaquer comme ça, bon Dieu !

— Quel message ? Et qui te…

Adam s'interrompit en sentant les poils de sa nuque se hérisser.

Il fit volte-face. Un second vaurien lui sautait déjà dessus. Il l'esquiva en partie, mais s'écroula à terre. Son assaillant voulut lui flanquer un coup de pied, Adam roula de côté et le reçut dans les côtes.

— Voilà le message, siffla l'inconnu.

Il s'apprêtait à frapper de nouveau, mais Adam réussit à lui attraper la jambe. L'autre lâcha un juron sonore en battant des bras pour garder l'équilibre, puis s'effondra à son tour sur le pavé.

Entre-temps, le premier attaquant s'était relevé. Adam lui fit face, le couteau à la main.

L'homme se figea en voyant la lame.

— Qu'est-ce que t'attends, Georgie ? fit le deuxième. Frappe-le, bon sang !

— Il a mon couteau, Bart !

— En effet, dit Adam. Mais je préfère utiliser le mien, ajouta-t-il.

Il y eut un silence.

— Écoutez, on était pas payés pour jouer de la lame, fit Georgie.

— Ouais, renchérit Bart. On devait juste délivrer un message.

— Dans ce cas, pourquoi m'avoir attaqué ? demanda Adam.

— Le type qui nous a payés nous a assuré que vous écouteriez mieux si on vous rudoyait un peu.

— Est-ce que par hasard le type en question ne serait pas boiteux, et affublé de gros favoris ?

Nouveau silence.

— Comment vous savez ça ? demanda finalement Bart, mal à l'aise.

— Peu importe. Si vous me donniez plutôt ce fameux message ?

Georgie toussota.

— Euh… il faudrait que vous arrêtiez de vous mêler de certaines affaires financières qui ne vous regardent pas, débita-t-il comme s'il récitait une leçon. Si vous vous entêtez, un certain journal intime sera divulgué à la presse.

— Merci, fit Adam. Vous confirmez mes soupçons. L'assassin possède donc bien le journal.

— Quel assassin ? demanda Georgie, soudain nerveux. De quoi vous parlez ?

— L'homme qui vous a envoyé a tué une femme. Peut-être deux.

Bart s'esclaffa.

— Vous voulez rire ! C'est un homme d'affaires.

— Moi aussi, je suis un homme d'affaires, répliqua Adam en soulevant légèrement son poignard.

Bart et Georgie s'enfuirent sans demander leur reste.

31

Caroline reposa sa plume. Elle n'était pas totalement satisfaite de son travail. Certes, la scène était haletante, mais Edmund Drake avait perdu le contrôle de lui-même. Or, ça ne lui ressemblait pas.

Le bruit du heurtoir de la porte d'entrée retentit au moment où elle reprenait sa plume pour réécrire la scène. Emma et Milly rentraient bien tôt du théâtre, s'étonna-t-elle.

Caroline tendit l'oreille. Ses tantes avaient-elles oublié leur clé ? Le heurtoir se fit entendre une deuxième fois, un peu moins fort. Elle abandonna son siège pour aller jeter un coup d'œil par la fenêtre. Elle sursauta en reconnaissant Adam et courut lui ouvrir.

— Que fais-tu ici, à cette heure ?

— C'est une longue histoire, fit-il.

Il s'appuya au chambranle, le visage crispé. Caroline réalisa brusquement qu'elle était en peignoir.

— Il s'est passé quelque chose ? demanda-t-elle en tentant de déchiffrer son expression.

— Je peux entrer ?

— Oui, bien sûr.

Elle s'effaça pour le laisser passer, et remarqua tout de suite qu'il ne se déplaçait pas avec son aisance habituelle.

— Ça va ? fit-elle, puis, voyant qu'il avait un bleu sur la tempe, elle rectifia : Non, ça ne va pas. Tu es blessé.

— Ça irait mieux avec un verre de sherry, admit-il. Ou même deux.

Il voulut se débarrasser de son manteau, ce qui lui arracha une grimace.

— Laisse-moi t'aider.

Elle lui ôta son vêtement avec précaution, et le posa sur un fauteuil.

— À présent, raconte-moi ce qui s'est passé.

— Si tu m'offrais le sherry d'abord ?

Caroline le précéda dans son bureau. Elle lui versa un verre de sherry tandis qu'il s'asseyait.

Il en but une gorgée, avant d'exhaler un soupir.

— J'ai découvert, ce soir, que je n'étais plus aussi jeune que je le pensais, commença-t-il. Je comprends mieux pourquoi mes proches me poussent à me marier.

— Adam, tu m'inquiètes de plus en plus. Que t'est-il donc arrivé ?

Il cala la nuque contre le dossier du fauteuil et ferma les yeux.

— Deux lascars m'ont attaqué en pleine rue pour m'avertir que si je continuais d'enquêter sur les crimes, le contenu du journal de Maud serait dévoilé dans la presse.

Horrifiée, Caroline s'approcha et effleura doucement l'ecchymose sur sa tempe.

— Ils auraient pu te tuer.

Il rouvrit les yeux.

— Mais je suis toujours là, dit-il.

— Tu es sûr que tu n'as rien de cassé, au moins ?

Adam se tâta les côtes, avant de secouer la tête.

— Non. Je devrais m'en tirer avec juste quelques bleus.

— Attends ! Je vais aller chercher un linge et le baume apaisant dont tante Emma se sert en pareil cas, décréta Caroline.

— Inutile de…

Ignorant ses protestations, elle quitta la pièce en courant.

Quand elle revint, deux minutes plus tard, Adam n'était plus dans le fauteuil où elle l'avait laissé. Il s'était servi un autre verre de sherry et, penché sur son bureau, lisait la dernière scène qu'elle venait d'écrire.

— Qu'est-ce que c'est que cette histoire ? s'écria-t-il. Drake s'en prend à Lydia ?

— C'est un affreux malentendu, expliqua la jeune femme en ouvrant le pot contenant le baume. Drake est persuadé que Lydia lui a menti. Aveuglé par la colère, il perd tout contrôle.

— Seule une brute ou un fou s'en prendrait ainsi à une femme, lâcha Adam.

Et il but une nouvelle gorgée de sherry.

— Tu as raison, concéda Caroline. Cette scène ne me plaisait pas non plus. Je vais la réécrire en tâchant de trouver une excuse pour expliquer son comportement.

— Pourquoi ? Je croyais que c'était le méchant de l'histoire. C'est normal qu'il se conduise comme une brute.

— Ne te mêle pas de ça, répliqua-t-elle. Tiens plutôt ce pot, pendant que j'applique le baume sur ta blessure.

Adam s'exécuta distraitement.

— Où sont tes tantes ?

— Au théâtre. Mme Plummer est là, mais elle dort.

Après avoir appliqué un peu de baume sur sa tempe, elle en remit sur le linge.

— Maintenant, je vais m'occuper de tes côtes.

Adam se raidit imperceptiblement lorsqu'elle commença de lui déboutonner sa chemise, mais il ne l'arrêta pas.

C'était la deuxième fois que Caroline le voyait torse nu, et elle cessa un instant sa tâche pour contempler le spectacle. Lorsqu'elle commença à étaler le baume sur ses côtes, il grimaça.

— Je te fais mal ?

— Non, ça va. Mais cette pommade est sacrément froide.

— Cela permet de limiter les hématomes.

Adam baissa les yeux sur ses mains fines qui s'affairaient.

— Tu crois que tes agresseurs étaient impliqués dans les meurtres ? risqua-t-elle.

— Je suis presque certain que non. Manifestement, ils ignoraient tout des meurtres. Ils prétendent que leur commanditaire est un homme d'affaires et, comme par hasard, la description correspond à celle de Jones.

— C'est donc que…

Sans prévenir, Adam repoussa sa main et se pencha pour l'embrasser, avec une fougue qui la laissa pantelante. Quand il lâcha ses lèvres, elle dut s'accrocher à son cou pour garder l'équilibre.

— Adam ?

— Je n'aurais pas dû venir ici ce soir. Ce n'était pas une bonne idée.

— Mais si. Nous avons une liaison, murmura-t-elle. Tu as le droit d'être ici.

Il captura le visage de la jeune femme entre ses mains.

— Vraiment ? Ai-je bien le droit d'être ici, seul avec toi ? Dis-moi la vérité, Caroline.

— Ooui, bredouilla la jeune femme. Nous sommes amants, à présent.

— Amants, répéta-t-il, comme s'il n'était pas certain de connaître la signification de ce mot. Oui, en effet, je suis ton *amant*.

Il l'embrassa de nouveau.

— Adam, tu ne devrais pas te fatiguer, protesta-t-elle. Pas après ce que tu viens de subir.

— J'ai envie de toi.

Le cœur de Caroline manqua un battement.

— Ici ? hasarda-t-elle. Maintenant ?

— Oui. Ici et maintenant.

Elle s'humecta les lèvres.

— Tu as dit que nous étions amants, lui fit valoir Adam en écartant le col de son peignoir pour déposer un baiser sur son épaule. Les amants font l'amour, c'est logique.

Caroline regarda les étagères remplies de livres.

— Dans… dans un bureau ?

— N'importe où, assura Adam, qui déboutonnait déjà le haut de son peignoir. Les amants doivent profiter de toutes les occasions qui s'offrent à eux.

— Oui, tu as sans doute raison… mais si quelqu'un entrait ?

— Il sera temps de s'en inquiéter le moment venu. Embrasse-moi, Caroline.

Elle l'enlaça avec précaution, de crainte de lui faire mal.

— J'ai dit : embrasse-moi, murmura-t-il contre ses lèvres.

Il émanait de lui un parfum de violence et d'énergie virile, comme s'il était encore animé par la rage de la bagarre.

Caroline l'embrassa tendrement.

Il termina de déboutonner son peignoir et en écarta les pans. Puis il lui encercla la taille et la souleva de terre.

Elle crut qu'il allait l'allonger sur le tapis. C'était le seul endroit possible pour ce qu'ils projetaient de faire. Mais elle se retrouva assise sur le bureau avant d'avoir eu le temps de dire *ouf!*

Elle était si surprise, qu'elle ne songea même pas à protester quand il lui écarta les cuisses.

Il était particulièrement tendu ce soir. Et cependant, il contrôlait parfaitement ses gestes. Elle savait qu'elle serait toujours en sécurité avec lui, quelle que soit la force de sa passion.

À peine eut-il libéré son sexe qu'elle le prit entre ses mains.

— Tu me stupéfies, murmura-t-elle, fascinée.

Il rit. Un rire rauque plein de promesses. Puis il la caressa intimement, et elle sentit la marée brûlante du désir la submerger. Elle se cramponna à ses épaules.

— *Adam...*

Comprenant qu'elle était prête à le recevoir, il l'agrippa aux hanches et s'introduisit en elle d'une seule poussée.

Ils jouirent en même temps. Adam laissa échapper un tel rugissement que Caroline éprouva un plaisir supplémentaire à l'idée qu'il ait pu trouver une telle satisfaction dans ses bras. Elle se prit à espérer de tout son cœur qu'il ne connaîtrait jamais la même extase avec une autre.

Une éternité plus tard, Adam se décida à contrecœur à arranger sa tenue.

— Il faut que j'y aille, dit-il, après avoir consulté la pendule. Tes tantes ne vont pas tarder à rentrer et je n'ai pas envie de les croiser.

— Promets-moi de prendre un fiacre, insista Caroline. Je ne veux pas que tu rentres à pied chez toi.

Il sourit, l'enlaça et la reposa sur le sol.

— Après ce délicieux intermède, je me sens tout ragaillardi, figure-toi.

— Et si ces deux hommes s'en prenaient de nouveau à toi ?

— Je ne pense pas les revoir de sitôt.

Après avoir boutonné sa chemise, il embrassa la jeune femme sur le bout du nez.

— Bonne nuit, mon ange. Je passerai demain.

Caroline était stupéfaite de le voir aussi fringant. C'était comme s'il avait bu quelque élixir aux propriétés revigorantes. Était-il possible que faire l'amour ait un tel effet thérapeutique sur un homme ?

Adam se dirigeait déjà vers la porte. Elle le rattrapa.

— Sois prudent, murmura-t-elle.

— Ne t'inquiète pas.

Caroline le trouvait trop insouciant. Hélas, elle ne pouvait pas faire grand-chose. Elle le regarda s'éloigner dans la rue.

Dès qu'il eut disparu, elle referma la porte et s'adossa au battant.

Les hommes étaient décidément bien étranges, songea-t-elle.

Finalement, elle retourna s'asseoir à son bureau. Elle relut ce qu'elle avait écrit avant l'arrivée d'Adam. Edmund Drake ne pouvait décidément pas perdre ainsi le contrôle de lui-même, décréta-t-elle.

À moins qu'une raison extérieure…

Mais laquelle ?

Elle eut soudain une idée. Le poison !

Si Edmund avait absorbé du poison, il devenait plausible qu'il se comporte anormalement.

Elle jeta à la corbeille la scène qu'elle venait d'écrire, et reprit sa plume.

— Edmund, écoutez-moi, implora Lydia. Vous n'êtes plus vous-même. Je crains que vous n'ayez été empoisonné.

Edmund se figea.

— Empoisonné ? Mais comment est-ce possible ?

— Le gâteau, dit la jeune femme en coulant un regard vers le plateau posé sur la table. Vous avez changé d'humeur après en avoir mangé.

— Bon sang, mais c'est vrai ! s'exclama Edmund.

Il secoua la tête, comme s'il cherchait à s'éclaircir les idées.

— Vous avez raison, reprit-il, je ne me sens pas dans mon état normal.

Il se releva et contempla la jeune femme avec un effroi grandissant.

— Mon Dieu ! Mais qu'ai-je fait ? Pardonnez-moi, Lydia. Je ne vous voulais pas de mal.

— Je sais.

Lydia se redressa à son tour et remit de l'ordre dans sa toilette.

— C'était un malentendu, reprit-elle. Je vais tout vous expliquer.

Voilà qui était beaucoup mieux, jugea Caroline.

Cependant, elle ne pouvait plus nier l'évidence. Edmund Drake entrait rapidement dans la peau du héros. Ce qui posait un sérieux problème. Elle devait trouver un nouveau méchant. Et vite. Il ne lui restait plus que quelques chapitres à écrire avant de conclure.

32

Le bal de Julia battait son plein. Vingt-trois heures avaient déjà sonné quand Adam s'échappa pour gagner la bibliothèque.

Le bruit de la fête s'estompait déjà. Comme toujours, Julia avait gagné son pari. Le décor était si extraordinaire que d'autres hôtesses voudraient l'imiter. Ce qui promettait plusieurs bals romains en perspective d'ici à la fin de la saison.

Mais le clou de la soirée, du moins aux yeux d'Adam, c'était Caroline. Elle resplendissait littéralement dans une robe de soie rouge élégamment drapée. Les petites fleurs qui scintillaient dans sa coiffure soulignaient sa beauté.

Au grand amusement d'Adam, elle avait remporté un énorme succès. Son statut de romancière lui avait valu d'être entourée par un groupe d'admirateurs et d'admiratrices dès son arrivée. Tout le monde semblait vouloir savoir ce qu'il adviendrait d'Edmund Drake.

Adam poussa la porte de la bibliothèque.

— Je viens de recevoir votre message, Harold.

Harold Filby, qui faisait les cent pas, s'immobilisa.

— Je suis désolé d'interrompre votre soirée, monsieur, mais je rentre tout juste de Bath, et j'ai pensé que vous voudriez savoir ce que j'ai découvert au plus vite.

Adam referma la porte.

— Ne vous excusez pas. Je ne manquerai à personne. Mme Fordyce est l'attraction de la soirée.

Harold s'éclaircit la voix.

— Eh bien, euh... les informations que je vous apporte concernent justement Mme Fordyce. Après avoir reçu votre télégramme, je me suis rendu dans le petit bourg de Chillingham. Et là, j'ai appris les détails du scandale dans lequel Mme Fordyce a été impliquée il y a trois ans.

— Figurez-vous qu'avec tous les événements de ces derniers jours, j'en avais presque oublié que je vous avais envoyé enquêter là-bas, avoua Adam.

Il s'assit sur le rebord de son bureau et croisa les bras.

— Alors ? Qu'avez-vous découvert ?

— Je suis au regret de vous informer que les événements en question n'avaient rien d'innocent. L'affaire recouvrait rien de moins qu'une tentative de meurtre, un suicide et une relation amoureuse illicite.

Adam redoutait d'entendre la suite.

— Mme Fordyce ne fait jamais les choses à moitié, commenta-t-il.

— Le scandale impliquait également un gentleman de très bonne famille.

— Ça, c'était prévisible.

— Ce monsieur s'appelait Ivybridge.

Adam sursauta.

— Mais je le connais.

— Je sais, monsieur. Et le problème, c'est qu'il se trouve en ce moment à Londres, avec sa femme. Or, il fréquente beaucoup de monde. Et tout ce qui compte en ville figure sans doute ce soir sur la liste des invités de lady Southwood.

— Nom d'un chien ! s'exclama Adam, qui se rua vers la porte. Ivybridge est peut-être déjà dans la salle de bal. Il faut que je retrouve Caroline avant lui.

« Pas d'affolement ! s'ordonna Caroline. Il ne t'a pas vue. »

Elle sortit par l'une des portes-fenêtres qui donnaient sur la terrasse. L'endroit était heureusement désert. Des petites niches intimes avaient été disposées ici et là afin de permettre aux invités de s'isoler un peu durant la fête. Caroline écarta une des tentures artistement drapées devant l'une d'elles et se laissa tomber sur un banc. Ici, elle serait en sécurité quelque temps.

Par chance, elle avait repéré Ivybridge à l'instant où il pénétrait dans la salle de bal avec sa femme. Il n'avait certes aucune raison de penser qu'elle assistait également au bal des Southwood. Et même s'il apprenait que Mme Fordyce, la romancière, était présente, il n'y avait aucun risque qu'il fasse le rapprochement avec elle, puisqu'il ignorait qu'elle avait pris ce nom de plume après s'être enfuie de Chillingham.

Mais il fallait qu'elle quitte cet endroit sans attendre. Et qu'elle trouve le moyen d'alerter ses tantes, qui jouaient aux cartes dans un petit salon, de l'arrivée d'Ivybridge avant que leurs chemins ne se croisent.

Après réflexion, elle décida d'envoyer un valet porter un mot à ses tantes, dans lequel elle leur demanderait de s'éclipser discrètement. De la même façon, elle préviendrait Adam qu'elle avait été obligée de quitter le bal précipitamment. Elle lui expliquerait tout le lendemain.

Un bruit de pas la tira brusquement de ses pensées. Aussitôt, elle se tendit. Se pouvait-il qu'Ivybridge l'ait repérée ?

Le rideau s'entrouvrit.

— J'imagine que tu es trop fatiguée pour valser avec moi, hasarda Adam.

Il affichait un léger sourire, mais son regard demeurait indéchiffrable.

— Dieu merci, te voilà ! s'exclama Caroline, soulagée, en bondissant sur ses pieds. Figure-toi qu'un affreux scandale se prépare.

— Encore un ? Je vais finir par ne plus savoir où j'en suis.

— Celui-ci éclipsera tous les autres, crois-moi. Il faut impérativement que je retrouve mes tantes et que nous quittions cette maison sans nous faire remarquer.

Adam secoua la tête, amusé.

— Depuis que je t'ai rencontrée, mon existence est aussi mouvementée qu'un roman à sensation.

— Ce n'est vraiment pas le moment de plaisanter ! riposta-t-elle, agacée. J'aurais dû tout te raconter avant, je sais, mais nous étions tellement accaparés par ces histoires de meurtres que je n'en ai pas eu le temps.

— De quoi s'agit-il ?

— De ce qui m'est arrivé à Chillingham il y a trois ans. Un des protagonistes de l'affaire est ici ce soir. S'il nous voit, mes tantes ou moi, le scandale sera énorme.

— Je suppose que tu parles d'Ivybridge ?

Caroline le fixa avec des yeux ronds.

— Tu es au courant ?

— J'ignore les détails. Mais je sais que c'est lui qui a ruiné ta réputation lorsque tu t'appelais encore Mlle Connor.

— Grands dieux, mais c'est stupéfiant ! Comment astu appris cela ?

— Peu importe. Dans l'immédiat, il faut parer au plus pressé.

— J'étais justement en train de songer que nous pourrions, mes tantes et moi, nous échapper par la porte de service.

— Et moi, j'étais venu te proposer une valse.

Caroline soupira, exaspérée.

— Adam, ce n'est pas drôle ! Tu as bu, ou quoi ?

— Pas encore. Mais au train où vont les choses, je pense en effet que j'aurai besoin d'un solide remontant avant la fin de la soirée.

— Je ne comprends pas pourquoi tu t'entêtes à prendre cette histoire à la légère, s'énerva-t-elle. Je t'assure que si nous ne parvenons pas à nous éclipser discrètement, le scandale rejaillira sur ta famille avec une violence dont tu n'as pas idée.

Adam posa un doigt sur ses lèvres, pour la réduire au silence.

— Pour commencer, nous allons valser.

Sur ce, il lui prit le bras pour l'entraîner vers la salle de bal.

— Adam, attends, tu ne te rends pas compte…

— Si tu continues à me fusiller ainsi du regard, tout le monde va croire que nous nous sommes disputés, répliqua-t-il. Songe aux ragots que cela déchaînerait.

Désarçonnée, Caroline n'offrit plus aucune résistance. Après tout, elle avait fait son possible pour l'avertir. Advienne que pourra…

Arrivés sur la piste de danse, Adam l'enlaça avec assurance. La seconde d'après, ils tournoyaient sur le parquet ciré.

Cette valse aurait pu être une parenthèse merveilleusement romantique. D'autant qu'Adam dansait à la perfection. Mais la réalité tenait du cauchemar. Toutes les têtes s'étaient tournées dans leur direction pour voir Adam Hardesty danser avec sa « très bonne » amie, la romancière Caroline Fordyce. D'un instant à l'autre, Ivybridge allait surgir dans le tableau…

L'inévitable confrontation eut lieu avec une précision quasi militaire. Caroline comprit alors qu'Adam avait tout orchestré dans les moindres détails.

Il s'immobilisa juste devant Ivybridge. Ce dernier regarda Caroline bouche bée, comme si un esprit s'était brusquement matérialisé devant lui.

— Ivybridge, lâcha Adam avec un calme trompeur. Il me semblait bien vous avoir aperçu, tout à l'heure.

Ivybridge détourna le regard de Caroline pour saluer son cavalier.

— Hardesty.

Adam lui décocha un sourire à faire geler les enfers, puis s'adressa à Caroline :

— Ma chère, permets-moi de te présenter M. Ivybridge. Sa famille possède une propriété dans un petit bourg du nom de Chillingham. Tu connais peut-être. C'est près de Bath. Ivybridge, je vous présente mon amie, Mme Fordyce. La célèbre romancière. Vous avez sans doute entendu parler d'elle.

Ivybridge, qui ne s'attendait pas à pareille présentation, restait sans voix.

— Bonsoir, monsieur Ivybridge, dit-elle, adoptant le ton distant d'Adam.

Ivybridge se décida à incliner la tête.

— Madame Fordyce, marmonna-t-il.

— Venez, ma chère, reprit Adam à l'intention de sa cavalière. Ma sœur nous fait signe, me semble-t-il.

Et il entraîna Caroline si prestement vers le buffet que ni celle-ci ni Ivybridge n'eurent le temps d'ajouter autre chose.

— Mais enfin, qu'attendais-tu d'une telle manœuvre ? chuchota Caroline.

— Quand je dois affronter l'ennemi, je préfère engager la bataille sur mon propre terrain et avec mes propres armes.

— Encore un de tes fameux principes ?

— Encore un, oui

— Adam, j'ignore ce que tu mijotes, mais sache que cela m'inquiète, le prévint Caroline, dont l'anxiété allait croissant. Tu ignores tout de l'énormité du scandale qui plane au-dessus de ma tête.

— Je connaîtrai les détails bien assez tôt. J'ai découvert que dans les romans à sensation, les événements s'enchaînaient toujours très rapidement. On n'a jamais le temps de s'ennuyer.

Ils rejoignirent Julia, qui discutait avec un groupe d'invités.

— Ah, te voilà, Adam ! s'exclama-t-elle, ravie, en gratifiant Caroline d'un chaleureux sourire. Vous formiez un très beau couple, tous les deux, sur la piste.

— Je te confie Caroline un moment, fit Adam. Je dois aller traiter une affaire dans la bibliothèque.

— Une affaire ? Ce soir ? s'insurgea Julia avec un regard de reproche. Ça ne peut pas attendre demain ?

— Non, c'est malheureusement très urgent, répliqua Adam qui baisa la main de Caroline, avant d'ajouter, toujours à l'adresse de sa sœur : Arrange-toi pour que Wilson l'invite à danser.

Comprenant qu'il se passait quelque chose, Julia n'insista pas.

— Je suis sûre qu'oncle Wilson en sera enchanté.

Caroline se racla la gorge.

— J'apprécie votre sollicitude, intervint-elle, mais je ne me sens plus d'humeur à danser, tout à coup.

Au même instant, Wilson se matérialisa à leurs côtés.

— Quel dommage ! Et moi qui rêvais justement de valser avec vous ! J'espère que vous n'allez pas décliner mon invitation.

— Mais...

Trop tard. Wilson lui avait déjà saisi le bras et l'entraînait vers la piste.

— Je ne sais pas ce que vous complotez, tous les trois, lui glissa-t-elle discrètement, mais soyez certains que cela ne fera qu'empirer les choses.

— À vrai dire, je n'ai aucune idée de ce qui se trame, avoua Wilson. Et je parie que Julia non plus. Mais Adam maîtrise manifestement la situation.

— C'est ce qu'il croit. Le problème, c'est qu'il ne connaît pas plus que vous les tenants et les aboutissants de cette histoire. J'aime autant vous prévenir qu'un autre scandale se prépare.

— Tiens donc ? J'ai hâte de voir s'il va surpasser celui dont parlent déjà les journaux.

— Je croyais pourtant me souvenir qu'Adam a pour principe de ne pas se laisser impliquer dans un scandale, rétorqua-t-elle.

— Oh, Adam a toute une liste de règles de conduite, commenta Wilson, amusé. Mais de toute évidence, il a oublié de vous dire la plus importante.

— Qui est ?

— Que toute règle a ses exceptions.

33

— Désolé, Hardesty, mais j'ai de mauvaises nouvelles, commença Ivybridge en se coulant dans un des fauteuils de la bibliothèque. Puisque nous sommes membres du même club, je m'en voudrais de ne pas vous mettre en garde contre cette femme qui se fait appeler Mme Fordyce.

Adam s'adossa tranquillement à son siège et contempla son visiteur. Il s'était installé dans la bibliothèque avec la conviction qu'Ivybridge ne tarderait pas à l'y rejoindre. Son intuition ne l'avait pas trompé.

Dérouté par le silence d'Adam, Ivybridge risqua un sourire.

— Vous ne tarderez pas à me remercier, Hardesty.

— Croyez-vous ?

— J'en suis certain. Aucun homme n'aime jouer le rôle de l'imbécile.

— Je vois que vous êtes impatient de partager vos ragots.

— Ce que je vais vous raconter ne sont pas des ragots, mais des faits, répliqua Ivybridge, qui lançait des regards appuyés du côté de la carafe de brandy. Pour commencer, cette dame ne s'appelle pas Fordyce, mais Connor. Je la soupçonne d'avoir inventé ce pseudonyme pour dissimuler son passé.

Adam décida d'ignorer la demande muette concernant le brandy. Il n'avait pas l'intention d'offrir un aussi précieux alcool à un goujat tel qu'Ivybridge.

— Je suppose que vous allez me raconter pourquoi elle ne tient pas à ce qu'on connaisse son passé, dit-il.

— Je ne vous ennuierai pas avec les détails. Mais sachez que la réputation de Mlle Connor a été entièrement ruinée par un énorme scandale.

— Je vois.

— J'avoue que j'ai été étonné de découvrir qu'elle avait réussi à refaire surface sous un autre nom. Cela dit, je savais que c'était une femme plutôt maligne.

Adam pianotait sur le bureau.

— Je la trouve très intelligente et pleine de ressources, commenta-t-il.

Ivybridge s'esclaffa.

— Les aventurières dans son genre ne sont jamais des imbéciles. J'admets que c'est une créature intéressante, dès lors qu'on a du goût pour ce qui sort de l'ordinaire. Mais son comportement ne servirait certainement pas de modèle aux femmes convenables.

Adam luttait contre une furieuse envie de faire passer à Ivybridge le goût du sarcasme.

— Vraiment ? se contenta-t-il de répondre.

— Hélas, après ce qui s'est passé à Chillingham, je crains qu'aucun gentleman ne puisse raisonnablement envisager de la présenter à sa famille, fit valoir Ivybridge. Vous voyez ce que je veux dire, je pense.

Alors qu'Adam avait de plus en plus de mal à contenir sa colère, la porte du bureau s'ouvrit à la volée, et Caroline fit irruption dans la pièce comme une furie. Wilson la suivait, visiblement très en joie. Il referma la porte derrière lui.

Adam se leva poliment de son siège.

— Ma chère, quel plaisir !

La jeune femme l'ignora. Elle s'immobilisa devant Ivybridge.

— Je vous ai vu quitter la salle de bal, Ivybridge. Et j'ai tout de suite compris ce que vous complotiez. Vous étiez trop impatient de donner à M. Hardesty votre version des événements de Chillingham, n'est-ce pas ?

Ivybridge, qui n'avait même pas pris la peine de se lever, lui jeta un regard dédaigneux, avant de se tourner vers Adam :

— Vous voyez ! Ce n'est pas vraiment un modèle de comportement

Adam préféra ne pas relever.

— Assieds-toi, je t'en prie, Caroline.

Soit qu'elle ne l'eût pas entendu, soit qu'elle n'eût aucune envie de s'asseoir, toujours est-il qu'elle continua de fixer Ivybridge avec un mélange de colère et de mépris.

Adam interrogea Wilson du regard.

— Désolé, s'excusa celui-ci, qui ne paraissait pas le moins du monde contrit. Je n'ai pas pu la retenir. Quand elle a vu Ivybridge quitter la salle de bal, elle l'a suivi tel un chien de meute pistant un renard.

Adam aurait dû s'en douter. Wilson s'amusait de ce remue-ménage, et il ne fallait pas compter sur lui pour maîtriser la situation. Adam contourna son bureau, s'y appuya, croisa les bras et contempla ses interlocuteurs.

— J'avoue que je suis curieux de savoir ce qui s'est passé à Chillingham, dit-il.

— Vous n'allez pas être déçu, assura Ivybridge.

Caroline prit les devants.

— Je vais tout te raconter.

La porte s'ouvrit de nouveau. Julia et Richard pénétrèrent dans la pièce.

Cette fois, Ivybridge se leva, et s'inclina avec déférence devant la comtesse.

— Lady Southwood, puis-je vous suggérer de nous laisser ? Je ne pense pas que vous aimerez écouter la conversation déplaisante qui va suivre. Votre délicate complexion féminine…

— Ne vous inquiétez pas de cela, Ivybridge, répliqua Julia froidement.

— Ma femme a des nerfs d'acier, assura Richard. Que diable se passe-t-il, Adam ? ajouta-t-il.

— Caroline s'apprêtait à nous donner les détails du grand scandale dans lequel elle s'est retrouvée impliquée il y a trois ans, répondit Adam.

Julia prit un siège.

— Je sens que ça va être passionnant.

— Tu as raison, approuva son mari. Rien ne vaut un bon scandale pour mettre du piquant dans une soirée.

Wilson avait à peine refermé la porte que celle-ci se rouvrit de nouveau. Sur Emma et Milly, cette fois. Les deux vieilles dames parurent outrées en découvrant Ivybridge.

— Qu'est-ce que cette ordure fait ici ? s'écria Milly.

— Quel langage, soupira Ivybridge. Je vous avais prévenu, Hardesty. Toute la famille est dépourvue de la plus élémentaire décence.

Emma le foudroya du regard.

— Vous ne cesserez donc jamais de faire du mal à Caroline !

— Mme Fordyce était sur le point de tout nous raconter, intervint Richard, qui coula un regard vers la jeune femme : Mais je vous en prie, madame Fordyce, continuez.

Ivybridge eut une moue agacée.

— Je ne sais pas ce que vous espérez obtenir en vous mettant ainsi dans l'embarras, mademoiselle Connor. Vous ne ferez qu'aggraver votre cas.

Julia haussa les sourcils, intriguée.

— Connor ?

— C'est mon vrai nom, avoua Caroline.

— Je t'en prie, raconte, l'encouragea Adam.

— J'essaierai d'être aussi brève que possible, commença-t-elle. La famille de M. Ivybridge possède depuis longtemps une grande propriété aux abords du bourg de Chillingham.

— Depuis six générations, pour être exact, précisa Ivybridge, avec l'arrogance d'un homme conscient d'occuper un rang élevé dans l'échelle sociale.

— Il y a trois ans de cela, Ivybridge décida de se marier, poursuivit Caroline. Ce n'était un secret pour personne qu'il cherchait une femme susceptible de lui apporter en dot d'autres terres aux environs de Chillingham. Il se mit donc en quête d'une candidate dans la bonne société locale. Il courtisa un temps Aurora Kent, la fille d'un autre gros propriétaire terrien. Mais, pour une raison qui lui appartient, il n'alla pas jusqu'à la demande en mariage.

— Les ressources financières de la famille se sont révélées moins importantes que prévu, expliqua Ivybridge d'un ton confidentiel à l'adresse des hommes présents.

— En d'autres termes, la jeune fille n'était pas suffisamment fortunée, lâcha Caroline d'un ton sec. Vous avez alors porté votre intérêt ailleurs.

Ivybridge hocha la tête.

— Sur ma ravissante Helen. Et je n'ai pas eu à le regretter.

— Helen n'était pas seulement ravissante ; elle apportait aussi dans la corbeille de mariage une superbe propriété qui bordait les terres des Ivybridge, précisa Caroline. Seulement, il y avait un petit problème : Aurora Kent n'acceptait pas d'avoir été ainsi répudiée.

Ivybridge eut une moue dédaigneuse.

— Ma décision avait affecté ses nerfs, déjà fragiles. Elle se mit à se comporter bizarrement. Ainsi, par deux fois, elle sonna à ma porte sans être chaperonnée, pour me demander qui avait pris sa place. Ce furent des scènes fort pénibles, assorties de menaces.

Adam haussa les sourcils.

— Aurora Kent était mentalement déséquilibrée ?

— Je le crains, répondit Ivybridge. Quand je pense que j'avais été à deux doigts de l'épouser, j'en ai des frissons rétrospectifs. Mais à l'époque, j'avais surtout peur qu'elle ne s'en prenne à Helen, ajouta-t-il, guettant l'approbation des hommes présents dans la pièce. Je devais la protéger, comprenez-vous.

— Alors, il donna mon nom en pâture à Aurora, expliqua Caroline, les poings serrés. Il raconta à cette malheureuse que c'était *moi* l'heureuse élue. Et il n'eut même pas la courtoisie de m'en avertir.

Ivybridge s'empourpra.

— Comment osez-vous m'accuser de vous avoir ainsi exposée ?

libre et elle a basculé par-dessus la rambarde. À cet endroit, la rivière était profonde. Et elle ne savait pas nager.

— Elle s'est noyée ? demanda Adam.

Ivybridge ricana de nouveau.

— Même pas ! Il se trouve que Mlle Connor, qui ne se conduit décidément jamais comme une dame, est une excellente nageuse. Elle a plongé pour sauver Aurora. C'est un de mes fermiers qui les a découvertes toutes les deux sur la rive, trempées jusqu'aux os. On en a fait des gorges chaudes pendant des mois.

— Qu'est devenue Aurora ? voulut savoir Richard. Je suppose qu'elle a été envoyée dans un asile ?

Caroline secoua la tête.

— Non. Elle s'est suicidée, le soir même de ce bain forcé.

— Elle s'est servie du pistolet de son père pour accomplir ce que la rivière n'avait pas réussi, précisa Ivybridge. Le sauvetage ridicule de Mlle Connor n'avait servi à rien.

— Et le poignard ? s'enquit Adam. Où est-il passé ?

— Aurora le tenait encore à la main quand elle est tombée à l'eau, expliqua Caroline. Je suppose qu'il doit toujours se trouver dans la vase.

— Le scandale fut immense, vous vous en doutez, commenta Ivybridge. Pour couronner le tout, les gens racontèrent que Mlle Connor et moi avions effectivement eu une liaison. Cela ajouté au reste, la réputation de Mlle Connor est sortie en miettes de cette affaire.

Richard vint s'incliner avec respect devant Caroline.

— Je rends hommage à votre héroïsme, mademoiselle Connor.

Julia se leva.

— Moi aussi, Caroline. Cette triste histoire m'a bouleversée. Le comportement d'Ivybridge a singulièrement manqué de noblesse.

L'intéressé en sursauta.

— Vos paroles dépassent certainement votre pensée, madame. Vous oubliez que je suis un gentleman.

— Ma femme a raison, renchérit Richard. Vous ne vous êtes pas conduit en gentleman.

— C'est également mon avis, intervint Wilson. Allez chercher votre épouse et partez immédiatement. Vous n'êtes plus le bienvenu dans cette maison.

Ivybridge parut d'abord incrédule. Puis il se décomposa tandis qu'il saisissait que son rôle dans cette affaire lui valait la désapprobation de tous.

Il se leva avec raideur

— Je ne voulais que vous rendre service, Hardesty. Mais après tout, si vous vous entêtez à vous afficher avec une femme impliquée dans un scandale, c'est votre affaire.

Adam lâcha Caroline pour venir se planter devant lui.

— C'est mon affaire, en effet. Et je vous conseille de bien garder à l'esprit que Mlle Connor n'est pas seulement une amie très proche. À vrai dire, j'espère que, le moment venu, elle consentira à m'épouser.

Hormis Ivybridge, qui faillit s'étrangler de stupeur, et Caroline, qui ne put retenir une exclamation de surprise, personne ne sembla surpris par cette annonce. Ce qui amusa beaucoup Adam.

— Je suis sûr, reprit-il, que vous devinez combien je serais fâché si Mlle Connor devait faire l'objet de ragots à propos de cette histoire.

— Vous osez me menacer, monsieur? répliqua Ivybridge, qui avait déjà retrouvé toute sa morgue.

— Je serais même si fâché, continua Adam, que je n'hésiterais pas à dévoiler à la presse vos projets d'investissement financier dans un certain établissement de Marbury Street.

Ivybridge avait blêmi.

— Je ne vois pas de quoi vous parlez.

— C'est une chose, pour un gentleman, de fréquenter les bordels, répliqua Adam, impitoyable, mais c'en est une autre que de les financer. Je vous laisse deviner la réaction de vos amis lorsqu'ils l'apprendront dans les journaux.

— Quoi que vous insinuiez, et je ne sais toujours pas de quoi il s'agit, je vous assure que vous ne pourrez rien prouver.

Adam sourit, amusé.

— L'avantage, avec la presse à scandale, c'est qu'il n'y a pas besoin de fournir de preuves pour ternir la réputation d'un gentleman. Mais si cela peut vous rassurer, soyez certain que je serai en mesure d'étayer mes accusations.

— Je n'ai pas l'intention de discuter du passé de Mlle Connor avec quiconque, capitula Ivybridge, visiblement secoué. Mais ma femme ? Elle la reconnaîtra forcément.

— Je suggère fortement qu'elle ne la reconnaisse pas, rétorqua Adam. Si la moindre rumeur devait filtrer sur les événements de Chillingham, je vous en tiendrais pour responsable. Et j'agirais en conséquence.

— Vous ne pouvez tout de même pas me blâmer si quelqu'un devait reconnaître Mlle Connor !

— Au contraire. Je considérerais que vous êtes le seul à blâmer. Il est donc dans votre intérêt de persuader votre femme de garder le silence. À présent, je vous donne cinq minutes pour déguerpir de cette maison.

Muet de stupeur, Ivybridge se dirigea vers la porte tel un automate, l'ouvrit et disparut dans le couloir sans un regard en arrière.

Un pesant silence suivit son départ.

Milly fut la première à le rompre.

— C'est la vision la plus agréable que j'aie eue depuis des années, monsieur, déclara-t-elle à l'intention d'Adam. Merci d'avoir ainsi égayé notre soirée.

— Vous avez vraiment des preuves qu'Ivybridge investit dans une maison de passe ? s'inquiéta tout de même Emma.

Ce fut Wilson qui répondit.

— Soyez sans crainte, madame, Adam connaît tous les secrets de la bonne société.

— En tout cas, il n'y a pas à regretter de l'avoir jeté dehors, commenta Richard. Il n'a eu que ce qu'il méritait.

Sur ces mots, il prit la main de sa femme, et l'entraîna vers la porte.

— Au fait, Hardesty, lança-t-il avant de sortir, mes félicitations pour vos projets matrimoniaux. Il était temps que vous y passiez. Vous n'êtes plus si jeune.

Adam inclina la tête.

— Merci de me rappeler mon grand âge, Southwood.

— De rien. En tant que beau-frère, je me sens des responsabilités envers vous.

Julia éclata de rire tandis qu'ils s'esquivaient.

— Je reprends à mon compte les vœux de Southwood, déclara Wilson avec un chaleureux sourire pour Caroline. Tu as fort bien choisi ta fiancée, Adam. Elle fera honneur à la famille.

Milly s'éventa vigoureusement.

— Dieu que tout cela est romantique !

Mais Emma fronça les sourcils.

— Vos intentions à l'égard de ma nièce sont-elles sérieuses, monsieur Hardesty ? Ou n'avez-vous parlé mariage que pour intimider Ivybridge ?

Wilson prit le bras d'Emma dans une main, celui de Milly dans l'autre et les guida toutes deux vers la porte.

— Je vous garantis qu'il est sérieux, fit-il. Adam a toujours eu des principes lorsqu'il s'agissait des dames.

La seconde d'après, Adam se retrouvait seul avec Caroline.

— *Adam.*

La jeune femme se jeta à son cou et l'étreignit avec force.

— Je n'arrive pas à y croire, murmura-t-elle. Ce que ta famille et toi venez de faire… c'est extraordinaire.

Le visage enfoui dans la chevelure de la jeune femme, Adam sourit. Caroline n'avait pas idée de ce qu'il avait en tête. Il ne se satisferait pas de simples menaces contre Ivybridge. Il veillerait à ce que justice soit faite. Avant six mois, Ivybridge ne serait plus reçu dans aucune bonne maison. Et les clubs les plus huppés lui fermeraient leurs portes. Il paierait cher son attitude envers Caroline.

— Ce n'était pas grand-chose comparé au mal qu'il t'a causé, dit-il.

À regret, elle desserra son étreinte et leva la tête.

— J'apprécie ton geste, bien sûr. Mais je crains qu'en voulant me défendre, tu ne sois allé un peu trop loin.

34

Il était évident qu'Adam n'apportait pas au sujet l'attention et le sérieux requis. Mais peut-être n'avait-il pas encore mesuré les implications de son geste ?

— Adam, ce n'est pas drôle, je t'assure, fit-elle d'un ton de reproche. Te connaissant, ta famille va s'attendre que nous nous fiancions vraiment.

Adam se dirigea vers le cabinet à liqueurs.

— Mais je l'espère bien ! Tout le monde, à l'exception d'Ivybridge, semble trouver que nous ferions un très beau couple.

Il s'était emparé de la carafe de brandy et se tourna vers la jeune femme :

— Tu veux du brandy ?

— Non, merci. L'un de nous deux, au moins, doit garder les idées claires.

— Alors, ce sera toi, décréta-t-il en se servant un verre.

Caroline se mit à aller et venir dans la pièce, tentant tant bien que mal de remettre de l'ordre dans le chaos de ses émotions.

— Ne te méprends pas, je t'en prie, reprit-elle. Je te suis très reconnaissante de m'avoir débarrassée d'Ivybridge. Je ne pourrai jamais te remercier assez.

Adam fit la grimace, comme s'il trouvait l'argument déplaisant.

— Tu n'as pas à me remercier. Tu ne me dois rien, de toute façon. C'est moi qui suis ton débiteur. Je n'oublie pas que tu m'as fourni un alibi pour le meurtre d'Irène Toller.

— Sottises ! Je me suis contentée de dire la vérité.

Il haussa les épaules.
— J'ai fait la même chose tout à l'heure.
— Sauf que tu as ajouté que tu envisageais de m'épouser.
— Oui, en effet.
Caroline soupira.
— C'était très bien vu de ta part pour l'intimider. Je doute fort qu'il se risque à colporter le moindre ragot sur moi, maintenant que je suis supposée être la future fiancée de M. Hardesty. Mais tu n'étais pas obligé d'aller aussi loin. Il était déjà suffisamment ébranlé par tes révélations sur son investissement dans une maison close.
Adam avala une gorgée de brandy d'un air songeur.
— Merci. C'était une arme efficace, non ?
Caroline s'immobilisa et déploya son éventail.
— Très efficace. Bravo pour la stratégie. Mais tu es toujours très fort à ce jeu. Alors pourquoi t'es-tu senti obligé de prétendre que tu avais l'intention de m'épouser ?
Adam se percha sur le bord du bureau et avala une autre gorgée de brandy en considérant la question.
— Sans doute parce que c'est réellement mon intention.
Caroline eut tout à coup l'impression d'être clouée sur place. Quelqu'un aurait crié « Au feu ! » qu'elle aurait été incapable de bouger.
— Je ne comprends pas, avoua-t-elle.
Adam plongea son regard dans le sien.
— Dis-moi la vérité, Caroline : te sers-tu de moi juste comme modèle pour ton roman ?
La jeune femme parut horrifiée par sa question.
— Non ! Bien sûr que non !
— Tu en es sûre ?
— Sûre et certaine.
— Je ne suis pas simplement un jouet pour toi ?
— Comment peux-tu seulement imaginer une chose pareille ? s'écria-t-elle, mortifiée.

— Dans ce cas, pourquoi tant de réticences à parler mariage ?

« Parce que tu ne m'as jamais dit que tu m'aimais », eut-elle envie de répondre. Mais elle s'en sentait incapable.

— Eh bien, commença-t-elle, cherchant désespérément une réponse assez logique pour le convaincre, il me faut du temps. Tu seras d'accord avec moi pour reconnaître qu'il est beaucoup trop tôt pour aborder ce sujet. Après tout, nous ne nous connaissons que depuis quelques jours.

— Peut-être, mais nous sommes à l'évidence faits l'un pour l'autre. En tout cas, c'est ce que tout le monde semble penser.

« Faits l'un pour l'autre ». Ce n'était pas vraiment ce qu'on pouvait appeler une déclaration d'amour enfiévrée.

— Tu connais mes secrets et je connais les tiens, reprit Adam en lui adressant un lent sourire.

— Certes, concéda-t-elle. Mais tu crois que cela suffit pour se marier ?

— Dans notre cas, largement. Du moins, à mes yeux, assura-t-il.

Il reposa son verre vide.

— Et nous nous entendons particulièrement bien dans d'autres domaines.

Caroline le dévisagea sans comprendre.

— Du genre ? risqua-t-elle.

Adam s'approcha d'elle, l'air déterminé.

— Eh bien, celui-ci, par exemple.

Il glissa la main sur sa nuque et s'inclina sur elle.

Un frisson d'excitation parcourut l'échine de la jeune femme. Elle allait droit à la catastrophe, songea-t-elle. Si elle voulait conserver un zeste de bon sens, elle devait s'écarter sur-le-champ, avant qu'Adam ne l'embrasse.

Malheureusement, elle se trouva incapable du moindre mouvement. Du reste, c'était déjà trop tard, car il avait capturé ses lèvres pour un baiser si torride qu'elle sentit tout son corps s'embraser. Se laissant aller contre lui, elle noua les bras autour de son cou et le lui rendit avec une ardeur égale.

Adam se fit plus impérieux. Il l'embrassa avec une telle fougue qu'elle dut se cramponner à lui.

Et soudain, elle comprit. Adam s'était débrouillé seul pour survivre. Dans la rue d'abord, puis dans ce monde clinquant et superficiel qui était à présent le sien, et où l'amour était, au mieux, traité avec un dédain amusé. Il avait appris la leçon et s'était forgé ses propres règles de conduite. L'évidence du désir qu'il nourrissait pour elle lui donnait espoir et confiance. Qu'il se montre prudent n'avait rien que de très normal.

Certes, elle prenait un risque. Mais Adam en valait la peine.

Sur ces entrefaites, quelqu'un frappa discrètement à la porte.

Adam leva la tête, quelque peu agacé.

— Ce doit être Morton, dit-il. Et il ne se permettrait pas de me déranger si ce n'était pas important. Excuse-moi.

Il alla ouvrir. C'était bien le majordome. Ils discutèrent un instant à voix basse, puis Adam referma la porte et retourna vers Caroline. Elle sut aussitôt qu'il s'était passé quelque chose, car il avait retrouvé son regard de prédateur.

— Qu'y a-t-il ?

— Morton m'a apporté un message d'une vieille amie à moi, Florence Totley. Grâce à elle, je sais maintenant où trouver Bess Whaley, la gouvernante d'Irène Toller. J'y vais de ce pas

— Quoi ? Tu comptes l'interroger ce soir ?

— Oui. Je ne veux pas courir le risque de perdre sa trace une deuxième fois. Je me change et je pars.

— Je t'accompagne.

— Il vaut mieux pas. Bess n'habite pas les beaux quartiers.

— Elle ne s'est pas enfuie de chez Irène Toller sans raison, insista Caroline. Quand elle te verra à sa porte, elle risque de s'affoler. Ma présence pourrait la rassurer.

Adam hésita un bref instant, avant de hocher la tête.

— Comme tu veux.

35

Si la rue où Bess Whaley avait trouvé refuge n'appartenait pas aux bas-fonds, elle n'en paraissait pas moins dangereuse à cette heure de la nuit. Craignant de réveiller la gouvernante, Adam ordonna à Ned d'arrêter l'attelage à quelque distance de la maison.

— Tu as bien compris ce que j'attends de toi? demanda-t-il au cocher, tandis qu'il aidait Caroline à descendre de voiture.

— Oui, monsieur.

— Tu es toujours sûre de vouloir m'accompagner? ajouta-t-il à l'adresse de la jeune femme.

— Je le fais depuis le début, lui rappela-t-elle. Je ne vois aucune raison de ne pas continuer.

Il eut un léger sourire. L'énergie de Caroline exerçait sur lui une puissante attirance, et il ne pouvait s'empêcher de l'admirer.

Mettant en application le plan qu'il avait concocté durant le trajet, ils se faufilèrent dans la ruelle qui passait derrière la maison. La grille du jardin n'était pas verrouillée. Ils la poussèrent, traversèrent le petit carré d'herbe et se tinrent en embuscade de chaque côté de la porte de l'office.

Suivant les ordres à la lettre, Ned s'arrêta bruyamment devant la maison quelques secondes plus tard. Il descendit de son siège et alla frapper à la porte d'entrée.

Il y eut un silence si long qu'Adam redouta de s'être fourvoyé.

C'est alors qu'un bruit de pas pressés se fit entendre dans le couloir. La porte de l'office s'ouvrit à la volée, et une silhouette féminine s'encadra sur le seuil.

Adam lui barra la route.

— Bess Whaley, je présume ?

Elle se figea.

— Allez-vous-en ! glapit-elle. Ne me faites pas de mal. De toute façon, je ne dirai rien.

— Calmez-vous, Bess, intervint Caroline. Je suis Mme Fordyce. Vous vous souvenez de moi, n'est-ce pas ?

Bess pivota vers la jeune femme.

— Mme Fordyce ? C'est vraiment vous ?

— Oui. Et voici mon assistant, M. Grove. Rappelez-vous, il était avec moi à la séance chez Mme Toller.

— Que faites-vous ici tous les deux, à une heure pareille ?

— Nous sommes venus vous aider, Bess, répondit Caroline d'une voix douce.

— Je ne comprends pas, avoua Bess, qui dévisageait Adam avec curiosité. Quand j'ai entendu la voiture s'arrêter devant ma porte, j'ai pensé que c'était lui ou la police. Et pour être franche, je ne sais pas ce qui aurait été le pire. J'ai aussi peur de l'un que de l'autre.

— Nous avons à parler, tous les trois, fit Caroline. Nous serions mieux à l'intérieur.

Adam s'était assis à la table de la cuisine, en face de la gouvernante, tandis que Caroline s'affairait avec la théière et les tasses. Le contraste entre la jeune femme en élégante robe de bal et ce petit intérieur modeste était saisissant, mais elle ne semblait pas en être consciente. Elle était tout entière concentrée sur sa tâche, comme si préparer du thé pour l'ancienne assistante d'une spirite assassinée était une occupation somme toute ordinaire.

— Vous dites que vous essayez de trouver la personne qui a tué Mme Delmont et Mme Toller ? répéta Bess, passablement déroutée.

— Oui, confirma Adam. C'est quelqu'un d'extrêmement dangereux, Bess. Et il vaudrait mieux pour tout le monde qu'on le démasque au plus vite.

Elle secoua la tête.

— Mais vous ne comprenez pas, répéta-t-elle pour la cinq ou sixième fois.

— Peut-être pourriez-vous nous expliquer, suggéra Caroline. Il est important que vous nous racontiez tout ce que vous savez.

— Si vous commenciez par nous dire pourquoi vous vous êtes enfuie de chez Mme Toller, renchérit Adam. Avez-vous vu l'assassin ? Avez-vous peur qu'il ne vous ait vue ?

— Non, je ne l'ai pas vu. J'ai découvert le corps de Mme Toller à mon arrivée, à 7 heures du matin. Le salon était tout retourné, mais j'ai tout de suite compris que ce n'était pas l'œuvre d'un cambrioleur, car il ne manquait aucun objet de valeur.

— Bien observé, la félicita Adam.

— Merci, monsieur. Quand je l'ai trouvée, Mme Toller portait la même robe que la veille au soir. Et la porte d'entrée n'était pas verrouillée.

— Qu'en avez-vous conclu ? voulut savoir Adam.

Bess croisa son regard.

— Qu'elle l'attendait.

Caroline se figea devant le fourneau.

— Qui attendait-elle, Bess ?

Bess haussa les épaules.

— Son amant, bien sûr. Elle me renvoyait toujours chez moi les soirs où il devait venir. Cela faisait longtemps qu'il ne s'était pas montré, mais ce soir-là, elle l'attendait, ça j'en suis sûre.

— Qui est-ce, Bess ? questionna Adam.

— Malheureusement, je n'en sais rien, monsieur, répondit la pauvre femme en tortillant le coin de son tablier entre ses doigts. Je vous jure. Je ne l'ai même jamais vu. Ils étaient très discrets, vous comprenez. Elle m'avait expliqué que c'était lui qui insistait pour garder leur liaison secrète.

Caroline posa une tasse fumante devant Bess, en tendit une à Adam, puis prit place à table.

— Prenez votre temps, Bess, dit-elle. Nous ne sommes pas pressés. Ainsi donc, vous ignorez l'identité de l'amant de Mme Toller ?

Bess but une gorgée de thé.

— C'est la pure vérité, madame. Il exigeait de la voir seul à seule.

— Comment Mme Toller savait-elle quand il devait venir ? demanda Adam.

Bess soupira.

— Je l'ignore, monsieur. Mais elle, elle le savait.

— Il n'envoyait pas de message à son domicile ?

Bess secoua la tête.

— Pas que je sache. Je n'en ai jamais vu, en tout cas.

— Et cependant, vous pensez que c'est lui qui est venu la nuit du meurtre et qui l'a tuée ? insista Adam.

Bess but une nouvelle gorgée de thé.

— Tout ce que je sais, c'est qu'elle l'attendait ce soir-là. Et qu'elle était furieuse contre lui. Ils ont dû se quereller, et c'est comme ça qu'il l'a tuée.

Adam se pencha vers la gouvernante.

— Qu'est-ce qui vous faisait croire que votre maîtresse était en colère contre son amant ?

— J'ai travaillé pour Mme Toller pendant des années. Je connaissais bien ses humeurs. J'avais commencé par être sa gouvernante, puis je suis devenue progressivement son assistante. Elle avait une totale confiance en moi.

— Vous l'aidiez à trafiquer ses séances, résuma Adam.

Bess soupira encore.

— C'était un bon emploi, bien payé. Je le regretterai beaucoup.

— Saviez-vous pourquoi Mme Toller était furieuse contre son amant ? insista Caroline.

Bess s'esclaffa.

— Pour la plus vieille raison du monde.

Caroline haussa les sourcils.

— Elle avait découvert qu'il la trompait ?

— Oui, madame. Et avec sa rivale, en plus !

La tasse d'Adam heurta la table bruyamment.

— Elizabeth Delmont !

Bess acquiesça.

— Oui, monsieur. Cette pauvre Mme Toller en a pleuré pendant des jours. Et puis, elle s'est ressaisie. J'ai compris alors qu'elle complotait quelque chose. Mais je pensais qu'elle allait se contenter de faire une scène à son amant et lui demander de choisir. Jamais je n'aurais imaginé qu'elle ferait ce qu'elle a fait.

Le puzzle commençait à prendre forme. Adam poussa sa tasse de côté et se pencha vers la gouvernante.

— C'est Irène Toller qui a tué Elizabeth Delmont, n'est-ce pas ?

Bess hocha encore la tête.

— Oui, monsieur, lâcha-t-elle dans un murmure, les yeux baissés. Mais je ne lui ai pas laissé entendre que je savais. Je n'ai pas osé. J'ai continué à faire mon travail comme si de rien n'était.

— Comment avez-vous compris qu'elle avait assassiné sa rivale ? voulut savoir Caroline.

— Ce soir-là aussi, Mme Toller m'avait congédié. J'en ai déduit que son amant avait prévu de lui rendre visite. Mais le lendemain matin, en arrivant chez elle, je me suis rendu compte qu'il n'était pas venu.

— Comment cela ? demanda Adam.

Bess haussa les épaules.

— Une gouvernante voit des choses que personne d'autre ne remarque. Mme Toller et son ami se fréquentaient depuis quelques mois. Ils avaient fini par avoir leurs habitudes.

— Lesquelles ? interrogea Caroline.

— Oh, des petites choses ! Par exemple, elle sortait toujours la bouteille de brandy, les soirs où il venait. Ils en buvaient un peu avant de monter, et je retrouvais les verres vides sur la table du salon. Mais le lendemain de la mort d'Elizabeth Delmont, il n'y avait pas de verres sur la table.

— D'autres détails bizarres ? s'enquit Adam.

— Mme Toller se conduisait curieusement. Je la trouvais très nerveuse. Et surtout, son lit était fait. Or, il ne lui était encore jamais arrivé de faire son lit elle-même. J'ai donc supposé qu'elle ne s'était pas couchée de la nuit. Mais c'est ce que j'ai découvert dans sa penderie qui m'a inquiétée.

— Qu'est-ce que c'était ? demanda Caroline.

— En fait, ce n'était pas quelque chose qui s'y trouvait, mais quelque chose qui y manquait. Sa nouvelle robe n'était plus sur les cintres. C'était sa préférée. Et elle avait coûté cher. C'est lui qui la lui avait offerte. Une robe de ce prix-là ne disparaît pas comme ça.

Caroline hocha la tête.

— Avez-vous su ce qui était arrivé à cette robe ?

Bess croisa les mains sur la table.

— Je lui ai demandé, bien sûr. Mme Toller m'a répondu qu'elle s'était fait asperger de boue par un fiacre, la veille, et que la robe était irrécupérable si bien qu'elle l'avait donnée à un hospice. Mais je savais bien que ce n'était pas vrai. Mme Toller ne donnait jamais un centime aux pauvres. Et on aurait pu nettoyer la robe, j'en suis sûre.

— Qu'était-elle devenue, alors ? interrogea Caroline.

— Je l'ai finalement retrouvée dans un des placards secrets du salon réservé aux séances, expliqua Bess. Tout à fait par hasard, d'ailleurs. Tout d'abord, je n'ai pas compris ce qu'elle faisait-là. Et puis, en la dépliant, je me suis aperçue qu'elle était tachée de sang et j'ai tout de suite deviné ce que Mme Toller avait fait. Je peux vous dire que ça m'a glacée jusqu'aux os.

— C'est compréhensible, murmura Caroline, qui n'avait pu réprimer un frisson.

Bess soupira.

— J'ai compris, du même coup, qu'il faudrait que je me trouve un autre emploi.

— Qu'avez-vous fait de la robe ? voulut savoir Adam.

— Je l'ai laissée dans le placard, et j'ai fait comme si je n'avais rien vu. Ça m'étonnerait qu'elle ait eu le temps de s'en débarrasser avant sa mort. Elle doit donc toujours se trouver là-bas, à moins que la police n'ait mis la main dessus.

Il y eut un silence qu'Adam brisa le premier.

— Vous nous avez dit, tout à l'heure, que vous vous étiez enfuie de chez Mme Toller parce que vous redoutiez autant la police que l'assassin, c'est bien cela ?

— Oui, monsieur. J'étais terrifiée à l'idée qu'on m'accuse d'avoir tué Mme Toller. Il se trouve que nous nous étions querellées quelques jours plus tôt au sujet de mes gages. Tout le voisinage avait dû en profiter. Mais j'avais aussi peur que son amant, pensant que j'en savais trop sur leurs affaires, ne décide de me supprimer.

Adam reprit sa tasse.

— Leurs affaires ? Faites-vous allusion aux escroqueries financières que Mme Toller avait mises en place ?

— Ah, vous êtes au courant de ça aussi ? murmura Bess, qui s'était ratatinée sur sa chaise. En effet, monsieur. C'est d'ailleurs pour ça que je m'étais disputée avec Mme Toller. Je me doutais qu'ils manigançaient quelque chose dc très juteux, alors je lui ai fait valoir que, puisque je l'assistais, il était normal que je touche une part des bénéfices. Ça l'a mise en rage, et elle m'a menacée de me renvoyer sans références. Mais je ne me suis pas laissé intimider. Je lui ai répliqué que, dans ce cas, je dévoilerais toutes ses supercheries. Le ton est monté très vite.

— J'ai encore quelques questions à vous poser, Bess, fit Adam. Après quoi, je vous donnerai de quoi quitter Londres quelque temps. Vous prendrez un train pour où vous voudrez, et vous y resterez jusqu'à ce que l'assassin de Mme Toller soit entre les mains de la police.

Pour la première fois depuis le début de l'entretien, Bess parut retrouver l'espoir.

— C'est très gentil de votre part, monsieur. Que désirez-vous savoir d'autre ?

— Avez-vous une idée de la raison qui aurait pu pousser son amant à tuer Irène Toller ?

Bess hésita.

— J'y ai beaucoup réfléchi, monsieur. Je pense qu'il avait découvert qu'elle avait assassiné Elizabeth Delmont.

Il craignait sans doute qu'elle ne s'arrête pas là, et qu'il ne soit le prochain sur la liste. Ou bien il avait peur qu'elle ne révèle publiquement leur escroquerie.

— Pouvez-vous me décrire très précisément ce que vous avez vu lorsque vous avez découvert le corps de Mme Toller ?

Bess se concentra un instant.

— Il y avait du sang partout. Il l'avait frappée plusieurs fois, c'était évident. Elle était étendue sur le dos et une montre brisée était sur le sol à côté d'elle. Toute la pièce était en désordre, et ça m'a rappelé ce que les journaux avaient dit du salon de Mme Delmont. J'ai trouvé ça d'autant plus bizarre que je savais que c'était Mme Toller, et pas son amant, qui avait tué Elizabeth Delmont. Je n'ai pas compris pourquoi il s'était donné toute cette peine.

— Y avait-il d'autres objets, sur le corps ou à côté, qui ont attiré votre attention ? Un voile, par exemple ?

Bess fronça les sourcils.

— Non, monsieur. Je n'ai rien vu de tel. Il n'y avait que la montre.

— Une dernière question, Bess, reprit Adam. Est-ce vous qui nous avez envoyé un message, à Mme Fordyce et à moi, le lendemain du crime, pour nous demander de nous rendre chez Mme Toller ?

Bess secoua énergiquement la tête.

— Non, monsieur. Je n'ai envoyé de message à personne. J'ai rassemblé mes affaires et je me suis enfuie.

Assise, dans la voiture, en face d'Adam, Caroline était en proie à un curieux mélange de fatigue et d'excitation. Elle s'efforça de remettre de l'ordre dans ses idées.

— Si Bess a raison, cela signifierait qu'Irène Toller a tué Elizabeth Delmont non par rivalité professionnelle, mais par jalousie amoureuse. Ce n'était finalement qu'un crime passionnel.

— Oui, acquiesça Adam. Et c'est Toller qui a dû laisser le voile et le camée sur le lieu de son crime. La question est de savoir pourquoi.

— Ces deux objets avaient probablement une signification symbolique pour elle. Mais qui a bien pu les enlever ?

— Sans doute leur amant à toutes les deux. Et leur associé en escroquerie. Probablement avait-il rendez-vous avec Delmont cette nuit-là. Il sera passé après moi, et il aura vu, lui aussi, le voile et le camée. Il les aura dérobés parce qu'il craignait qu'ils ne mettent la police sur sa piste. C'est la seule explication logique. Du moins, à la lumière de ce que nous savons pour l'instant.

Caroline ne put retenir un bâillement.

— Qu'as-tu l'intention de faire, à présent ?

— D'abord, te reconduire chez toi. Ensuite, j'irai dormir. La soirée a été assez éprouvante comme cela.

36

Le lendemain, en fin d'après-midi, Adam reçut un message de Bassingthorpe. Le vieux faussaire lui donnait rendez-vous dans une maison à l'est de la ville. Adam s'y rendit sans attendre.

Bassingthorpe le dévisagea à travers ses lunettes.

— Mes yeux ne sont plus ce qu'ils étaient, expliqua-t-il avec un soupir. J'ai été obligé de déléguer la plupart des travaux à mon petit-fils. Il a beaucoup de talent, je dois dire.

— Mais c'est toujours vous qui recevez les commandes, je suppose ? devina Adam.

Bassingthorpe hocha la tête.

— Oui. On n'est jamais trop prudent dans ce métier. Mon petit-fils n'est pas doué pour les chiffres, contrairement à sa sœur qui possède aussi ce bon sens inné qui permet d'éviter les problèmes. Je l'ai prise en apprentissage.

— C'est votre petit-fils qui a imprimé les fausses actions minières ?

— Oui, avoua Bassingthorpe avec fierté. C'est de l'excellent travail, non ? Il est aussi doué que moi à son âge.

— C'est surtout le client qui m'intéresse, fit valoir Adam.

Bassingthorpe leva un doigt sentencieux.

— Quand on veut réussir dans ma partie, la règle de base est de bien connaître ses clients et d'être discret à leur sujet.

— J'ai de bonnes raisons de croire que celui qui vous a commandé les faux certificats miniers a tué une femme. Irène Toller, la spirite, pour être précis.

Bassingthorpe fronça les sourcils.
— Vous êtes sûr de cela ?
— Je n'ai pas de preuves. Mais je continue mon enquête.
— Hmm, fit Bassingthorpe, qui avait joint les mains et semblait réfléchir. Je me flatte de posséder une certaine expérience des gens, voyez-vous. Et je ne pense pas que ce client-là puisse être un assassin. C'est plutôt le genre de type à vouloir faire de l'argent.
— Vous avez peut-être raison. Mais je suis convaincu qu'il a un rapport, ne serait-ce qu'indirect, avec ce crime. Et j'ai besoin de remonter sa piste.
— Je serais heureux de pouvoir vous aider, déclara Bassingthorpe. Je n'ai pas oublié que je vous dois un service. Et je paie toujours mes dettes.
— Vous m'en voyez ravi. La description qu'on m'a donnée de lui mentionne une claudication prononcée, et des favoris particulièrement fournis.
Bassingthorpe s'esclaffa.
— Oui, il affectait aussi ce déguisement lorsqu'il venait me voir. Mais je prends toujours mes précautions. Je lui donnais rendez-vous en terrain neutre, pour qu'il ne puisse pas connaître mon adresse. Et après chaque entrevue, je le faisais suivre par un de mes coursiers.
Adam se sentait près du but.
— Ce garçon a pu recueillir des choses intéressantes ?
— Certainement. Le jeune Harry est né dans le même quartier que vous, Adam. Lui aussi a appris très tôt à suivre les gens sans se faire repérer.
— Et qu'a-t-il découvert ?
— Entre autres, que votre homme est un comédien accompli. Il conservait son déguisement jusqu'à son domicile. Il faut dire que dans sa profession, il vaut mieux savoir jouer la comédie.
— Et quelle profession exerce-t-il ? demanda Adam.
— Il se pique de recherches psychiques. Il s'est taillé une jolie réputation, ma foi. Je me suis laissé dire que sa dernière séance publique avait fait grand bruit ; il a

prétendu pouvoir aider la police à retrouver l'assassin des deux spirites.

— Je vous en prie, entrez, madame Fordyce.

Durward Reed précéda Caroline dans son bureau et lui désigna un fauteuil.

— Vous n'imaginez pas à quel point j'apprécie que vous ayez répondu à mon appel. Je sais que vous avez un emploi du temps très chargé, entre votre travail d'écrivain et... euh... vos autres affaires. Je faisais allusion à votre relation avec M. Hardesty, bien sûr.

— Bien sûr.

Ignorant la maladresse de Reed, Caroline s'installa dans le fauteuil et arrangea les plis de sa robe. Une femme dont les journaux évoquaient à longueur de colonne sa liaison avec un gentleman riche et puissant devait s'habituer à ce qu'on fasse quelques écarts de temps à autre.

— Votre mot m'a fait très plaisir, monsieur Reed. J'ai été flattée d'apprendre que vous aimez mes romans.

— Énormément, madame Fordyce. J'admire beaucoup votre travail. Désirez-vous du thé ? proposa-t-il en indiquant un plateau.

— Oui, volontiers.

Tandis que Reed s'affairait à verser le thé, Caroline en profita pour examiner le décor qui l'entourait. Contrairement au bureau de Spraggett, encombré de livres, de journaux et de dossiers, celui de Reed était presque vide – à l'exception d'une étagère remplie d'anciens numéros de *La Nouvelle Aube*.

Une photographie de la reine trônait au-dessus du fauteuil directorial, à la place d'honneur.

— Ma femme, Sarah, lisait beaucoup de romans, reprit Reed en tendant une tasse à Caroline. Je suis sûr qu'elle aurait adoré les vôtres. C'était une spirite très douée. Malheureusement, elle m'a été enlevée trop tôt. Un brigand l'a agressée alors qu'elle se promenait dans le parc en face de chez nous, le lendemain de notre mariage.

— Je suis désolée, monsieur Reed.

— Mon plus fervent désir est de réussir à communiquer avec son esprit. J'ai dédié le reste de ma vie à ce projet.

Caroline ne put réprimer un frisson.

— Je vois...

Reed eut un geste large, englobant la pièce et, au-delà, l'énorme et sombre immeuble de Wintersett House qui l'abritait.

— Sarah était la dernière de la famille. Cette maison faisait partie de son héritage. Je l'ai gardée, car je pensais que son esprit reviendrait plus facilement dans un endroit qu'elle avait fréquenté de son vivant.

— Je comprends.

— Les années passant, comme je ne parvenais pas à établir de contact, j'ai décidé de me vouer à la recherche sur le psychisme. C'est ainsi que cette maison est devenue le siège de notre Académie. J'ai déployé toute mon énergie pour y faire venir les meilleurs spirites et les encourager dans leurs travaux. Mon espoir est que quelqu'un de plus talentueux que moi m'aide un jour à trouver les réponses que je cherche.

— Vous avez grandement contribué à faire avancer les recherches, l'assura Caroline.

Elle but une gorgée de thé. Malgré le sucre et le lait, il était beaucoup trop fort. Et terriblement amer.

Reed croisa les mains sur son bureau.

— Tout ce que j'ai fait depuis la mort de Sarah a été guidé par mon désir de communiquer avec elle. Hélas, sans succès jusqu'à présent.

— C'est peut-être qu'une telle chose est impossible, suggéra Caroline avec douceur.

Reed fronça les sourcils.

— Si c'était le cas, des spirites comme l'était Sarah n'existeraient pas. Elle possédait réellement des dons extraordinaires, madame Fordyce. Tôt ou tard, je finirai par trouver un médium qui sera capable d'entrer en contact avec elle. Ce jour-là, je prouverai du même coup au monde que le spiritisme est une science légitime.

— Vous n'êtes pas le seul à partager cette conviction, l'assura encore Caroline. Et je vous souhaite d'atteindre votre but. Mais je suppose que vous m'avez fait venir ici pour discuter d'affaires plus terre à terre ?

— En effet, madame Fordyce. Je cherche à élargir l'audience de *La Nouvelle Aube* et le rayonnement de notre Académie. Je suis persuadé que plus il y aura de gens pour étudier le spiritisme et plus nous aurons de chances de progresser.

— Cela semble aller de soi.

Reed se pencha sur son bureau.

— J'ai pensé que si *La Nouvelle Aube* publiait l'un de vos romans en feuilleton, cela nous attirerait beaucoup de nouveaux lecteurs.

Caroline déglutit péniblement. Elle avait soudain la gorge sèche et un peu douloureuse.

— Vous me voyez flattée, monsieur Reed. Mais croyez-vous que mes romans conviennent au style de votre publication ?

— Vous m'avez laissé entendre, il y a peu, que votre prochain roman se passerait dans le milieu des médiums. J'aimerais beaucoup qu'il paraisse dans *La Nouvelle Aube*.

Caroline avala une autre gorgée de thé. Il était décidément très amer.

— C'est une proposition alléchante, dit-elle prudemment.

— Je suis bien sûr prêt à vous faire une offre supérieure à celle de votre éditeur actuel. Nous devrions donc réussir à nous entendre.

Quelqu'un frappa discrètement à la porte.

Reed sursauta, visiblement irrité par cette interruption.

— Oui, Miller, qu'y a-t-il ?

La porte s'ouvrit.

— Pardon de vous déranger, monsieur, mais vous m'aviez demandé de vous prévenir de l'arrivée de M. Elsworth.

Reed fronça les sourcils.

— Il est déjà là ?

— Oui, monsieur. Il souhaite voir avec vous certains détails pour la réception de ce soir.

— Mais, il ne devait venir qu'à 16 heures !

— Voulez-vous que je lui demande de repasser plus tard ?

Reed se leva.

— Non, surtout pas. Vous le connaissez, il pourrait se vexer. Et cette maison a besoin de lui.

— Oui, monsieur, fit Miller, qui attendait des instructions.

Reed se tourna vers Caroline :

— Madame Fordyce, m'excuserez-vous quelques minutes ? Je descends voir Elsworth et je remonte aussitôt.

— Bien sûr, répondit Caroline, qui avait à présent des nausées et des sueurs froides. Je pourrais peut-être revenir un autre jour ?

— Non, je vous en prie, attendez-moi ici. Je n'en ai pas pour longtemps.

Reed s'éclipsa avec Miller avant qu'elle ait pu trouver une excuse pour se libérer.

Elle demeura immobile sur son siège, et, inspira à fond dans l'espoir que son estomac s'apaiserait. Son regard tomba sur la tasse de thé à demi vide, et, tout à coup, les dernières lignes de son roman en cours lui revinrent en mémoire. *Edmund, écoutez-moi, implora Lydia. Vous n'êtes plus vous-même. Je crains que vous n'ayez été empoisonné.*

« Impossible ! » se dit-elle. Elle divaguait. Reed n'avait aucune raison de lui vouloir du mal.

Et cependant, elle ne se sentait plus elle-même.

Faisant appel à toute sa volonté, elle parvint à s'extraire de son fauteuil. Désorientée, elle se tint un instant au milieu de la pièce, vacillant sur ses jambes.

Elle ferma les yeux, prit une profonde inspiration, puis se dirigea vers la porte.

C'est alors qu'elle remarqua une photographie encadrée accrochée au mur. Elle ne l'avait pas vue jusqu'ici, car elle lui tournait le dos. C'était le portrait d'une jeune femme en robe élégante et long voile – une mariée. Son beau visage était triste, comme si elle se résignait à quelque destin funeste.

Caroline se demanda s'il ne s'agissait pas de Sarah Reed.

Le voile...

Il y avait quelque chose dans ce portrait...

La mariée était blonde. Était-ce un détail important ?

Caroline s'approcha plus près. La jeune femme avait un camée agrafé à sa robe. Un camée noir...

Un frisson de terreur la secoua. Dieu tout-puissant ! Il fallait qu'elle quitte cet endroit. Et en vitesse !

Mais elle n'avait pas fait un pas, que la porte du bureau se rouvrit sur Reed.

— Madame Fordyce, fit-il, l'air inquiet, vous ne vous sentez pas bien ? Vous êtes toute pâle.

— Je crois que je suis malade. Je vais rentrer chez moi.

Elle fit un pas vers la porte, luttant pour garder l'équilibre.

— Laissez-moi vous aider.

Reed avait refermé la porte et s'avançait vers elle, les bras tendus.

— Ne me touchez pas ! s'écria la jeune femme.

— Vous n'êtes pas bien, madame Fordyce. Vous avez besoin d'aide.

— Non. Je veux partir d'ici !

Mais la pièce tournoyait autour d'elle, à présent. Caroline voulut agripper le dossier d'un fauteuil, mais elle manqua sa cible et tomba à genoux sur le tapis.

— Ne vous inquiétez pas, madame Fordyce. Je vais prendre soin de vous.

Reed la souleva dans ses bras. Il avait plus de force que sa petite taille ne le laissait supposer.

Caroline ouvrit la bouche pour appeler au secours, mais aucun son n'en sortit. Elle eut l'impression de sombrer dans un brouillard opaque qui ouvrait sur le néant.

37

Adam attendit sa proie, tapi dans la pénombre du bureau. L'horloge n'avait pas encore sonné 18 heures quand il entendit tourner la poignée de la porte.

Elsworth entra dans la pièce et alluma la première lampe à sa portée.

Adam sortit alors de sa cachette, attrapa Elsworth par le col de son manteau et le plaqua violemment contre le mur.

— Si vous bougez ne serait-ce que le petit doigt, je vous le brise.

Elsworth s'était figé, la respiration haletante.

— Hardesty ? Que diable faites-vous ici ?

— Je suis venu vous parler de deux meurtres. Et d'un journal intime volé.

— Vous avez perdu l'esprit ou quoi ? De quel droit vous introduisez-vous chez moi ? Pour insinuer je ne sais trop quoi à propos de meurtres, qui plus est ?

Adam lâcha Elsworth. Les deux hommes se faisaient face, à présent.

— Je veux des réponses, Elsworth. Et je les veux tout de suite. Dites-moi tout ce que vous savez sur les morts d'Elizabeth Delmont et d'Irène Toller.

— C'est à peine si je connaissais ces deux fraudeuses ! Je n'ai rien à voir avec leur mort et je vous mets au défi de prouver le contraire. Maintenant, je vous demande de sortir d'ici sur-le-champ sinon je préviens la police. Je dois préparer une démonstration importante à Wintersett House avant la réception de ce soir en mon honneur.

— Si vous ne répondez pas à mes questions, non seulement vous manquerez votre démonstration de ce soir, mais je ferai en sorte que votre carrière soit définitivement ruinée.

— Oseriez-vous me menacer ?

— Prenez-le comme vous voulez.

— Vous croyez vraiment que, quoi que vous disiez quant à mes pouvoirs, les gens vous croiront ? Vous êtes naïf, Hardesty. Les gens croient ce qu'ils ont envie de croire. Et pour l'instant, tout Londres est persuadé que je suis le plus grand spirite que cette ville ait jamais vu.

— Vous m'avez mal compris, Elsworth. Je ne vous dénoncerai pas comme imposteur, mais comme escroc, répliqua Adam.

Il alla chercher une enveloppe qu'il avait posée sur le bureau, l'ouvrit, et laissa tomber sur le tapis une dizaine d'actions de la Drexford & Co.

Elsworth y jeta un coup d'œil, mal à l'aise.

— Où avez-vous trouvé cela ?

— Dans l'un des tiroirs de votre bureau.

— Je ne vois pas ce que ces documents faisaient chez moi.

— Allons, Elsworth. L'homme qui a imprimé ces faux est un vieil ami à moi. Son métier l'a rendu très prudent. Il aime savoir qui sont ses clients, voyez-vous. Alors, il vous a fait suivre.

Elsworth grimaça.

— Le gredin ! J'aurais dû me douter qu'il me jouerait un tour à sa façon. Mais ça ne vous avancera pas à grand-chose. Je l'imagine mal témoigner contre moi et révéler au grand jour son implication dans cette histoire.

— Je n'ai pas besoin de son témoignage pour détruire votre carrière, riposta Adam tranquillement. J'ai d'autres armes à ma disposition.

Elsworth haussa les sourcils.

— Que voulez-vous dire ?

— Un mot de moi, Elsworth, et tous les journaux de Londres se feront un plaisir de raconter par le menu l'ingénieuse escroquerie financière que vous aviez montée avec le concours des deux spirites assassinées.

— Vous n'avez aucune preuve, se défendit Elsworth, dont l'assurance commençait cependant à vaciller.

— Vous savez bien que la presse à scandale se passe de preuves. Du reste, je ne me contenterais pas seulement d'avertir les journaux.

— Mais encore ?

— Vous n'êtes pas sans savoir que j'occupe une place enviable dans la haute société, à la fois en tant qu'héritier de Wilson Grendon et comme beau-frère du comte de Southwood. Je vous garantis que lorsque j'en aurai terminé avec vous, toutes les portes des maisons les plus huppées de Londres se refermeront avec fracas devant votre nez.

Elsworth considéra cette dernière menace.

— Que voulez-vous savoir au juste ? demanda-t-il, après un court silence.

Adam brandit le journal de Maud.

— J'aimerais que vous me disiez où vous avez trouvé cela ? J'avais pourtant soigneusement fouillé la maison d'Elizabeth Delmont, la nuit de sa mort.

— Je connaissais mieux les lieux que vous, fit remarquer Elsworth. Delmont se rêvait comme mon égale sur le plan professionnel et elle voulait m'impressionner. C'est ainsi qu'elle m'a dévoilé toutes ses ruses et supercheries. Elle en était très fière, et je dois admettre qu'elle était plus intelligente que la plupart de ses rivales et rivaux. Elle avait ménagé plusieurs caches dans les murs de son salon. J'ai trouvé ce journal dans l'une d'elles.

— Et comment saviez-vous qu'il était en sa possession ?

— Elle m'avait parlé de cet héritage inattendu, et comment ce journal pouvait faire l'objet d'un chantage fort intéressant sut le plan financier. Elle s'en vantait presque : comme je vous l'ai dit, elle était très désireuse de m'impressionner. Après avoir découvert son corps, j'ai aussitôt pensé au journal. J'avoue que ce qu'elle m'en avait dit m'avait intrigué.

— Et donc, vous l'avez trouvé.
— Oui. Mais après l'avoir lu, j'ai jugé préférable de ne pas m'en servir.
— Pourquoi ?
Elsworth ricana.
— Je ne suis pas idiot. Je n'allais pas prendre le risque de faire chanter un type aussi puissant et dangereux que vous, Hardesty. Mais vous m'avez forcé la main en vous mêlant d'enquêter sur ces meurtres. Je me doutais que, tôt ou tard, vous découvririez ma lucrative petite affaire.
— C'est pourquoi vous avez envoyé ces deux types avec mission de me rosser et de m'avertir que le contenu du journal serait révélé à la presse si je continuais à me montrer trop curieux, n'est-ce pas ?
Elsworth haussa les épaules.
— Je commençais à m'inquiéter vraiment. Ce journal était la seule arme dont je disposais contre vous.
— Je peux comprendre que vous ayez pris le journal. Mais pourquoi avoir également pris le voile et le camée ?
Elsworth haussa les sourcils. Il paraissait sincèrement dérouté.
— Quel camée ? Et quel voile ?
— Le voile qui était posé sur le visage de Mme Delmont. Et le camée en émail noir qui contenait une mèche blonde.
Elsworth se figea.
— Vous êtes sûr de ce que vous avancez ?
— Oui. Ces objets étaient tous deux sur le corps de Mme Delmont, lorsque je l'ai découvert. Je suis certain qu'Irène Toller les avait placés là délibérément. J'ignore pourquoi, et d'où elle les tenait. Toujours est-il qu'ils avaient disparu à l'arrivée de la police.
— J'ai eu plusieurs fois l'occasion de m'entretenir avec Durward Reed, dans son bureau de Wintersett House, commença Elsworth d'une voix tendue. Ces détails que vous mentionnez me font penser à une photographie accrochée à l'un des murs.
— Que voulez-vous dire ?

— J'ai peur que la situation ne soit pire que vous ne l'imaginez, Hardesty.

Vingt minutes plus tard, Adam frappait à la porte du 22, Corley Lane. Ce fut Mme Plummer qui lui ouvrit. Elle parut étonnée lorsqu'il demanda à voir Caroline.

— Elle est sortie dans l'après-midi, expliqua-t-elle. Elle avait reçu un mot de M. Reed qui lui donnait rendez-vous à Wintersett House. Elle a dû être retardée, j'imagine.

Adam s'efforça de garder son sang-froid.

— Ses tantes sont à la maison ?

— Non, monsieur. Elles sont allées jouer aux cartes chez une amie, et elles rentreront tard. Quelque chose ne va pas, monsieur Hardesty ?

— Non, madame Plummer, je suis sûr que tout va bien, répondit Adam.

Mais il savait qu'il lui mentait comme il se mentait à lui-même.

38

Caroline ne revint à elle qu'un long moment plus tard.

Elle ouvrit les yeux et contempla le plafond noyé d'ombres. Ses nausées avaient disparu, constata-t-elle.

Elle se redressa avec précaution, et se rappela brutalement que Reed l'avait allongée sur ce lit. Une bouffée de terreur la saisit à la gorge. Que lui était-il arrivé pendant qu'elle était inconsciente ?

Affolée, elle descendit du lit. Elle découvrit avec soulagement qu'elle portait toujours sa robe ainsi que ses chaussures. C'était plutôt rassurant.

Du reste, si Reed avait abusé d'elle, elle s'en souviendrait certainement. La drogue contenue dans le thé ne lui avait pas fait perdre totalement conscience – sans doute parce qu'elle n'avait pas terminé sa tasse. Elle se rappelait d'ailleurs qu'il l'avait étendue sur le lit avec délicatesse, et qu'il avait pris le temps d'arranger le bas de sa robe sur ses chevilles avant de quitter la pièce.

Il ne lui restait plus qu'à sortir d'ici avant qu'il ne revienne.

Elle essaya d'abord la porte, dans l'espoir qu'elle ne serait pas verrouillée. Bien entendu, elle l'était.

Des bruits divers lui parvenaient des étages inférieurs, des bribes de musique. La réception en l'honneur de Julian Elsworth avait commencé.

Elle se précipita vers la fenêtre, qui donnait sur les jardins à l'arrière de la maison. Aucune chance de s'enfuir par là, c'était beaucoup trop haut pour sauter. La chambre se trouvait vraisemblablement au dernier étage de la vieille demeure.

Appeler à l'aide ne servirait à rien. La musique et le brouhaha de la fête couvriraient ses cris.

Caroline pivota lentement sur ses talons, passant la pièce en revue. Outre le lit, elle devina, à la lumière de la lune, une armoire et un fauteuil. Ni lampe ni chandelier n'étaient visibles.

Elle ouvrit l'armoire, s'attendant à la trouver vide. Mais à sa grande surprise, elle y découvrit une robe de satin blanc.

Elle la reconnut aussitôt. C'était celle que portait Sarah Reed sur sa photo de mariage.

Le voile qui l'accompagnait était posé sur une étagère, à côté. Il était taché de sang. Le camée en émail noir était rangé dans un tiroir, avec une paire de gants.

Tôt ou tard, Reed allait revenir. Elle devait réfléchir au moyen de lui échapper. Elle se souvint alors de ses conversations avec Adam. Quand il s'agissait de tromper l'ennemi, lui avait-il dit, il existait une tactique infaillible.

La diversion.

39

Adam avait pris place en face d'Elsworth dans le fiacre qui les menait à Wintersett House.

— N'oubliez pas que je compte sur vous pour créer une diversion, lui dit-il, alors que l'attelage ralentissait. Vos talents de comédien devraient vous y aider.

— Je prends cela comme un compliment, fit Elsworth, qui ajustait son nœud papillon. Mais gardez à l'esprit que le comédien le plus doué n'aura de succès que si son public coopère volontairement. Ce ne sera pas ma faute si Reed délaisse ma démonstration et vous trouve en train de fouiller la maison.

— Jouez votre rôle, rétorqua Adam en tâtant la poche de sa veste où il avait glissé un poignard. Je m'occupe du mien.

— Très bien.

La voiture s'était arrêtée et Elsworth en descendit. Il se retourna vers la portière restée ouverte.

— Croyez-le ou non, mais je vous souhaite bonne chance, Hardesty. J'avoue que j'étais devenu un admirateur des romans de Mme Fordyce. Je n'aimerais pas manquer la fin du *Gentleman mystérieux*.

— Dans ce cas, faites en sorte de donner le meilleur de vous-même, Elsworth.

Ce dernier inclina la tête, puis se dirigea vers le perron de Wintersett House.

Si Reed avait enlevé Caroline, ce qui semblait de plus en plus probable à mesure que le temps passait, il avait dû l'enfermer dans une pièce de l'immense demeure. Adam se raccrochait à cette hypothèse.

Il y en avait une autre, bien sûr, mais il s'interdisait d'y penser. Il avait passé l'heure écoulée à se convaincre que Reed n'avait pas pu tuer Caroline – du moins pas déjà. La réception organisée en l'honneur d'Elsworth avait dû l'empêcher de mettre son plan à exécution.

Adam attendit qu'Elsworth ait disparu dans le hall avant de descendre à son tour de voiture. Il régla le cocher et alla se tapir dans la ruelle qui bordait la maison sur un côté.

De sa cachette, il étudia l'imposante demeure. Le contraste entre le rez-de-chaussée illuminé et les étages plongés dans l'obscurité lui arracha un frisson.

Caroline était quelque part là-haut. Il le sentait.

Il s'enfonça dans la ruelle, contourna la maison et s'immobilisa devant le mur du jardin. Cela faisait des années qu'il n'avait pas escaladé un mur, mais il fut soulagé de constater qu'il n'avait rien perdu de son agilité.

Caroline avait enfilé la robe de Sarah. Par chance, la taille correspondait à peu près. La jupe était juste un peu longue. Ainsi vêtue, elle s'était glissée dans l'armoire, en prenant soin de laisser le battant entrebâillé, ce qui lui permettait d'apercevoir à la fois la porte de la chambre, et une partie du lit.

Quand Reed reviendrait, elle n'aurait pas droit à l'erreur.

Il lui semblait qu'elle était cachée dans cette armoire depuis une éternité, mais elle savait qu'en réalité cela ne faisait pas beaucoup plus d'une heure. Elle n'osait évidemment pas bouger de crainte que Reed ne fasse son apparition.

Les effets de la drogue s'étaient presque dissipés, mais pas complètement. Ses oreilles bourdonnaient et le bruit de la réception lui parvenait dans un étrange brouillard. Un sentiment d'irréalité morbide l'étreignait. Mais peut-être était-ce le fait de porter la robe de la disparue.

Un bruit de pas dans le couloir la fit tressaillir. Son cœur se mit à battre à grands coups, et elle respira à fond pour tenter de se calmer.

La porte de la chambre s'ouvrit et un rai de lumière oblique traversa le plancher.

— Êtes-vous réveillée, ma chère ? La réception bat son plein. Elsworth monopolise tellement l'attention que j'ai pu m'échapper quelques instants.

Tout en parlant, Reed était entré dans la chambre, laissant la porte ouverte. Il tenait une lampe dans une main et un pistolet dans l'autre.

— Toujours endormie, à ce que je vois, murmura-t-il en s'approchant du lit. Ou peut-être faites vous semblant, hein ? Peu importe. Cette triste affaire sera bientôt terminée.

Il s'arrêta avant d'atteindre le lit, et Caroline retint son souffle. À la lueur de la lampe, on n'entrevoyait qu'une forme dans une robe verte. Utilisant l'édredon et les coussins, elle avait fait de son mieux pour donner l'illusion d'une silhouette. Mais elle savait bien que la ruse ne résisterait pas à un examen détaillé.

— Quel dommage que vous vous soyez laissé séduire par Hardesty au point de vous laisser entraîner dans un énorme scandale, murmura Reed. Vous ne vous souciez donc pas de votre réputation ? Mais sans doute avez-vous succombé aux faiblesses de votre nature féminine, comme Sarah. Vous n'imaginez ma colère quand j'ai découvert, lors de notre nuit de noces, qu'elle n'était pas pure. Son amant était mort, voyez-vous. Elle n'avait jamais mentionné son existence. Mais c'était en souvenir de lui qu'elle portait ce camée noir sur sa robe de mariée.

Il fit deux pas vers le lit, puis s'arrêta de nouveau.

— Quand j'ai découvert qu'elle m'avait trompé, reprit-il, je suis devenu fou. J'étais comme possédé par une force surnaturelle qui m'a obligé à serrer cette écharpe autour de son cou jusqu'à...

Sa phrase se termina dans un hoquet. Après un bref silence, il s'efforça de se ressaisir.

— Après coup, bien sûr, j'ai été horrifié par ce que j'avais fait. Je devais me débarrasser de son corps, pour que personne ne sache jamais ce qui était arrivé. Un peu avant l'aube, j'ai revêtu Sarah d'une robe de jour, puis je l'ai portée jusqu'au parc, en face de la maison. Mais il était trop tard. Elle avait déjà commencé de me hanter.

Reed avança encore. Il avait maintenant atteint le lit. Caroline le vit tendre la main vers l'oreiller qu'elle avait disposé pour cacher l'endroit où était censée se trouver sa tête.

— Mais vous êtes celle que j'attendais. Celle qui va pouvoir entrer en contact avec ma Sarah. Grâce à vous, je pourrai lui expliquer que je n'étais pas moi-même, cette nuit-là. Elle me pardonnera et me laissera enfin en paix.

Reed écarta l'oreiller.

— Qu… qu'est-ce que c'est que ça ? balbutia-t-il, incrédule.

C'était maintenant ou jamais. Relevant ses jupes, Caroline poussa le battant de l'armoire du pied, bondit hors de sa cachette et se rua vers la porte.

Reed se retourna lentement, l'air hébété.

— Sarah ? Ce n'est pas possible… *Sarah !*

Caroline avait déjà franchi la porte. Elle se retrouva dans un interminable couloir, bordé d'une rangée de portes. Bon sang ! De quel côté était l'escalier ?

Des pas résonnaient déjà dans son dos. Revenu de sa surprise, Reed s'était élancé à sa poursuite.

— Reviens, Sarah !

Caroline devait coûte que coûte choisir une direction. Instinctivement, elle se précipita à droite et courut à perdre haleine dans l'espoir d'aboutir à un escalier de service.

— Sarah, attends ! Laisse-moi t'expliquer ! Ce n'est pas moi qui t'ai tuée. J'étais possédé.

Caroline lança un coup d'œil par-dessus son épaule.

— Dis-moi comment me libérer de ton esprit, Sarah ! criait Reed en brandissant son pistolet. Tu me rends fou !

Une détonation retentit. Caroline entendit la balle riper contre le mur et se perdre au loin. Elle avait presque atteint le bout du couloir et il n'y avait toujours pas d'escalier en vue. Peut-être devrait-elle essayer l'une des portes. Si elle réussissait à s'enfermer quelque part, elle gagnerait un peu de temps.

Mais elle demeurerait prisonnière de cette maison !

— Sarah !

Reed tira une deuxième fois. Cette fois, la balle alla se loger dans le plafond.

Tout à coup, une voix familière résonna dans le dos de Caroline.

— Reed, arrêtez, ou vous êtes un homme mort ! hurla Adam.

Reed s'immobilisa et se retourna.

— Hardesty !

Il mit Adam en joue.

— Non ! cria Caroline.

À cette distance, Reed ne pouvait pas manquer sa cible.

Elle vit Adam plier le bras avec une célérité inouïe et lancer un objet en direction de son adversaire.

Un éclair d'acier brilla furtivement dans la pénombre.

Reed sursauta violemment, appuya sur la détente avant de s'effondrer, face contre terre.

Avec un immense soulagement, Caroline vit Adam repousser le pistolet d'un coup de pied. Dieu merci, il n'avait pas été touché !

— Tu n'es pas blessée ? s'empressa-t-il de demander d'une voix tendue par l'angoisse.

Empoignant ses jupes, elle courut se réfugier dans ses bras.

— Tout va bien, murmura-t-elle tandis qu'il l'étreignait. Il ne m'a pas touchée.

Il la garda un long moment contre lui, puis il la lâcha pour s'agenouiller près de Reed.

Ce dernier laissa échapper un gémissement lorsqu'il le fit basculer sur le dos. C'est alors que Caroline vit le manche du poignard fiché dans sa poitrine.

Reed ouvrit les yeux et contempla la jeune femme.

— Sarah. Tu m'as hantée durant toutes ces années. Mais je vais enfin te rejoindre de l'Autre Côté.

Il ferma les yeux, pour ne plus jamais les rouvrir.

40

Le lendemain après-midi, tout le monde se retrouva dans la bibliothèque de Laxton Square. Adam offrit du brandy à Wilson, Richard et Elsworth tandis que ces dames – Caroline, Julia, Emma et Milly – se contentaient d'une tasse de thé.

Tandis qu'il rangeait la carafe, Adam observa Caroline à la dérobée. Son visage portait encore la trace des événements de la veille, mais il lui faisait confiance ; elle avait un caractère bien trempé et se remettait vite.

Il n'était en revanche pas certain qu'il en soit de même pour lui. Il risquait de faire des cauchemars pendant un bout de temps.

S'il était arrivé cinq minutes plus tard…

« N'y pense pas ! se morigéna-t-il. Ou tu vas devenir fou. »

Il but une gorgée de brandy et s'assit à son bureau.

— C'est la double relation de Toller et de Delmont, à la fois avec Reed et avec Elsworth qui a tout compliqué, expliqua-t-il aux autres. Elsworth, ici présent, avait tissé un réseau très lucratif avec un certain nombre de spirites londoniens, dont Toller et Delmont.

— Mais nos arrangements s'arrêtaient là, précisa Elsworth. J'ai pour règle de ne jamais mélanger les affaires de cœur et les affaires d'argent.

— Étiez-vous au courant que Reed entretenait une liaison avec Irène Toller en même temps qu'avec Elizabeth Delmont ? s'enquit Caroline.

— J'avais des soupçons. Je trouvais Reed un peu trop généreux envers Toller. Il n'aurait pas dû lui permettre de faire ses démonstrations ridicules à Wintersett House. Mais je me doutais que leur histoire touchait à sa fin, car Reed accordait de plus en plus d'attention à Delmont.

— Il ne vous a jamais réclamé une séance dans l'espoir de communiquer par votre entremise avec sa défunte femme ? voulut savoir Julia.

Elsworth fit tourner son brandy dans son verre.

— Non. Dès le départ, je lui avais clairement fait comprendre que je ne prétendais pas converser avec les esprits. Mes pouvoirs sont d'un autre genre.

Richard plissa les yeux.

— Par curiosité, combien d'autres spirites marchaient dans votre combine ?

Elsworth afficha un air à la fois innocent et offensé.

— Vous ne vous attendez quand même pas que je vous révèle mes secrets professionnels.

— Elsworth a consenti à rembourser toutes les personnes qui lui avaient confié imprudemment leur argent, intervint Adam. N'est-ce pas ? fit-il en croisant le regard d'Elsworth.

Celui-ci soupira.

— En effet.

Wilson tapotait des doigts l'accoudoir de son fauteuil.

— Si Toller et Delmont n'étaient pas de vraies spirites, pourquoi Reed les favorisait-elle ?

Elsworth s'esclaffa.

— Reed pouvait se montrer fort naïf sur certains sujets. Cet idiot était incapable de voir les supercheries qui s'étalaient sous son nez. Il avait épousé une spirite, rappelez-vous. Certes, d'abord pour sa fortune. Mais il était sincèrement convaincu qu'elle possédait des pouvoirs.

Adam désigna un cahier, sur son bureau.

— C'est le journal de Reed. Je l'ai trouvé ce matin chez lui, où j'avais rendez-vous avec la police. Apparemment, il ne s'intéressait pas du tout aux médiums masculins. Il était persuadé que seule une femme lui permettrait d'entrer en contact avec l'esprit de Sarah.

— La plupart des adeptes du spiritisme pensent en effet que les femmes sont plus à même, de par leur nature, de communiquer avec l'Autre Monde, renchérit Elsworth.

Adam feuilleta le cahier.

— Reed n'a pas fréquenté que Toller et Delmont. Il a eu des liaisons avec beaucoup d'autres spirites avant elles. Il testait chaque nouvelle conquête dans la chambre de Sarah. C'est là, pensait-il, que la communication serait la plus facile. Si la candidate échouait, il se cherchait une autre favorite.

— Reed n'était pas vraiment bel homme. Et il n'avait pas de charme particulier, fit valoir Julia. Comment est-il parvenu à séduire toutes ces femmes ?

Elsworth haussa les épaules et répondit :

— Elles trouvaient leur avantage dans l'affaire. En tant que favorites de Reed, elles avaient le soutien de l'Académie, et leur célébrité s'en trouvait accrue. Ainsi que leurs revenus. C'est une profession difficile, ajouta-t-il. La concurrence est très rude.

— Mais Irène Toller a commis l'erreur fatale de tomber amoureuse de Reed, intervint Caroline. Quand elle a compris qu'il s'apprêtait à la quitter pour Elizabeth Delmont, elle est devenue folle de rage et de jalousie.

— La situation devait être d'autant plus intolérable qu'Elizabeth Delmont était sa rivale de toujours, rappela Emma.

— Elle connaissait fort bien Wintersett House, y compris la chambre de Sarah, bien sûr, poursuivit Adam. Elle a dû s'y faufiler en cachette de Reed, et elle aura dérobé le camée et le voile dans l'armoire.

— Avant de les abandonner sur le lieu de son crime, conclut Caroline.

— Qu'est-ce que la montre vient faire là-dedans ? demanda Julia.

— Elle appartenait à Elizabeth Delmont, répondit Adam. C'était un cadeau de Reed. Irène Toller devait le savoir et, dans sa fureur, elle l'a piétinée. J'ai été le premier à découvrir le corps, cette nuit-là. Quand je suis arrivé sur les lieux, la montre, le camée et le voile étaient toujours en place.

— Reed est venu juste après toi, devina Wilson. Quand il a vu le camée et le voile, il a tout de suite su qui avait tué Delmont. Il est reparti avec ces deux objets qui l'accusaient, mais il a laissé la montre, car, à ses yeux, elle n'avait pas de signification particulière.

— J'ai été le troisième à débarquer, enchaîna Elsworth. Le jour se levait presque.

Milly haussa les sourcils.

— Que diable veniez-vous faire chez Delmont à une heure pareille ?

— J'avais deviné qu'elle s'apprêtait à faire cavalier seul dans nos petites histoires d'argent. Je voulais l'en dissuader, quitte à la menacer de révéler ses supercheries. Mais quand je suis arrivé, la porte était ouverte et j'ai trouvé son corps.

— Et le journal de Maud, ajouta Adam.

Elsworth eut un geste vague de la main.

— Je ne pouvais pas laisser passer une pareille opportunité, se justifia-t-il. Mais comme je vous l'ai déjà expliqué, j'ai finalement préféré renoncer à en faire usage. C'était trop dangereux.

— Le problème, c'est qu'Adam était déjà sur vos traces, devina Milly.

Elsworth grimaça.

— Quand je l'ai vu en compagnie de Mme Fordyce à la démonstration d'Irène Toller, j'ai compris que je courais au désastre. J'ai fait de mon mieux pour tenter de brouiller les pistes en offrant cette séance à l'inspecteur Jackson. Je me doutais que les journaux se régaleraient. Ce jour-là, en vous apercevant dans le public, madame Fordyce, j'ai tenté de vous avertir d'un danger. Je pensais que cela vous détournerait tous deux de votre enquête. Constatant que rien n'y faisait, j'ai recouru à des moyens plus corsés.

— Vous avez engagé deux vauriens pour attaquer Adam, l'accusa Caroline.

— Que voulez-vous que je vous dise, madame ? J'étais désespéré.

— Reed l'était encore plus que vous, intervint Adam. À en croire son journal, il avait mis tous ses espoirs en Elizabeth Delmont. Il était convaincu qu'elle lui permettrait d'entrer en contact avec l'esprit de Sarah. Malheureusement, Toller l'a tuée avant qu'il ait pu le vérifier. Elle a ensuite demandé à le voir. Il a cru qu'elle voulait le faire chanter en menaçant de révéler ses secrets à la presse.

— Alors, il l'a tuée, conclut Julia. Et il a calqué la mise en scène de son meurtre sur celle d'Elizabeth Delmont comme elle était décrite dans la presse. Il imaginait que tout le monde en déduirait qu'il n'y avait qu'un seul assassin.

Adam hocha la tête.

— Après la mort de Delmont, Reed a commencé à se dire que les visites de Caroline à Wintersett House ne relevaient pas d'une simple coïncidence. Il en est arrivé à croire qu'elle lui était envoyée par l'au-delà pour entrer en contact avec Sarah. Et c'est ainsi qu'il l'a attiré dans un piège.

Emma fronça les sourcils.

— Enfin, Adam, il aurait dû se douter que vous enquêteriez sur sa disparition !

— Après en avoir fini avec Caroline, il devait projeter de la tuer et de mettre en scène le meurtre de manière identique à ceux de Toller et de Delmont, supposa Wilson. Il aurait de nouveau placé une montre gravée au nom d'Adam à côté du corps pour faire porter les soupçons sur lui.

— Reed s'imaginait vraiment que son plan pouvait marcher ? fit Milly, sceptique.

Elsworth hocha la tête.

— Le désir forcené de croire à une possible communication avec l'au-delà peut faire perdre tout sens logique. Et je vous assure que, dans ce domaine, Reed était l'une des personnes les plus crédules que j'aie jamais rencontrée.

— Est-ce vous qui nous aviez envoyé ce message, à Adam et à moi, nous demandant de nous rendre chez Irène Toller le matin de la découverte du meurtre ? lui demanda Caroline

— Certainement pas, se défendit Elsworth. Je plaide la plus parfaite innocence sur ce point.

— C'est Reed, bien sûr, intervint Adam. C'est aussi lui qui avait prévenu la police et la presse. Il voulait créer un événement, pour faire diversion.

— Et il espérait sans doute que tu serais arrêté, renchérit Wilson. Ou, au moins, sérieusement soupçonné. Il souhaitait que Caroline se détourne de toi, et il devait penser qu'en apprenant que tu étais peut-être lié à un meurtre, elle renoncerait à te fréquenter pour sauver sa réputation.

Adam posa les yeux sur la jeune femme et sourit.

— Reed s'est lourdement trompé. Il ne s'est pas douté un seul instant que Caroline n'hésiterait pas à me fournir un alibi pour le meurtre. Au risque d'écorner un peu plus sa réputation.

Pour la première fois depuis l'épreuve de la veille, une lueur joyeuse s'alluma dans le regard de Caroline.

— Reed n'avait manifestement pas compris que lorsqu'on écrit des romans à sensation, on se nourrit du scandale.

41

Un mois plus tard…

— Ça alors ! s'exclama Wilson en repliant le *Courrier de Londres*. Voilà qui est fort de café !

Adam était occupé à étaler de la marmelade sur un toast.

— Il est un peu tôt pour crier, remarqua-t-il. Qu'y a-t-il ? De mauvaises nouvelles financières ?

— Oublie l'économie, mon garçon. Il s'agit d'un sujet autrement plus important, répliqua Wilson. Figure-toi que dans le dernier chapitre du *Gentleman mystérieux*, Edmund Drake s'en tire en héros.

Adam se figea, n'osant y croire.

— Je croyais pourtant que Drake était le méchant ? observa-t-il prudemment.

— Moi aussi. Et tous ceux qui suivaient le feuilleton, je parie, opina Wilson en saisissant sa tasse de café. Mais c'est pourtant ainsi. Je viens juste de finir le dernier chapitre dans lequel Drake sauve Lydia et démasque ce tartuffe de Jonathan Saint-Claire.

— Celui qui était supposé être le héros ?

— Oui. Cela dit, je ne l'aimais pas. Un peu trop poli et trop parfait à mon goût. Le genre de type que je trouve d'emblée assommant. J'aurais dû me douter que Caroline ne le laisserait pas épouser Lydia. Drake était un bien meilleur candidat.

— Parce que Edmund Drake va épouser Lydia ?

— Oui ! C'est stupéfiant, non ? J'ai hâte de savoir ce que Julia en pense. Tout Londres va être étonné, à mon avis. Caroline a réussi là un coup de maître. Elle a un sacré talent, crois-moi.

Adam replia sa serviette et s'excusa.

— Mais, où vas-tu ? s'écria Wilson tandis qu'il se dirigeait vers la porte. Tu n'as pas fini ton petit-déjeuner !

— J'ai une course à faire, répondit Adam. Une course d'une importance capitale qui ne peut pas attendre.

Wilson cligna des yeux, interloqué, avant de comprendre.

— Salue Caroline pour moi, lança-t-il en souriant.

Caroline prenait des notes pour son prochain roman lorsque Adam pénétra dans son bureau. Elle esquissait un sourire, ravie, quand quelque chose dans son regard l'alarma.

— Adam ? Que se passe-t-il ? Tu as l'air fiévreux.

— Tu as fait d'Edmund Drake le héros de ton roman, lâcha-t-il sans préambule.

— Eh bien, oui, en effet. Et alors ?

Il se planta devant son bureau, y posa les paumes à plat et se pencha vers la jeune femme.

— Pourquoi ?

— Je trouvais que c'était un coup de théâtre intéressant, répondit-elle prudemment, quelque peu surprise par son étrange réaction. Mais j'avoue que je suis étonnée que tu sois au courant. Je croyais que tu t'étais contenté de lire un seul chapitre ?

— Wilson m'a résumé le dernier.

— Je vois. Et puis-je savoir pourquoi ça te met dans cet état ? Vu que tu ne lis jamais ce genre de romans...

Il se redressa et contourna vivement le bureau. Avant que Caroline ait pu deviner ses intentions, il l'avait saisie aux épaules pour l'obliger à se lever.

— Parce que ça me donne l'espoir que tu m'aimes peut-être autant que je t'aime, répondit-il.

Un flot de joie mêlé d'émerveillement submergea Caroline.

— Tu m'aimes ?

— Depuis le premier instant où je t'ai vue.

— Oh, Adam ! Si tu savais comme je t'aime, moi aussi.

Se hissant sur la pointe des pieds, elle enroula les bras autour de son cou.

— Alors est-ce que tu veux bien cesser de me rendre malheureux et m'épouser ?

— Oui, bien sûr. J'hésitais uniquement parce que je craignais que tu ne te sois senti obligé de me le proposer. Je sais combien tu possèdes un sens aigu de l'honneur.

— Caroline, souffla-t-il avec une ferveur inhabituelle, je t'aime plus que les mots ne peuvent l'exprimer. Je t'aimerai jusqu'à la fin de mes jours et au-delà. Savoir que tu m'aimes aussi fait de moi le plus heureux des hommes. Mais pour tout t'avouer, il n'y a rien de noble dans ma demande. Je te désire si désespérément que je serais prêt à tout – mentir, tricher, voler ou pire encore – pour t'avoir.

Elle éclata d'un rire joyeux.

— Alors, quel est le problème ? Cela t'énerve d'apprendre que tu es de l'étoffe dont on fait les héros.

Adam secoua la tête.

— Les héros, c'est bon pour les romans. Moi, je suis un homme. Et tout ce qui m'importe, c'est de pouvoir t'aimer comme un homme aime une femme.

— Jusqu'à la fin de mes jours et au-delà.

— Oui.

S'inclinant sur elle, il l'embrassa avec une telle ardeur qu'elle en oublia tout le reste.

Mais une voix familière la rappela à la réalité.

— Bonjour, monsieur Hardesty, fit Emma, sur le seuil. N'est-il pas un peu tôt pour ce genre de démonstrations ?

Adam leva la tête.

— Bonjour, madame. Pour répondre à votre question, non, ce n'est pas trop tôt. Il se trouve que j'ai l'intention d'épouser Caroline, et de commencer chacune de mes journées ainsi.

— Que c'est romantique ! s'exclama Milly en faisant irruption dans la pièce avec un plateau qu'elle déposa sur le bureau. Quelqu'un veut du thé ?

— Je crois que tout le monde en prendra volontiers une tasse, répondit Caroline, avant d'ajouter : Adam tentait de me convaincre qu'il n'avait rien d'un héros.

— Quelle idée saugrenue, fit Milly, qui remplissait quatre tasses. C'est le type même du héros, au contraire.

— C'est aussi mon avis, renchérit Emma, qui prit place dans un fauteuil.

Adam fit la grimace.

— Si nous pouvions changer de sujet, vous m'en verriez ravi.

— À ta guise, fit Caroline. Mais il se trouve que lorsque tu es arrivé, je prenais des notes pour mon nouveau roman.

— Celui qui se passera dans le milieu des médiums ? s'enquit Emma.

Caroline, revint à son bureau.

— Oui. Et je crois qu'Adam va encore nourrir mon inspiration.

L'intéressé poussa un grognement.

— Caroline, s'il te plaît…

— Calme-toi. Ce ne sont pas tes qualités héroïques dont je vais me servir, cette fois.

Il haussa les sourcils.

— Lesquelles, dans ce cas ?

— Tes talents psychiques.

— Mes *quoi* ? s'écria-t-il.

— Tu as très bien entendu, assura Caroline avec un sourire. Regarde les choses en face : à chacun des moments cruciaux de l'enquête, tu as utilisé ton intuition. Un peu comme un médium qui s'en remet à son psychisme.

— Tout cela est complètement farfelu et…

Emma leva l'index.

— Je trouve que Caroline a raison.

— Moi aussi, approuva Milly avec un hochement de tête.

— Je vous mets au défi de me citer un seul exemple de mes qualités supposées de médium.

— La façon dont tu m'as, dès le début, impliquée dans cette affaire, répondit Caroline. Si tu n'étais pas venu me rendre visite aussitôt après le meurtre d'Elizabeth Delmont, je ne sais pas ce qui me serait arrivé. Nous savons maintenant que, dès cette époque, Reed pensait à moi pour succéder à Delmont.

— C'est ridicule. J'avais une excellente raison de venir te voir : tu figurais sur la liste des participants à la dernière séance de Delmont.

— Ensuite, il y a eu l'épisode dans la maison de Stone Street. Si tu n'avais pas choisi ce soir-là pour me séduire…

— Bon sang, Caroline, maugréa Adam en coulant un regard embarrassé vers les deux vieilles dames.

Celles-ci le gratifièrent d'un sourire angélique, ce qui le fit rougir violemment.

— Je pourrais citer d'autres exemples de tes dons de divination, poursuivit Caroline. Mais entre tous, je retiendrai surtout ce que tu m'as dit le soir où tu es venu me retrouver après avoir été attaqué par les deux gredins que t'avait envoyés Elsworth.

Adam la fusilla du regard.

— Je ne me souviens pas d'avoir dit quoi que ce soit qui puisse révéler mes dons psychiques.

— Tu étais ici, contra Caroline, et tu as lu les quelques lignes que j'avais écrites avant ton arrivée. C'était la scène où Drake allait s'en prendre à Lydia. Dans sa fureur, il avait perdu tout contrôle de lui-même. Tu m'as fait valoir que ce n'était pas une excuse, et que seuls une brute ou un fou s'en prendraient ainsi à une femme.

— Et alors ?

— Cela m'a marquée, et après ton départ, j'ai réécrit la scène. Comme je ne pouvais pas tout changer, les chapitres précédents ayant déjà été livrés, j'ai dû trouver une autre raison pour expliquer le comportement d'Edmund Drake.

Adam la fixait, dérouté.

— Le poison ! s'exclama Emma.

— Mais oui, bien sûr ! renchérit Milly, aux anges. J'aurais dû y penser !

— Penser à quoi ? demanda Adam, complètement perdu.

Milly pouffa.

— Caroline a mis le comportement d'Edmund Drake sur le compte d'un gâteau empoisonné.

— Je ne vois vraiment pas le rapport avec ce dont nous parlions ?

— Quand je me suis retrouvée dans le bureau de Reed, je me suis sentie bizarre aussitôt après avoir goûté son thé, expliqua Caroline. C'est alors que je me suis souvenue de la fameuse scène. J'ai immédiatement deviné que Reed cherchait à m'empoisonner et je n'ai pas terminé ma tasse. C'était certes trop tard pour échapper aux effets de la drogue, mais cela m'a permis de ne pas sombrer dans l'inconscience. Et c'est ainsi que j'ai pu m'enfuir à la première occasion.

— Je n'ose imaginer ce qui serait arrivé si Reed avait réussi à garder Caroline prisonnière.

Adam croisa les bras.

— Et à cause de cette petite coïncidence, tu en as déduit que j'avais des pouvoirs psychiques ?

— Les recherches en ce domaine n'en sont qu'à leur début, lui rappela Caroline. Nous savons encore peu de choses, et nul ne peut prévoir ce que l'on découvrira dans les années à venir.

— De ma vie je n'avais entendu de raisonnement aussi illogique, déclara Adam avec un grand sourire. Mais en tant que mari d'un auteur de romans à sensation, je suppose qu'il faudra que je m'habitue à ce genre d'hérésies.

— Eh oui, fit-elle en lui rendant son sourire. Mais rassure-toi, mes romans se terminent toujours bien.

Épilogue

La romancière Caroline Fordyce a épousé M. Adam Hardesty

Par notre envoyé spécial Gilbert Otford.

La célèbre romancière Caroline Fordyce a épousé hier M. Adam Hardesty. La cérémonie s'est déroulée en présence de toute la haute société londonienne.

Nos lecteurs se souviennent que les nouveaux mariés s'étaient récemment retrouvés impliqués dans l'affaire des meurtres des deux spirites. On pensait alors que les sombres nuages du scandale les empêcheraient à jamais de connaître le bonheur.

Mais le jour de leurs noces, un soleil resplendissant brillait au-dessus de la ville, comme pour signifier que les nuages menaçants s'étaient bel et bien dissipés.

Toutes les personnes présentes n'ont pas manqué de remarquer combien les jeunes époux semblaient éprouver l'un pour l'autre un amour sincère et absolu. De toute =évidence, une longue vie de bonheur les attend.

— Eh bien ! s'exclama Adam en posant le *Courrier de Londres* sur la table de nuit, avant d'enlacer Caroline. Pour une fois, ce journal dit vrai.

Découvrez les prochaines nouveautés de la collection

Aventures et Passions

Le 2 novembre

Rendez-vous nocturne

de Kimberly Logan (n° 7818)

Lorsque sa sœur disparaît, Tristan Knight, comte de Ellington, demande de l'aide à Deirdre, que l'on dit scandaleuse et fine connaisseuse des bas-fonds londoniens. Elle accepte bien qu'elle coure le risque de se retrouver face à l'homme qui a ruiné sa vie. Heureusement, Tristan est là pour la rassurer et la protéger…

Le 10 novembre

Un héritage compromettant

de Leslie LaFoy (n° 7819)

Lorsque la jeune, belle et récente veuve Seraphina Treadwell apparaît à sa porte accompagnée de trois petites filles, Carden Reeves sait que sa vie de débauche est terminée : il est désormais le septième comte de Lansdown. Rebelle et libertin, il n'a aucune expérience des enfants et le voici chargé de ses trois nièces ! Il persuade donc la ravissante miss Treadwell de rester à son service… déterminé à la séduire. Mais le coquin ne s'attendait pas à être le premier à succomber.

Le 18 novembre

Au-delà de tout soupçon

de Amanda Quick (n° 4936)

À la mort de son beau-père qui a dilapidé la fortune familiale, Charlotte Arkendale décide d'ouvrir un cabinet de détective spécialisé dans les affaires matrimoniales. Mais la profession est plutôt dangereuse. Cherchant un assistant qui puisse la protéger, elle engage Baxter St Ives. Curieux personnage, efficace, mais qui peut parfois se montrer d'une autorité et d'une arrogance qui la font enrager ! D'autant plus qu'elle n'est pas insensible à son charme…

Le 25 novembre

L'homme qui refusait d'aimer

de Sabrina Jeffries (n° 7820)

Au cours d'un voyage, Spencer Law, vicomte de Ravenswood, rencontre Abigail Mercer. En dépit de l'intérêt qu'il éprouve pour elle, il ne compte jamais la revoir. Mais à présent, elle est ici, à Londres, prétendant être sa femme ! Un heureux événement arrangé par le frère de Spencer. Pour échapper au scandale, Spencer et Abigail jouent le jeu le temps de trouver un moyen de se sortir de ce guêpier. Mais ils découvrent qu'il est difficile de jouer la comédie lorsqu'un seul regard suffit à faire naître la passion.

Ce mois-ci, retrouvez également

Amour et Destin

Des histoires d'amour riches en émotions déclinées en trois genres :

Intrigue ***Romance d'aujourd'hui*** ***Comédie***

Le 3 octobre *Romance d'aujourd'hui*

Avec l'aide de Lizzie

de Fern Michaels (n° 7802)

Au cours d'un raid, le partenaire d'Aggie, officier de police, est tué et elle est grièvement blessée. Six mois plus tard, elle n'est toujours pas prête à reprendre le service. Pourtant, elle veut à tout prix prouver que son collègue a été assassiné par des flics véreux. Elle demande alors à sa sœur jumelle, Lizzie, croupière dans un casino, de prendre sa place et de mener l'enquête. Au cœur du danger, c'est au charme de Nathan, journaliste et ami d'Aggie, qu'elle risque de succomber…

Le 10 octobre *Intrigue*

Le cœur à vif

de Julie Garwood (n° 7803)

Le père Thomas Madden entend la plus effroyable des confessions. Un inconnu lui avoue un meurtre, avant de lui apprendre froidement l'identité de sa prochaine cible : Laurant, la sœur de Thomas. Terrifié, ce dernier fait appel à son ami d'enfance, Nick Buchanan, agent spécial du FBI. Nick et Laurant formeront un couple fictif pour attiser la jalousie du coupable et faire sortir le loup des bois. Tandis que la frontière entre jeu et réalité s'amenuise, le piège se referme sur eux…

Le 24 octobre *Comédie*

À la folie… pas du tout !

de Valerie-Anne Baglietto (n° 7804)

L'agence s'appelait « La nounou idéale ». Exactement ce que cherche une mère célibataire qui travaille et élève seule une petite fille. Seulement, Kate déchante quand se présente Paloma. Cette nounou-là allait chavirer tous les mâles du quartier…
Ses craintes sont confirmées lorsque Kate voit débarquer chez elle un type à l'air furieux :
— C'est vous, Paloma ? À cause de vous, mon frère veut rompre ses fiançailles !
Il aurait fallu dissiper d'emblée ce quiproquo, mais quand on a affaire à un grand brun séduisant au faux air de Hugh Grant…

Amour et Mystère

Sous le charme d'un amour envoûtant

Le 17 octobre

La punition d'Adam Black

de Karen Marie Moning (n° 7809)

Le prince des Tuatha Dé Danaan, Adam Black, est allé trop loin. La reine des fées lui ôte son immortalité et l'exil dans le monde des mortels, où aucun humain ne peut le voir. Aucun humain sauf Gabrielle O'Callaghan, qui, comme toutes les femmes de sa famille, est capable de voir les fées. Adam, terrifié, demande de l'aide à la jeune femme afin que la reine lève sa punition. Ni l'un ni l'autre ne savent que le plus vieil ennemi d'Adam est déjà à sa recherche pour le tuer.

Passion intense

Quand l'amour vous plonge dans un monde de sensualité

Le 17 octobre

Les maîtresses audacieuses

de Bertrice Small et Thea Devine (n° 7524)

La princesse Zuleika préfère se donner au barbare Amir Khan plutôt que d'épouser son cousin qui convoite le trône. Immédiatement, Amir tombe sous le charme de cette audacieuse jeune femme dont le marché lui promet des moments de passion intense...

Lorsque miss Regina Olney découvre que son père a chargé Jeremy de l'éloigner de ce coureur de Marcus Raulton, elle est folle de rage. Pour narguer son père, elle décide de conquérir Raulton, et pour acquérir le savoir-faire nécessaire, elle demande à Jeremy de l'initier à l'art d'aimer...

7807

Composition Chesteroc Ltd
Achevé d'imprimer en France (La Flèche)
par Brodard et Taupin
le 24 septembre 2005. 31516
Dépôt légal septembre 2005. ISBN 2-290-34718-3

Éditions J'ai lu
87, quai Panhard-et-Levassor, 75013 Paris
Diffusion France et étranger : Flammarion